Cora Sandel

CAFE KRANE

Cora Sandel

CAFE KRANE

Interieur mit Figuren

Aus dem Norwegischen von Birgitta Kicherer

URACHHAUS

Die Originalausgabe erschien 1945 unter dem Titel
Kranes konditori bei Gyldendal, Oslo.

NORLA

Die Übersetzung dieses Buches wurde von
NORLA – Norwegian Literature Abroad finanziell gefördert.

ISBN 978-3-8251-5213-0

Erschienen 2019 im Verlag Urachhaus
www.urachhaus.com

auch als eBook erhältlich

Umschlaggestaltung: Uschi Weismann
Umschlagbild: Edvard Munch, *Birgit Prestøe, Porträt Studie*, 1924–25,
Öl auf Holz, Munchmuseet Oslo © 4.0 Munchmuseet
http://creativecommons.org/licenses/by/4.0/, Fotograf: Rena Li
Gesamtherstellung: CPI books GmbH, Leck

Wenn die Leute einem ansehen, dass man es schwer hat,
ist man erledigt.

Agnes Mowinckel

Die Armut ist entsetzlich.
Von allem sogenannt äußeren Unglück ist es wohl dasjenige,
welches am tiefsten nach innen wirkt.

Hjalmar Söderberg

ERSTES BILD

So manches muss man sich anhören, bevor einem die Ohren abfallen.

Ein wahres Wort, das bekamen sie in jenen Tagen im Café Krane zu spüren. Hinterher waren sie total erschöpft.

Dort im Café hat nämlich alles stattgefunden.

Natürlich nicht alles, aber mehr als genug. Ein richtiger Großaufwasch, kann man sagen. Da hat man sich doch tatsächlich eingebildet, über das meiste Bescheid zu wissen, größer ist diese Stadt ja nicht. Den Rest konnte man sich ausrechnen. Dass alles dann mehr als bestätigt und auch noch bis zum Umfallen durchdiskutiert und durchgekaut wurde, das war viel auf einmal.

Draußen in Oset spielte sich ja auch einiges ab, aber darüber weiß niemand Genaueres. Nur dass es etwas war. Es muss etwas gewesen sein.

Frau Berg junior, dieses Gänschen, deutet immer wieder an, wenn verschiedene Seiten etwas mehr guten Willen gezeigt hätten, dann hätte es nicht so weit kommen müssen. Fragt man sie, wie denn genau, bleibt sie die Antwort schuldig.

»Ich weiß nicht so recht«, sagt sie dann. »Ich finde nur, alle waren so gemein zu Frau Stordal.«

Wie denn gemein?

»Ich weiß nicht, aber –«

Frau Berg junior ist dumm. Ganz hübsch anzuschauen, aber unbedarft. Der junge Berg hat sie genommen, weil sie Geld hatte, das ist allgemein bekannt. Was sie denkt, spielt keine Rolle.

Übrigens, ist etwa kein guter Wille gezeigt worden? Und Geduld und Nachsicht und alles Mögliche? Von Frau Breien, zum Beispiel! Und erst von Anwalt Buck! Kann jemand mehr von all dem zeigen, als die es getan haben? Buck war anfangs vielleicht etwas schroff. Aber war das ein Wunder?

Und Torsen? Ja klar, auch von Torsen. Torsen war rührend. Eine ungewöhnlich anständige Person, diese Torsen, das kann ich Ihnen sagen.

Wenn jemand Tadel verdient, dann Frau Krane. Wäre sie im entscheidenden Moment energischer aufgetreten, hätte vieles vermieden werden können. Nun ja, die Ärmste, sie musste ja so viel weinen, sie hat fast die ganze Zeit geweint. Sie soll etwas von einer Stimme fantasiert haben – obendrein die von diesem schrecklichen Kerl –, die eine so seltsame Wirkung auf sie hatte. Solche Sachen verschweigt man doch lieber. Angst hätte sie auch gehabt, sagt sie. Aber du liebe Zeit, schließlich gibt es hier in der Stadt sowohl Polizei als auch einen Arzt, falls etwas völlig aus dem Ruder gelaufen wäre. Gegen Ende hin hätte sie vor sich selbst Angst gehabt, behauptet sie. Was für ein Unsinn!

Allerdings ist sie ja in dem gewissen Alter, wusste wohl nicht so recht, was sie tat. So geht es vielen. Manche werden sogar regelrecht geistesgestört, wenn sie in diese Jahre kommen.

Immerhin – wie sie die ganze Oset-Bagage aus dem Lokal hinausmanövriert hat, das war gekonnt. Aber zu spät ist nun mal zu spät. Da war nichts mehr zu retten.

Zu große Freundlichkeit bewirkt oft mehr Schaden als Gutes. So viel ist sicher.

Krane war in Sørfjorden. Ihm ist nichts vorzuwerfen. Pech, dass er nicht da war. Ein Kraftprotz ist er zwar nicht unbedingt, aber energisch auftreten, das kann er, und ein Mann ist nun einmal ein Mann.

Er ist richtig wütend geworden, als er nach Hause kam und die ganze Geschichte aufgetischt bekam. Jerum, wer hätte ihm so was zugetraut!, sagten die Nachbarn von nebenan. Dieser gutmütige Mensch. Sein Lokal liegt ihm seit dem Umbau besonders am Herzen, das ist es. Ein tüchtiger Mann. Er hatte wirklich allen Grund, sich aufzuregen, da kann man nichts sagen.

Es war ja nicht nur der Skandal selbst. Da kam die ganze Sorge hinzu, ob alles wieder in Ordnung kommen würde. Knapp acht Tage bis zur Hundertjahrfeier, dem größten Fest in der Geschichte der Stadt.

Unter anderen Umständen hätte ein Exempel statuiert werden müssen. Kein Mensch hätte bei Kranes oder bei Frau Stordal noch einen Fuß über die Schwelle setzen dürfen. Aber was soll man machen? Die beste Schneiderin am Ort, das einzige Café, das infrage kommt. Dass sich so etwas nicht wiederholen darf, versteht sich von selbst.

Klar, in buchstäblicher Hinsicht wurde ja nicht jede Einzelheit gehört und gesehen. Aber für jemanden, der auch nur ein klein wenig rechnen kann, ergibt zwei und zwei vier. Und drei Personen waren anwesend, Frau Krane selbst, Fräulein Larsen und Fräulein Sønstegård. Oder Larsen und Sønstegård, wie die Stammgäste sagen. Die eine hat dies aufgeschnappt, die andere jenes. Und wenn man erst einmal darauf eingestellt ist, Augen und Ohren offen zu halten …

Manche Besucher konnten hinterher auch ihren Beitrag leisten. Vor allem Frau Breien. Und Herr und Frau Buck.

Stordal hielt auch nicht unbedingt den Mund. Und warum hätte er das tun sollen? Wenn jemand gekränkt worden war, dann wohl dieser Mann, und das von allen Seiten. Ich sage nur: Elise Øyen. Was die sich für Auftritte geleistet hat!

Inzwischen geben Elise und Lydersen ordentlich viel Unsinn von sich, wollen wohl auch in der Geschichte mitmischen. Aber offenbar schenkt niemand dem Geschwätz irgendwelche Beachtung. Die beiden haben ihren eigenen Dreck, den sie verscharren müssen – wie die Katzen. Scheußlich!

Die Frage ist, ob man sie nicht anzeigen sollte. Wenn es nur nicht so unangenehm wäre.

Übrigens, was heißt hier schon gehört. In vielen Dingen ist man nicht klüger als zuvor, obwohl so viel Neues überraschend dazugekommen ist. Wer kann sich schon an alles erinnern, womöglich erinnert man sich an etwas Falsches und fantasiert dann irgendwas dazu. Ehrlich gesagt, steht man mit einzelnen Puzzleteilen da, von denen man nicht genau weiß, wo sie hingehören.

Aber noch haben sich nicht alle mit allen ausgesprochen.

Dieser Gjør? Ach so, der! Eigenartig, dass der plötzlich auftauchte und sich so in alles einmischen musste. Aber die Erklärung *dafür* kam ja dann. Du lieber Himmel.

Unglaublich, dass manche sich so gehen lassen können. Aber dazu trug natürlich die allgemeine Erregung bei, und dass so viel auf dem Spiel stand. Nicht nur für die Einzelnen, sondern für die ganze Stadt.

Das ist keine Übertreibung.

99

Es gibt wohl kaum jemanden, der das Café Krane nicht kennt. Seit dem Umbau wird es von allen besucht, sowohl von den besseren Herrschaften als auch vom einfacheren Publikum. Und das ist ja nur erfreulich, Hauptsache, es sind anständige Leute.

Bisher haben Krane und auch seine Frau sich bemüht, das Ganze auf einem respektablen Niveau zu halten. Abends soll es vielleicht ab und zu etwas ausgelassen zugehen, aber die Leute reden ja so viel. Die Sache mit Frau Stordal ist dagegen eine dieser bedauerlichen Geschichten, die leider außer Zweifel stehen.

Sollte Frau Krane noch einmal einen solchen Mangel an Urteilsvermögen erkennen lassen, kommt für ihre Gäste selbstverständlich nur eine Reaktion infrage: aufstehen und das Lokal ein für alle Mal verlassen.

Vielleicht ist es nicht immer ganz leicht zu wissen, wer im Nebenzimmer sitzt, wenn die Tür geschlossen ist?

Oh doch, das merkt man schon. Wenn nicht anders, dann an Larsen und Sønstegård. Sie würden einfach nicht mehr jeden erstbesten Kunden bedienen, haben sie erklärt, sondern die Arbeit verweigern. Wo soll Krane dann so tüchtige Bedienungen hernehmen, die außerdem in keiner Gewerkschaft sind? Das weiß er, er wird schon dafür sorgen, dass alles seine Ordnung hat.

Und die Tür darf nicht nach Belieben geschlossen sein. Eine solche Tür muss man im Auge behalten.

Für den Fall, dass jemand noch nichts von der Sache gehört haben sollte und das Café vielleicht noch nicht einmal kennt, wäre da zunächst einmal das Lokal. Das ist schön geräumig geworden, mit mehreren kleinen Tischchen, die im ganzen Raum verteilt stehen, genau wie in den Cafés im Süden des Landes. Hell ist es auch, seit Baumeister Bleken die Idee hatte, die Mauer zum Kai für zwei große Fenster zu durchbrechen. Früher sah man nur auf die Storgata hinaus, und in den hinteren Ecken des Cafés war es recht schummrig. Jetzt strömt die Sonne herein, man sieht die Berge auf der anderen Seite des Fjords, und an den Tagen, wenn Hurtigruten kommt, das Postschiff, kann man zuschauen, wie die Passagiere an Land gehen. Von den Ausflugsdampfern im Sommer ganz zu schweigen, von den Booten der Lokalbevölkerung und dem ganzen übrigen Schiffsverkehr, der dort anlegt. Gute Idee, die Bleken da gehabt hat.

Zwischen den Fenstern steht das große Radiogrammofon, zu dem abends getanzt wird und mit dem man das Ausland hereinbekommt. Darüber der Spiegel, der größte der Stadt, gleich nach dem von Frau Stordal. Doch die ist ja Schneiderin.

An der Innenwand die neue Theke, Kuchen, Gebäck und belegte Brote, alles unter Glas, und darauf die Kasse, dahinter Regale mit schräg gestellten, hübschen Pralinenschachteln und darüber die Wanduhr. Daneben die Schiebetür, die nur einen Schubs braucht, und schon ist sie verschwunden.

Wahrscheinlich ist es dieser Schubs, der so viele anlockt. Die Tür ist eine Neuheit. Man muss schon in die allermodernsten Villen gehen, um dergleichen zu sehen. Sie hat ihre Nachteile, lässt zu viel durch, es wird ein wenig hellhörig. Aber diesmal war das ja eher von Vorteil. Übrigens hängen die schweren, alten Portieren immer noch dahinter, die können zugezogen werden, wenn es angebracht ist.

Und wenn es nicht angebracht ist? Wird nicht mehr vorkommen, ist doch klar.

Im früheren »Nebenzimmer« ist alles unverändert. Es hat nur einen neuen Namen bekommen. Inzwischen heißt es »Klubraum«. Die Tapeten sind immer noch dieselben wie in unserer

Kindheit – braun und groß geblümt. Die Konsole mit dem Spiegel darüber, die Kranes Vater einst auf der Auktion des Nachlasses von Konsul Klykken erworben hat, steht wie früher in der einen Ecke. Die verblassten Öldrucke vom Genfer See und dem Golf von Neapel hängen unverändert schief an der Wand. Die zwei Marmortische, an denen wir als Schüler Napoleonschnitten aßen, sind noch dieselben. Der eine neben dem Fenster hat bis auf den heutigen Tag einen quer verlaufenden Sprung.

Das Ganze etwas schwer und dunkel, aber mit einer gewissen Tradition. Es heißt, Krane und Bleken hätten vor, auch hier nach und nach etwas zu verändern, es hell und modern zu machen, aber viele raten davon ab. Für eine geschlossene Gesellschaft zum Beispiel ist es im Klubraum auf jeden Fall so am gemütlichsten, wie es jetzt ist. Modern? Da gäbe es wohl keine Portieren mehr, oder? Oder nur diese dünnen, hellen, die beim geringsten Luftzug flattern? Nein, das Neue in allen Ehren, aber das Alte hat auch seinen Charme. Und wir gehen davon aus, dass nur Gäste kommen, die wissen, was sich gehört.

Aber in die Ecke des Lokals, die zum Kai hinausführt, hat Bleken eine große Drehtür aus Glas eingesetzt, wie in den Hotels und Banken weiter südlich im Land. Vor allem diese Tür verleiht dem Café den flotten Anstrich, den es jetzt hat. Wieder eine dieser Ideen, mit denen Bleken allmählich die ganze Stadt modernisieren wird. So etwas wäre Stordal, der immer so für die alten Empiretüren unten in der Fjordgate schwärmt, nie eingefallen. Hätte er hier umbauen dürfen, würde es jetzt wohl wie in einem Museum für vergangene Stilarten aussehen, oder?

Eine Zentralheizung ist auch eingebaut worden, sehr komfortabel. Das haben sie nicht einmal im Grand. Krane weiß, wie es zu sein hat. Er sei auf dem besten Weg, steinreich zu werden, sagen die Leute. Vielleicht ein bisschen übertrieben, aber dass es sehr gut läuft, kann jeder sehen. Nicht zuletzt, seit er einen warmen Lunch im Angebot hat und abends Tanz. Für sein Gebäck ist er schon immer bekannt gewesen, genau wie sein Vater vor ihm. Das Schankrecht für Wein hat er schon seit Langem. Samstags und an Feiertagen konnte das früher manchmal zu Problemen führen. Inzwischen verläuft alles meistens ganz friedlich, auch wenn die Jugend angeblich gegen Abend ein wenig aufgekratzt wird.

Wenn nur das mit Frau Stordal nicht passiert wäre –

Da sitzen sie nun an einem Samstag in der ruhigen Stunde nach dem Lunch, Frau Krane hinter der Kasse strickt an einem Pullover, wie immer, wenn sie Zeit findet, Larsen und Sønstegård falten Papierservietten. Davon kann es nie genug geben. Es ist einer der ersten Frühlingstage, und die Sonne scheint. Auf den Tischen vorgetriebenes Birkenlaub und Weidenkätzchen. Man spürt geradezu, dass es auf den Sommer zugeht.

Kein einziger Gast im Lokal, bis auf Frau Katinka Stordal. Oder *die Katinka,* wie viele sie nennen. Sie sitzt schon so lange im Klubraum vor einem leeren Teller und einem geleerten Weinglas, dass Larsen vorhin unter einem Vorwand hinüberging und wie zufällig durch die halb offene Schiebetür schaute. Katinka hatte den Kopf in die Hände gestützt und sah nicht auf. Mit einem resignierten Schulterzucken sah Larsen zu Frau Krane hinüber. Frau Krane warf einen Blick auf die Wanduhr und seufzte.

Das ist inzwischen eine gute Weile her. Frau Krane, die wie bereits erwähnt in den besagten Jahren ist, schaut jetzt wieder auf die Uhr und muss unwillkürlich schnalzen, wie sie es gern zu tun pflegt, wenn etwas zu weit geht: »Ts, ts, ts, na, na, na.«

»Seit mindestens einer halben Stunde sitzt sie schon so da«, flüstert Larsen und faltet eine Serviette: »Und jetzt, wo sie so viel zu tun hat und sogar Torsen ihr zu Hilfe gekommen ist und –«

Sønstegård lutscht an einem Zahn. Das mit dem Zahnlutschen ist so eine Gewohnheit von ihr, eigentlich nicht der Rede wert. Sie murmelt: »Hat wohl wieder ihren Rappel und nichts im Haus. Die Kunden werden ihre Stoffe holen und wieder gehen, genau wie damals. Schöne Geschichte, ausgerechnet jetzt –«

»Unglaublich, dass sie so gut nähen kann«, flüstert Larsen. »Sie soll ja richtig genial sein.«

»Sie kann, wenn sie will, verstehst du. So sind viele. Allerdings fragt ein Mann ja nicht nur danach, ob eine tüchtig ist.« Sønstegård saugt nachdenklich an ihrem Zahn.

»Weiß schon. Das versteht sich. Ein Mann, der will es auch ein bisschen gemütlich haben.«

»Gemütlich, sagst du?« Sønstegård vergisst beinah zu flüstern: »Kein Wunder, dass ihr Mann ausgezogen ist. Bei dieser Schlampwirtschaft. Geht nicht einmal zu Bett, wie normale Leute. Ist die ganze Nacht auf den Beinen!«

Larsen vergisst ganz zu flüstern. »Nein, manchmal ist es weiß Gott nicht leicht, ein Mann zu sein!«, erklärt sie laut.

»Psst, sind Sie verrückt! Das kann sie doch hören«, flüstern Frau Krane und Sønstegård gleichzeitig. Larsen muss immer so verständnisvoll tun. Diese Seite von ihr ist ein bisschen heikel. Außerdem ist sie relativ neu in der Stadt und gehört zu den Leuten, die immer jünger wirken wollen, als sie sind. Jetzt hält sie sich erschrocken die Hand vor den Mund.

»*So* hab ich's natürlich nicht gemeint«, sagt Sønstegård leise und reserviert. Zweideutigkeiten kann sie nicht leiden.

»Ich meine es auch nicht *so*«, flüstert Larsen zurück, von der Zurechtweisung etwas gekränkt. »Aber darum kann es doch trotzdem trist für einen Mann sein. Schon allein, dass es morgens dann so spät wird. Nichts als Unordnung.«

Sønstegård saugt, ohne zu antworten, an ihrem Zahn. So leicht soll Larsen nicht mit dem davonkommen, was sie gemeint hat.

Frau Krane sieht wieder auf die Uhr, schüttelt den Kopf, legt den Pullover aus der Hand und klopft mit der Stricknadel an die Wand: »Es ist gleich halb zwei, Frau Stordal.«

»Danke, ich weiß.«

»Ts, ts, ts.« Frau Krane geht zur Tür, vor Nervosität wird ihre Stimme richtiggehend scharf: »Hab schon befürchtet, Sie würden dasitzen und die Zeit vergessen. Wollte nur Bescheid sagen. Meinte, gehört zu haben, dass jemand um eins bei Ihnen zur Anprobe kommen sollte. War das womöglich Frau Buck?«

»Ich geh ja, ich geh«, sagt Frau Stordal, schaut kurz auf und bleibt sitzen. Es ist einer dieser Tage, an denen sie viel älter aussieht, als sie wirklich ist.

Sie ist nämlich höchstens etwas über vierzig und kann manchmal richtig jung aussehen. Heute ist sie alt. Die Kleider hat sie sich offensichtlich in aller Hast übergeworfen. Eine seltsame Person. Ab und zu beinah gut gekleidet, wenn auch vielleicht unmodern, aber korrekt. Dann hinwiederum –

Sie macht keine Anstalten, aufzustehen. Dagegen mustert sie automatisch ihr Glas, das absolut leer ist, schaut in der Handtasche nach, aber findet wohl nichts darin, legt sie mit einem Seufzer von sich und setzt sich wieder wie zuvor hin, über dem Tisch zusammengesunken.

»Es ist, als würde man Wasser auf eine Gans schütten«, murmelt Frau Krane und nimmt resigniert mit dem Pullover hinter der Kasse Platz.

Dann muss Larsen wieder so verständnisvoll tun. Laut und deutlich sagt sie: »Frau Buck hat doch mit Frau Breien darüber gesprochen, dass ihr das Kleid rechtzeitig versprochen worden sei, oder nicht?«

Vor lauter Eifer wird Larsen noch lauter: »Oh ja, jetzt gilt es, sich ranzuhalten. Wo doch Hundertjahrfeier ist. Und auch noch Frühling! Wie schön für alle, die Arbeit haben. Wenn man bedenkt, wie viele zurzeit ohne sind!«

Letzteres äußert Larsen schrecklich laut.

»Na, hör mal!«, kommt es leise und scharf von Sønstegård. Sie kann es nicht leiden, dass die kleine Larsen sich immer einmischt. Außerdem gehört es sich nicht. Schließlich hat Frau Krane sich der Sache angenommen.

Aber Larsen fühlt sich voll im Recht. »Man muss tun, was man kann«, verteidigt sie sich.

»Unglaublich, wie still es hier ist«, bemerkt sie nach einer Weile, um zu zeigen, dass Sønstegårds Tadel sie kein bisschen berührt.

»Du bist ja ganz schön anspruchsvoll. Ein bisschen Ruhe passt dir jetzt wohl auch nicht?«

»Ruhe? Die kriegt man früh genug, wenn man alt ist. Und anspruchsvoll? Ja, das bin ich.« Larsen summt vor sich hin, dann erklärt sie: »Das bist du auch, behaupte nur nichts anderes.«

»Ich, ich *bin* schon alt. Da ist man weder das eine noch das andere. Mir verdreht keiner mehr den Kopf.«

»Wer?«

»Ja, wer wohl?«

Hier räuspert Larsen sich.

»Ansprüche zu stellen, das lohnt sich nie«, bemerkt Sønstegård.

»Na, ich weiß nicht –«

»Das wirst du schon noch erfahren.«

»Dass du immer so verbittert bist, finde ich schrecklich«, schnaubt Larsen. Dann seufzt sie: »Bald ist der Sommer da. Dann ziehen alle hinaus in ihre Ferienhäuser und tun nichts anderes, als von früh bis spät wandern und picknicken. Und wir sitzen dann hier, mit Katinka als einzigem Gast. Und wer ist dann wohl verbittert? Also, *ich* gewiss nicht.«

»Na, dafür haben wir dann vormittags sämtliche Herren hier, und das an jedem geschlagenen Tag. Ausnahmslos alle. Die fahren garantiert nicht zu ihrem Ferienhaus hinaus, um dort zu frühstücken. Und was ist mit den Touristen? Und unseren alten Kunden von früher, vor dem Umbau? Wenn es hier nicht mehr ganz so vornehm zugeht? Auf *die* freue ich mich nämlich.«

»Das tu ich doch auch.«

»Da drüben ist Stordal!«

Larsen reckt den Hals. »Kommt er hierher?«

»Wer weiß. Nein, er geht nach links weiter.«

»Trifft sich vielleicht mit den Kindern. Er war schon lange nicht mehr mit einem von ihnen hier.«

»Ist ihm vielleicht peinlich.«

»Mit wie viel steht er wohl in der Kreide?«

»Weiß der Himmel. Er hat schon so oft anschreiben lassen. Krane soll ihm neulich eine Rechnung geschickt haben.« Sønstegård saugt an ihrem Zahn und schüttelt den Kopf. »Stordal kann einem leidtun.«

»Ja, das kann er.«

So können Larsen und Sønstegård ungestört schwatzen, weil Frau Krane voll davon in Anspruch genommen ist, zu horchen, ob Katinka sich nicht endlich auf den Heimweg machen will. Und auch weil die beiden ihre eigene kleine Gewerkschaft sind. Ansonsten wird hier streng darauf geachtet, dass nicht über die Kundschaft geredet wird. So was gehöre sich nicht, hat Krane gesagt.

Als ob er und seine Frau sich nicht auch ab und zu verplappern würden.

»Die Damen sind angeblich ziemlich sauer, wenn ihre Männer vormittags nicht zum Lunch erscheinen«, sagt Larsen.

»Ha, die Damen sollen sich um ihre eigenen Angelegenheiten scheren«, meint Sønstegård. »Was die hier für Kaffee und Kuchen ausgeben, das ist nicht wenig. Und zwar sowohl vormittags als auch nachmittags!«

»Nein, weiß Gott nicht!«, stimmt Larsen zu, von diesem Gedanken ganz betroffen.

99

In diesem Augenblick betritt der Mann, den die Leute Hut-Svenne nennen, das Café. Ist nicht so einfach, jemanden abzuweisen, der es selbst nicht besser weiß, auch wenn man es noch so gern tun würde. Jedenfalls nicht, bevor er sich total unmöglich gemacht hat.

Wie immer drängt er sich durch die Drehtür, tritt an die Theke, bleibt dort stehen und mustert die Brote. Hinten bei Larsen und Sønstegård kommt Unruhe auf, sie stoßen einander an und schütteln den Kopf. Keine von beiden hat Lust, ihn zu bedienen, das ist deutlich zu erkennen.

Von Höflichkeit kann bei ihm ja keine Rede sein, so wie er

dasteht – wie immer die Melone auf dem Kopf, die Hände in den Hosentaschen und eine Zigarette im Mund, an der er herumkaut. Lang und dünn, schäbige Kleidung, den Kragen hochgestellt, ohne Mantel, alles andere als ein Schmuckstück für ein anständiges Lokal. Alt ist er nicht, aber sein Gesicht sieht eingefallen aus, vom Leben gezeichnet. Hat wahrscheinlich so einiges hinter sich. Wenn er sich jetzt wenigstens ordentlich benehmen würde –

Er deutet auf ein belegtes Brot und sagt, mit schwedischem Akzent: »Das da, bitte, mit Ei und Anchovis«, durchquert den Raum zum Radiogrammofon und fingert an den Knöpfen herum. Dann rüber zum Heizkörper, um ihn zu befühlen, etwas, das ihn nun wirklich nichts angeht. Mit der Stricknadel bedeutet Frau Krane den beiden Bedienungen, sich bitte nichts anmerken zu lassen.

Der Mann drängt sich durch die halb offene Schiebetür in den Klubraum und setzt sich dort an den Fenstertisch. Schlaff sitzt er da, immer noch den Hut auf dem Kopf, die Beine weit von sich gestreckt. Frau Krane beugt sich vor, sieht das alles und macht: »Ts, ts, ts.« Vom ersten Moment an habe sie das Gefühl gehabt, dass etwas Unangenehmes bevorstehe, sagte sie später. Warum sie es dann so weit gehen ließ, wie es nun mal ging, ist wirklich unbegreiflich.

Er sitzt da, die eine Hand in der Hosentasche verankert. Wären da nicht der Teller und das belegte Brot, hätte er wohl am liebsten auch die zweite Hand so versenkt. Unglaublich, so eine Haltung. Ein paar Mal sieht er zu Katinka hinüber, die woandershin schaut und eher gequält wirkt. Auf Frau Krane macht das den Eindruck, dass Katinka sich *jetzt* wenigstens auf den Weg machen wird, wenn schon nicht früher. Das war eines der

Dinge, die Frau Krane später zu ihrer Verteidigung vorbrachte, und genau zu diesem Zeitpunkt mochte vielleicht etwas daran sein. Er kaut an der Zigarette.

Draußen im Café sagt Larsen: »Dieser ungehobelte Mensch. Jetzt haben wir ihn wieder hier. Und solche wie den muss man dann bedienen. Warum geht er nicht zu Hansens? Das ist der richtige Platz für Leute wie ihn. Hansens Kuchen sind gar nicht schlecht. Eine Drehtür haben sie natürlich nicht, zugegeben –«

»Zentralheizung auch nicht, und auch keine Schankerlaubnis«, sagt Sønstegård.

Hinter der Kasse gestikuliert Frau Krane hilflos mit ihrer Stricknadel. »Krane will keine Unannehmlichkeiten, ihr wisst doch, wie Krane ist«, zischt sie.

Aber es ist wohl eher sie selbst, die keine Unannehmlichkeiten will.

Drinnen im Klubraum klopft der Kerl mit der Gabel an den Teller. Frau Krane macht flehende Zeichen.

»Nun, *mein* Tisch ist das nicht«, erklärt Larsen, und damit hat sie recht. Widerstrebend macht sich Sønstegård auf den Weg.

»Einen Kaffee, dazu was Süßes«, bestellt Hut-Svenne. Er sitzt immer noch auf diese unerträgliche Art da, die Beine weit ausgestreckt und den Hut auf dem Kopf. Dass Frau Krane sich nicht wenigstens über diesen Hut beschweren kann! Schwach von ihr.

»Wenn Sie Gebäck wünschen, das haben wir«, teilt Sønstegård kurz mit, ohne ihn anzusehen. Man hat trotz allem gelernt, zuvorkommend zu den Kunden zu sein, und so was bleibt.

Aber Hut-Svenne ist unausstehlich. Er ahmt ihren Tonfall nach:

»Gebäck? Von wegen! Große Torten, richtige Tortenstücke,

mit Schlagsahne. Viel Schlagsahne. Zwei Stück. Sofort. Verstanden?« Endlich nimmt er den Hut ab und legt ihn auf den Tisch.

Sønstegård wirft Katinka einen hilflosen Blick zu. Katinka sollte zwar auch nicht unbedingt ermuntert werden, aber jetzt –

Katinka beantwortet den Blick nicht. Gekränkt verlässt Sønstegård den Raum und schiebt die Tür im Vorbeigehen mit Schwung zurück. Hier ist freie Sicht vonnöten. Mit lautem Krachen fährt die Tür in die Wand.

Katinka macht Anstalten, aufzubrechen. Wenigstens hat es danach ausgesehen, als Sønstegård hinausging, sie hat nämlich ihre Handschuhe und Tasche eingesammelt und die Jacke zugeknöpft. Gleichzeitig ist es, als würde ihr die Kraft fehlen, sich von der Stelle zu bewegen, weil etwas Schweres auf ihr lastet.

Draußen im Café tönt das Radio ohrenbetäubend laut:

»… Ochsenhäute pro Kilo fünfundvierzig Øre, Kuhhäute, ganz frisch, fünfzig Øre, Kalbsfell, roh, das Stück zwei Kronen und fünfundsiebzig Øre, Pferdefell, vollwertig, zehn Kronen, Schweine, geschlachtet, nur das Fleisch …«

Denn Hut-Svenne war ja drüben am Radio gewesen. Wie man es richtig einstellt, wusste er offensichtlich nicht.

»Also, alles was recht ist!«, ruft Larsen.

»Ohne Kopf und Füße, Haut und Innereien im Preis einbegriffen …«

»Das hält ja kein Mensch aus«, erklärt Larsen entschieden. Und obwohl es sich nicht gehört, die Kundschaft zurechtzuweisen, läuft sie zum Radio und dreht an dem Knopf.

»Ich meinerseits halte so ziemlich alles aus«, verkündet Hut-Svenne drinnen im Klubraum.

»Aber wir tun das nicht, müssen Sie wissen.«

Nun kennt sich Larsen auch nicht besonders gut mit dem neuen Apparat aus. »Vollfetter Molkenkäse, eine Krone geradeaus«, verkündet der Lautsprecher noch lauter als zuvor.

»Sei du endlich still!« Larsen fingert ungeduldig und wütend am Radio herum, erzeugt Lärm verschiedenster Art und erwischt schließlich *Chant Hindou* für Violine von Rimski-Korsakow.

Welch eine Labsal. Das ist Kopenhagen. Wenn wir schon etwas hören müssen, dann wenigstens Musik.

»Na also, so muss es klingen, auch wenn unsereins nichts davon versteht«, sagt Hut-Svenne zu Sønstegård, die gerade mit der Bestellung hereinkommt. »Von so was werden die Mädels wohl ziemlich rührselig, was?«

Wer antwortet schon auf so eine Bemerkung? Sønstegård jedenfalls nicht. Zu Katinka sagt sie: »Ich glaube, es ist schon recht spät, Frau Stordal.«

Und tatsächlich, Frau Stordal legt wortlos Geld auf den Tisch.

»Danke.« Sønstegård nimmt den Teller und das Glas und verlässt den Klubraum. Draußen im Café gibt sie Frau Krane das Geld, worauf die Kasse triumphierend klappert. Jetzt wird man diese Katinka hoffentlich endlich loswerden?

Genau da steht Hut-Svenne auf und ruft: »Zicke!«

Dass das ihr gilt, davon muss Sønstegård ausgehen. Aber sie kommt erst wieder zur Besinnung, als die Tür mit lautem Knall zufährt und die Portieren dahinter zugezogen werden. Das ist deutlich zu hören, weil die Ringe nur knirschend über die Stange gleiten.

Kein Wunder, dass Frau Krane und die Bedienungen sich aufregen. Und auch kein Wunder, dass alle drei stillschweigend ihr

Ohr an die Tür pressen. Da drinnen könnte ja Gott weiß was passieren, das kann man schließlich nicht unkontrolliert einfach hinnehmen.

»Macht bitte das Radio aus«, sagt Frau Krane nervös. Larsen läuft hin und schaltet den Apparat aus, der inzwischen irgendwas vor sich hin dudelt.

Katinka und Hut-Svenne befinden sich offenbar beide in der Nähe der Tür. Man hört deutlich, als er sie fragt, und zwar mit einer ganz anderen Stimme als sonst, einer sanften, höflichen, unglaublicherweise fast angenehmen Stimme: »Erlauben Sie mir, Sie zu einem Stück Kuchen einzuladen? Und zu einer Tasse Kaffee? Bitte, darf ich das?«

Und Katinka muss wohl etwas angetrunken sein, obwohl sie nur ein Glas bekommen hat, mehr nicht. Sonst wäre doch sogar sie ohne Antwort wortlos gegangen. Sie ist nicht so eine, die den Mannsbildern schöne Augen macht, jedenfalls schon lange nicht mehr. Das Liedchen, das die Lausbuben manchmal auf der Straße hinter ihr hersingen, ist nichts als Unsinn. Was wahr ist, muss man sagen! Das sind nur Reste von altem, vergessenem Tratsch, mit der Tatsache verrührt, dass sie gern ein Gläschen zu viel trinkt. Jetzt hören die drei Lauscherinnen, dass sie leicht unsicher, zögernd antwortet: »Das ist sehr freundlich, vielen Dank, aber ich wollte gerade –«

»Muss man unbedingt gehen, nur weil einer wie ich hereinkommt? Ist es nicht einmal mehr möglich, von Mensch zu Mensch miteinander zu reden?«

»Ich wollte *tatsächlich* gerade gehen –«

»Ja, ja, und als ich kam, bekamen Sie es plötzlich besonders eilig. Das kenne ich. In anderen Ländern, im Süden, ist das nicht so. Da kann man miteinander reden. Hier im Norden ist es, als hätte man die Pest, nur weil man zufällig alleine ist. Können Sie das abstreiten? Das können Sie nicht. Na ja – in Schweden, wo ich zu Hause bin, ist es noch viel schlimmer. Wissen Sie, ich arbeite schon seit ewigen Zeiten auf norwegischen Schiffen. Bin auch auf einem norwegischen Schiff hergekommen. Dann bin ich in den Laderaum gefallen, brach mir das Bein und musste hier im Krankenhaus bleiben. Und währenddessen fuhr der Norweger weiter. Mit einem anderen an meiner Stelle. Ja, so war das eben. Die Kosten haben sie übernommen, das haben sie schon, aber trotzdem ... Vorläufig hab ich noch Arbeit, unten am Kai rolle ich Fässer. Damit kann man gerade so über die Runden kommen. Aber so wie das Leben zur See ist das nicht. Ein Seemann geht immer wieder in neuen Häfen an Land, wo schwarzäugige Mädels stehen und nur auf ihn warten. Wie zu Hause ist es auch nicht, bei einem hübschen, liebevollen Frauchen. Es ist verflucht trübselig und öd, das ist es!«

Das hört Katinka sich alles an. Aber sie ist ja in mancher Beziehung etwas einfältig. Und vermutlich wohl auch ein bisschen angetrunken, wie gesagt. Dann lässt sie sich doch tatsächlich auf das Gespräch ein. »Können Sie denn nicht wieder anheuern?«, fragt sie.

Als ob es von Bedeutung wäre, was so ein Hallodri treibt?

»So was kann nur ein Frauenzimmer fragen. Ja, entschuldigen Sie – aber wieder anheuern? Wenn weltweit alle Tonnage aus dem Verkehr gezogen ist, oder so gut wie. Es gibt keine Schiffe mehr auf See, das haben wir dem verdammten Krieg zu verdanken. Solange der andauerte, hat man freilich gutes Geld verdient, weil man sein erbärmliches Leben riskiert hat. Aber kaum ist er vorbei –. Es »lohnt« sich nicht mehr, heißt es jetzt. Die müssten mal am eigenen Leib erleben, wie das ist, sich so durchzuschlagen, diese großen Herren, die das ganze Elend angerichtet haben. Vor allem natürlich der deutsche Kaiser –«

Und nicht einmal jetzt geht Katinka. Sie bleibt stehen und sagt: »Aber irgendwelche Freunde werden Sie doch haben?«

»Na klar. Vor allem an den Tagen, wenn man den Lohn kassiert. Dann wird man geradezu gefeiert. Sitzt ja sowieso niemand daheim und wartet auf dein Geld, also können wir es doch genauso gut einfach verjubeln? Sicher, auf ihre Art sind die Jungs ja in Ordnung. Aber sie haben ihr Zuhause und ihre Frauen. Ab und zu laden sie mich zu sich ein, das schon. Aber ich bin eben zu stolz, will niemandem zur Last fallen. Und dazu dieser verdammte helle Frühling. Was soll man an so einem Abend denn anfangen? Und auch noch an einem Samstag? Wenn die Arbeit schon um eins aufhört?«

Darauf antwortet Katinka nicht. Zumindest nicht so, dass man es hört. Aber sie geht auch nicht. Unglaublich, aber –

Im Café sind sie einfach fassungslos. Wird sie tatsächlich stehen bleiben und mit diesem Kerl reden? Als ob sie Zeit hätte! Und gehören tut es sich schon gar nicht. Außerdem hatte sie sich ja schon fast aufgerappelt, um sich auf den Weg zu machen.

Hinter der Tür sagt Hut-Svenne: »Es ist, als wäre man kein Mensch. Da bleibt wohl nichts anderes übrig, als wieder in die üblichen Spelunken zu gehen und sich mit einem hässlichen, schmuddligen und dummen Weibsstück zu begnügen. Eine andere –! Ich hab versucht, abends hier jemand kennenzulernen. Aber da muss man wenigstens Frisör oder was Ähnliches sein, um infrage zu kommen. Es ist, als würden einen alle und alles hassen –. Wie bitte?«

»Nein, nichts.«

Nein, Frau Stordal hat nichts gesagt. Aber sie hört diesem Unsinn, diesen unflätigen Reden zu, anstatt nach Hause zu gehen und zu nähen.

»Teufel aber auch, dass meine Frau sterben musste«, fährt der Kerl fort. »Seitdem –. Sie war eine großartige kleine Person. Hat auf mich aufgepasst. Und hübsch war sie auch. Eine hübsche kleine Frau.«

Plötzlich schiebt er die Tür einen Spalt weit auf, sodass die Damen vor Schreck auseinanderfahren. Gleichzeitig bewegt sich die Drehtür, und sie hören ihn sagen: »Still, jemand kommt. Setzen Sie sich hin.«

Er selbst kehrt an den Tisch zurück und setzt sich. Und da nimmt Katinka doch wahr und wahrhaftig auch wieder an ihrem Tisch Platz. Gerade so, als wäre sie dazu kommandiert worden. Man sollte es nicht für möglich halten.

❞

Wer da hereingehastet kommt, das ist Frau Breien, wie immer voller Eifer. Schließlich muss sie sich ja um so vieles kümmern. Stets ist da die eine oder andere Person, der sie helfen will, wenn schon sonst nichts.

Sie trägt ein großes, unförmiges Paket, bleibt mitten im Café stehen und sieht sich um: »Katinka – ich meine Frau Stordal – ist wohl nicht hier?«

Frau Breiens Stimme schnappt beim Sprechen gern in den Diskant über.

»Sie sitzt drüben im Klubraum, Frau Breien«, sagt Frau Krane, ganz der Wahrheit entsprechend.

»Da drinnen also? Vielen Dank auch. Es eilt nämlich. Ich bin schon durch die ganze Stadt hinter ihr hergerannt.«

Worauf Frau Breien sich mit dem Paket durch die Schiebetür zwängt. Mit nur einer Hand ist das nicht ganz einfach, aber es geht. Larsen, die herbeieilt, um zu helfen, kommt zu spät. Frau Breien ist immer so flink.

Als sie den schrecklichen Kerl sieht, bleibt sie einen Augenblick zögernd stehen, dann stellt sie das Paket vor Frau Stordal auf den Tisch.

Leise, aber doch so, dass man es gut hören kann, und jedes einzelne Wort nachdrücklich betonend, sagt sie: *»Was denkst du dir eigentlich, Katinka?«*

»Konstance«, sagt Frau Stordal, als wollte sie anfangen, etwas zu erklären. Aber was gibt es da zu erklären? Alles ist so schlimm, wie es überhaupt werden kann, sie bringt keinen Ton heraus.

Dann möchte Frau Breien aus Rücksicht auf den störend dasitzenden Mann, den das alles nichts angeht, leise sprechen, aber zwischendurch wird es doch ganz schön laut, außerdem redet sie lang und pausenlos, denn so ist Frau Breien nun mal. Sie meint es ja nur gut.

»Du, ich setz mich kurz hin«, sagt sie. »Bin so lange hinter dir hergerannt.«

Dann schnuppert sie an Frau Stordals Glas. »Portwein? Iihh! Und so was trinkst du am helllichten Tag? Ich muss meinen Mantel ein wenig öffnen, mir ist viel zu warm. Katinka, wir wollen dir ja wirklich helfen, aber du darfst es uns nicht zu schwer machen, ich hoffe, du verstehst das. Dann können wir nämlich keine Verantwortung mehr übernehmen, meine Liebe. Jetzt sitzt Frau Buck oben bei dir und wartet seit *eins!* Torsen hat angerufen und gefragt, ob du bei mir wärst, sie meinte gesehen zu haben, dass du in meine Richtung gingst. Zur Anprobe war auch nichts fertig, soviel ich verstanden habe. Und das ist ja außerordentlich unangenehm. Eine Dame wie Frau Buck lässt sich so etwas nicht bieten. Die kann ihre Kleider von überallher beziehen, ja, sogar aus dem Ausland! Nachdem sie endlich damit einverstanden war, dir diesen Auftrag zu geben, *musst* du jetzt deinerseits dein Bestes tun! Für alle, die sich ins Zeug legen, um dir Arbeit zu besorgen, wird es sonst unmöglich, das verstehst du doch. Geh jetzt gleich nach Hause und entschuldige dich schön bei ihr – du wirst dir irgendwas ausdenken müssen – und lass sie anprobieren, was anprobiert werden kann. Und dann setzt du dich hin und fängst an zu nähen. Ausnahmsweise wirst du ein paar Nächte zur Hilfe nehmen müssen. Was sein muss, muss sein. Diesmal darfst du niemanden enttäuschen, dafür steht allzu viel auf dem Spiel.«

»Ausnahmsweise«, sagt Frau Stordal verbittert. Als ob *sie* einen Grund hätte, verbittert zu sein. Dabei ist sie manchmal nächtelang auf den Beinen, einfach so, ganz ohne Grund.

Aber Frau Breien ist großartig. Sie sagt nur ganz freundlich und geduldig: »In diesen Zeiten müssen viele schwer arbeiten, Katinka. Wohin man hört, heißt es, den Leuten geht es schrecklich schlecht. Und auch noch überall diese Arbeitslosigkeit! Da muss man wahrhaftig froh sein, wenn man etwas zu tun hat. Geh jetzt brav nach Hause. Dann kannst du dir hinterher sagen, dass du dein Möglichstes getan hast. Du weißt, woran ich denke. Ich glaube, Frau Buck ist *freundlich*. Wenn *sie* sich für dich interessiert, ist viel gewonnen. Du musst auch an *meine* Stellung denken, wenn schon an nichts sonst.«

Die letzten Worte hat Frau Breien mit einer besonderen Betonung geäußert. Jetzt deutet sie auf das Paket. »Du, das ist nur ein bisschen Eintopf. Den hat es gestern bei uns gegeben. Ich habe ihn mitgebracht, weil ich mir dachte, heute wirst du kaum Zeit zum Kochen finden. Ich hab es auch schon mal aufgewärmt, falls ihr gleich essen wollt. Dann hast du etwas Gutes und Kräftiges zum Mittagessen für deine Kinder. Für morgen wird es auch noch reichen. Du weißt, ich würde euch gern zu mir einladen, aber da ist ja Breien. Er ist zurzeit immer so nervös. Im Übrigen würde es dich auch zu viel Zeit kosten, ehrlich gesagt.

Du musst das jetzt tun, Katinka. Du weißt, wir wollen ja alle nur dein Bestes«, schließt Frau Breien ihren freundlichen Überredungsversuch.

»Du bist ein guter Mensch, Konstance«, sagt Frau Stordal langsam. Ihr Ton ist seltsam. Wäre es nicht so abwegig, könnte man fast meinen, sie würde etwas ganz anderes meinen.

»Ach, vergiss es.« Frau Breien macht nie viel Aufhebens von ihrer Hilfsbereitschaft. Und der Ton, den so eine angetrunkene Person anschlägt, ja, den überhört sie einfach.

In diesem Moment mischt sich Hut-Svenne ins Gespräch. Ja, eigentlich ist dies der Augenblick, an dem alles anfängt.

»Nehmen Sie sich vor ihr in Acht«, sagt er zu Katinka.

Wenn das nicht unverschämt ist!

Frau Breien schenkt ihm natürlich nicht die geringste Aufmerksamkeit. Und sagt auch vorerst nichts.

Aber Hut-Svenne beharrt: »Lassen Sie sich ja nicht von ihr einwickeln. Die macht nur eine Bettlerin aus Ihnen. Ich meine damit, sie erreicht, dass Sie sich wie eine Bettlerin fühlen. Und das ist *das Ende.*«

»So, dann gehen wir jetzt, Katinka«, sagt Frau Breien ruhig und ignoriert den unverschämten Burschen. »Ich habe denselben Weg wie du. Komm jetzt.«

»Wenn die bestimmen darf, bleibt nichts von Ihnen übrig.« Hut-Svenne steht auf und macht ein paar Schritte auf Katinka zu. »Solche Personen schaffen es noch, aus uns allen elende Bettler zu machen.«

Wie kann man bloß so etwas über die herzensgute Frau Breien sagen!

»Lassen Sie die Ärmste in Ruhe«, fährt er fort, jetzt an Frau Breien gewandt. »Sie ist müde, das sehen Sie doch!«

Und dann tritt er zu Frau Stordal an den Tisch und sagt mit dieser leisen Stimme von vorhin, die man fast melodisch nennen könnte, wenn sie nicht so lächerlich und außerdem anstößig und aufdringlich wäre:

»Ich darf Sie doch zu etwas einladen? Etwas, das Sie mögen? Ein wenig Wein, oder? Der Wein, den Sie soeben getrunken haben? Und dann hören Sie mir vielleicht noch ein Weilchen zu? Sie können es sowieso nicht lassen, mir zuzuhören, dafür begreifen Sie alles viel zu gut. Sicher wissen Sie auch, was für ein Gefühl es ist, einsam zu sein? Eimsamkeit – das ist schlimmer als *Kälte*. Und dabei ist Kälte schon etwas Entsetzliches. So erweisen Sie einem armen Teufel Freundlichkeit. – Jetzt bestelle ich den Wein.«

Dass Katinka viel mehr auf ihn hört als auf Frau Breien, lässt sich nicht länger leugnen. Sie steht da, starrt verloren vor sich hin und macht keinerlei Anstalten, zu gehen.

Sie sagt sogar: »*So* eilig wird es doch wohl nicht sein?«

»Nicht eilig? Was redest du da? Und ob es eilt! Hast du schon wieder zu viel getrunken? Ist das einer deiner Anfälle?«

Frau Breien wird allmählich ärgerlich. Und das ist wirklich kein Wunder.

»Lassen Sie sie in Ruhe«, sagt Hut-Svenne noch einmal.

Da geht Frau Breien resolut ins Café hinüber und zieht die Tür hinter sich zu: »Wie viele Gläser hat Frau Stordal bekommen?«

Das können Larsen und Sønstegård beide mit gutem Gewissen beantworten. »Nicht mehr als eins, Frau Breien«, sagen sie im Chor.

»Ts, ts, ts.« Frau Krane schüttelt den Kopf. Was für ein Schlamassel.

»Sie darf keinen Tropfen mehr bekommen, haben Sie das gehört!« Frau Breien ist jetzt entschlossen. »Na ja, ich werde versuchen, sie zum Mitkommen zu bewegen«, fügt sie hinzu.

Damit geht sie wieder ins Nebenzimmer und redet sanft und freundlich auf Katinka ein. So ist Frau Breien nämlich, langmütig und vernünftig. »Wir *müssen* jetzt los, Katinka. Frau Buck sitzt in deiner Wohnung und wartet. Um zwei kommen deine Kinder aus der Schule. Sollten sie dich hier antreffen –«

»Um zwei bin ich wahrscheinlich nicht hier –«

»Das hoffe ich wirklich!«

Frau Breiens Stimme ist recht scharf geworden. Ihre Geduld geht langsam zu Ende. Als ob das ein Wunder wäre.

»Ich habe dir Aufträge besorgt«, sagt sie. »Ich habe dir Torsen als Hilfe besorgt. Und Torsen ist weiß Gott eine liebe Person, aber selbst Torsen kann nicht von Luft leben, selbst Torsen braucht etwas zu essen. Das solltest du auch nicht vergessen!«

Und da lacht Katinka. Ein kurzes, völlig unmotiviertes Lachen.

»Selbst Torsen braucht etwas zu essen«, wiederholt sie. Und lacht noch einmal.

Als wäre das irgendwie komisch.

Frau Breien nimmt es wieder von der klugen, gütigen Seite. »Das verstehst du doch selbst, Katinka.«

»Oh ja, oh ja.«

»Du musst das Leben so akzeptieren, wie es ist. Das müssen wir alle.«

Mit dieser Äußerung spielt Frau Breien offenbar auf so einiges an.

Doch da fasst sich Frau Stordal plötzlich an die Brust und sagt: »Jemand trampelt auf meinem Herzen herum. Trampelt und trampelt, und jetzt sickert Blut heraus.«

Das sagt sie ganz nachdenklich und etwas erstaunt, als würde sie ein Gefühl beschreiben, das gar nichts mit dem Unsinn, den sie von sich gibt, zu tun hat.

Dann flüstert sie: »Bald bricht es. Jemand trampelt und trampelt. Bald bricht es, mit einem Seufzer. Dann ist es vorbei.«

Alle hören es, auch die Damen im Café. Sie sind ja ganz in der Nähe der Tür.

Frau Breien ist wie immer bewundernswert und behält die Lage im Griff: »Jetzt wollen wir doch nicht hysterisch werden. Jetzt dürfen wir nicht aufgeben. Jeder Mensch muss kämpfen. Ich kenne keinen, der nicht kämpfen muss. Du stellst dich an, Katinka, und sonst nichts. Wenn diese Prüfung erst mal vorbei ist, wird alles leichter. Aber wenn du dich jetzt nicht zusammenreißt, weiß ich nicht, wie es enden wird. Dann müssen so manche von uns aufgeben.«

Und was glauben Sie wohl? Katinka kehrt an ihren Tisch zurück und setzt sich wieder hin. Mit den Ellbogen auf dem Tisch, als würde sie endgültig Platz nehmen. Antwortet mit keinem einzigen Wort und sieht auch nicht auf.

»Ja, hier kannst du nicht sitzen bleiben.«

»Sie meinen natürlich, mit einem wie mir«, bemerkt der fürchterliche Hut-Svenne.

»Mit Ihnen rede ich nicht.«

»Ist auch nicht nötig. Ich kapier es auch so.«

»Ich geh jetzt, Katinka.«

Frau Breien wartet noch kurz auf Antwort, bekommt keine, seufzt und verlässt den Raum. Die Tür lässt sie offen. Fehlte auch noch, dass sie die Tür schließen und auf die beiden dort drinnen Rücksicht nehmen würde. Frau Krane und die Bedienungen haben sich wieder an ihre Plätze zurückgezogen, macht irgendwie einen besseren Eindruck.

Die arme Frau Breien, die so viel für Katinka getan hat! Ratlos lässt sie sich auf einen Stuhl sinken.

»Oh Gott, die Kinder!«, stöhnt sie. »Dieser Kerl –. Frau Stordal sitzt also ganz einfach mit einem Kerl da drinnen –; redet mit ihm und alles –«

»Ja, das wissen wir schon. Ich kann gar nicht sagen, wie erleichtert ich war, als ich Sie kommen sah, Frau Breien! Ts, ts, ts. Das hier ist für uns auch schlimm.«

Aber Frau Breien klopft sich mit einer vielsagenden Geste an die Stirn.

»Sie wollen doch nicht andeuten, dass sie verrückt ist?«, flüstert Frau Krane entsetzt.

»Verrückt oder betrunken. Eins davon ist es.«

»Also von uns hat sie jedenfalls nichts bekommen«, versichert Larsen.

»Wer weiß, was sie zu sich genommen hat, bevor sie herkam? Dass das ausgerechnet *jetzt* passieren muss! Ich weiß bald nicht mehr aus noch ein!«

Aus dem Nebenzimmer lässt sich Hut-Svenne vernehmen: »So, jetzt kriegen wir tüchtig unser Fett ab. Aber das schert uns nicht, oder?«

Dann streckt er den Kopf ins Café hinaus, an seinem ewigen Zigarettenstummel kauend: »Hallo, eine Halbe Portwein! Eine *Halbliterbuddel.* Mit Gebäck dazu. Ein bisschen dalli, bitte!«

Die Damen sehen einander ratlos an.

»Mir die Bedienung verweigern, das dürfen Sie nicht. Damit kommen Sie nicht durch!«

Niemand macht Anstalten, sich zu bewegen.

»Vielleicht sollte ich mich lieber direkt an den Chef wenden?«

Den Mann wissen zu lassen, dass Krane gar nicht im Haus ist, ja, dass er sich sogar in Sørfjorden befindet, ist nicht ratsam. Resigniert gibt Frau Krane Sønstegård mit der Stricknadel ein Zeichen. Sønstegård verschwindet, mit essigsaurer Miene. Hut-Svenne schiebt die Tür heftig zu.

»Immer muss Krane unterwegs sein, wenn was ist«, seufzt Frau Krane hilflos. Obwohl er nicht unbedingt eine große Stütze ist, das weiß sie besser als sonst jemand. Ein tüchtiger Konditor, geschickt und ordentlich, nie ein Tropfen zu viel, gewiss, aber kein Held. Nun, ein Mann ist immerhin ein Mann. Er hätte sich wenigstens zeigen können.

»Die Polizei ...?«

»Solange es keinen Skandal gegeben hat, Frau Breien ...«

»Meiner Meinung nach ist das hier ein Skandal, im höchsten Maße ein Skandal«, erklärt Frau Breien knapp und missbilligend. »Und wenn die Kleider nicht fertig werden, haben *Sie* das zu verantworten, Frau Krane. Das wird Ihrem Café schaden.«

»Am angenehmsten wäre es natürlich, wenn wir sie im Guten dazu bewegen könnten, das Lokal zu verlassen ...«

»Im Guten? Zwei betrunkene Personen? Übrigens werden betrunkene Personen in anständigen Lokalen nicht bedient.«

»Das weiß ich schon –«

»Oh Gott!«

»Ist alles nicht so einfach, Frau Breien –«

»Oh Gott, sage ich.« Damit beginnt Frau Breien ihr Herz auszuschütten. Anfangs noch einigermaßen leise und beherrscht, aber aufgewühlt, wie sie ist, wird sie immer wieder schrill: »Also, da sitzt sie nun, Frau Katinka Stordal. Eine gebildete Person. Mutter von zwei wohlgeratenen Kindern. In der Gesellschaft eines solchen Individuums. Und lässt alles um sich herum zusammenbrechen. Denn das tut es. Jetzt kann keine Macht der Welt den Zusammenbruch verhindern.«

Sie spricht absichtlich sehr laut und sagt: »Also, ich gehe. Mehr kann ich nicht tun.«

Sie seufzt, schüttelt wehmütig den Kopf zu Sønstegård, die soeben mit der Bestellung das Lokal durchquert, erblickt sich selbst im Spiegel und sagt zum dritten Mal »Oh Gott!« An und für sich hat Frau Breien ja gar keine Zeit, sich Gedanken über ihr eigenes Äußeres zu machen, bei den vielen Eisen, die sie für andere im Feuer hat. Aber das heißt noch lange nicht, dass sie keinen Wert darauf legt, gut auszusehen. Hastig glättet sie ihre Haare, die tatsächlich etwas in Unordnung geraten sind, grüßt, seufzt noch einmal und geht.

Inzwischen hat Sønstegård die Schiebetür weit aufgeschoben, hat sie mit voller Wucht in die Wand geschickt. Gerade rechtzeitig, um Hut-Svenne sagen zu hören: »Betrunken, hat sie gesagt? Verdammtes Miststück!«

Kein Wunder, dass Sønstegård gekränkt aussieht, weil sie so jemanden bedienen muss. Die Tür lässt sie offen stehen, ist ja klar. Wäre noch schöner, wenn irgendwelche dahergelaufenen Typen sich einfach hier einschließen dürften. Irgendwo gibt es Grenzen.

Aber Frau Stordal hat trotz allem ein gewisses Gespür dafür, wie unschicklich das Ganze ist. Sie hören sie sagen: »Nein, jetzt muss ich aber wirklich gehen –«

»Nicht doch«, sagt Hut-Svenne. Er geht durchs Zimmer, trägt wohl das Tablett zu ihr hinüber. »Hier, sehen Sie, das ist Ihr Wein. Der ist für Sie. Trinken Sie nur, das können Sie brauchen.«

Und dann schließt er doch tatsächlich wieder die Tür, schickt sie wenn möglich noch schneller los als Sønstegård vorhin. Einfach ungeheuerlich! Frau Krane könnte doch wenigstens wegen der Tür etwas sagen. Aber sie macht nur ein unglückliches Gesicht, steht auf und lauscht.

Gleich darauf lauschen sie alle drei. Für den Fall, dass es da drin zu weit gehen sollte. Und solange keine anderen Kunden kommen –.

»Sie sind überhaupt nicht betrunken«, sagt Hut-Svenne. »Sie sind traurig. Und wer wäre das nicht, zum Teufel noch mal!«

»Auf Ihr Wohl«, sagt Katinka. Also ist immerhin *sie* wohl betrunken.

Es klingt ein bisschen verloren und erschöpft, wie sie das sagt, aber trotzdem –.

»Rund um die Welt reisen ... das ist doch ... das ist doch immerhin –?«, fährt sie unsicher und verlegen fort. Als wüsste sie nicht so recht, was sie sagen soll.

Und verlegen, das kann sie ruhig sein. Das geschieht ihr nur recht. Wenn man sich schon in so eine vertrackte Situation bringt.

»Ja, durchaus. Frische Luft, weiter Himmel. Manchmal langweilig, manchmal abwechslungsreich, schöne Frauen in den Häfen. Manche halten nicht besonders viel von Frauen. Abgesehen von einer Sache, natürlich! Wenn die erledigt ist, sind Frauen ihnen egal. Ich dagegen mag Frauen, bin auch sonst gern mit ihnen zusammen. Mag ihre Gesellschaft.

Klar muss man sich zur See ordentlich abrackern«, fügt er in verändertem Tonfall hinzu. »Aber besser, als hier herumzuhängen, ist es allemal. Und dennoch muss man zufrieden sein, so wie es zurzeit auf der Welt aussieht, vor allem für uns Seeleute. Ich habe Kameraden, die ziehen daheim in Schweden als Bettler von Tür zu Tür. Tja, so ist das!«

Sogar auf seine Familienverhältnisse kommt dieser Kerl zu sprechen. Als ob er und Katinka alte Bekannte wären. »In Schweden hab ich eine Tochter. In Gävle.«

»Aber dann haben Sie doch jemanden«, bemerkt Katinka und hört sich immer noch so an, als wüsste sie nicht so recht, was sie sagen soll.

»Unsinn!«

So unhöflich, wie das herauskam, war es wohl nicht gemeint, denn gleich darauf sagt er mit dieser Stimme, die tatsächlich irgendwas Ungewöhnliches an sich hat, das heißt, solange man sie nur hört und den Sprechenden dabei nicht sieht. »Tut mir leid. Sie meinen es gut, das ist mir klar, aber sicher wissen Sie genau, dass das Unsinn ist. Junge Leute sind nun mal junge Leute. So, trinken Sie jetzt. Wenn Sie mehr möchten, bestelle ich noch etwas.«

Dass Katinka sich gütlich tut, daran kann kein Zweifel sein. Glas klirrt gegen Porzellan. Und als sie sagt: »Aber Ihre Tochter hat Sie doch sicher lieb?«, klingt das doch recht undeutlich.

Jedenfalls besteht sie auf ihrer Frage, so wie Betrunkene das zu tun pflegen. Als ob es ihr tatsächlich wichtig wäre, zu erfahren, ob die Göre ihren Vater lieb hat oder nicht.

»Sie mag mich schon. Aber da sind die Schwiegereltern, bei denen sie untergebracht ist. Und meine Schwiegermutter, die verzeiht mir nie, dass das Kind früher kam, als es sollte. Sie gibt mir auch die Schuld am Tod meiner Frau. Meine Frau, die bekam die Schwindsucht, und das angeblich, weil ich mich nicht anständig benahm und sie mehr arbeiten und sich abplagen musste, als sie verkraftete. Aber meine Frau selbst hat nie so was gesagt. So eine war sie nicht. Sie hat mir alles verziehen. Klar hab ich das eine oder andere angestellt, was nicht in Ordnung war, aber das geht doch uns allen so. Meine Tochter, die ist jetzt in dem Alter, wo nur Gleichaltrige was taugen. Im Übrigen hab ich mich ihr gegenüber wohl auch nicht besonders gut benommen. Hab nicht bezahlt, was ich sollte, und so. Tja, jetzt sitze ich hier und lege bei Ihnen meine Beichte ab. Prost!«

»Bezahlt habe ich immerhin«, kommt es geistesabwesend von Katinka.

Das hat sie gewissermaßen auch getan, selbst wenn es immer eine wacklige Sache war. Aber diesem fremden Kerl so was zu sagen – das ist doch nicht zu fassen!

»Und sind trotzdem einsam. Denn einsam sind Sie, auf jeden Fall. Aber da sehen Sie selbst, es bleibt sich gleich, egal, was man macht. Da kann man es genauso gut auch lassen. Die Kinder fragen trotzdem nicht nach uns, sie denken nur an sich. Übrigens sind junge Leute boshaft. Es macht ihnen Freude, andere zu verletzen. Haben Sie das nicht gemerkt? Wir sind ihnen geradezu lästig.«

Dieser Hut-Svenne, der kann vielleicht große Reden schwingen. Und die dumme Katinka stimmt zu: »Oh ja …«

»Die glauben, sie wären was ganz Besonderes, nur weil sie jung sind. Dass unsereins allmählich alt wird, das ertragen sie nicht. Wir müssen ordentlich viel Geld und Macht und Ansehen haben, um mit ihnen klarzukommen. Haben wir das nicht –! Und selbst wenn wir das alles haben –! Sie sind *übermütig*, nur weil sie jung sind.«

Versucht dieser Herumtreiber etwa, Katinka aufzustacheln? Wo sie doch sowieso schon total unmöglich ist. Larsen sieht Sønstegård an und Sønstegård schaut zu Frau Krane. Frau Krane schüttelt hilflos den Kopf.

»Am besten, man nimmt sich selbst zurück«, fährt Hut-Svenne fort. »Man sorgt dafür, dass sie zu essen haben und so weiter. Aber nur nicht viel sagen.«

»Nur nicht viel sagen.«

Das wiederholt Katinka in einem Ton, als wäre ihr etwas bestätigt worden, worüber sie schon lange nachdenkt. Zustände sind das, also ehrlich!

»So wahr ich hier stehe«, versichert Hut-Svenne. »Das können Sie mir glauben. Möglichst auch nichts fragen –«

»Nein, nichts fragen –«

»Dass sie selbst eines Tages alt werden, ahnen sie nicht.«

»Inzwischen sind sie mir egal!« Katinka spricht plötzlich so laut, als gelte es, jemanden zu übertönen. »Ich kann ja sowieso nichts für sie tun.«

»Wie ein kleiner Hund bin ich hinter ihnen hergerannt«, fährt sie zornig fort.

Hut-Svenne murmelt etwas Unverständliches, dann scheint eine Faust fest auf einen Tisch geschlagen zu werden.

»Nein, jetzt aber –«, sagt Frau Krane und will offenbar irgendwas unternehmen.

»Psst!«, machen Larsen und Sønstegård. »Lassen Sie uns noch ein bisschen zuhören.«

Also können sie hören, wie Katinka den unglaublichsten Blödsinn von sich gibt.

»Mutterliebe«, sagt sie. »Dauernd ist von Mutterliebe die Rede. Die soll irgendwie alles ertragen. Aber das ist nichts als ein Märchen, ein bequemes Märchen. Was bekommen die meisten von ihren Kindern dafür? Verächtliche Nachsicht. Mitleid, wenn es hochkommt. Davon stirbt die Liebe, jegliche Art von Liebe.«

»Wie wahr.«

»Meine können mich nicht ausstehen, das kann ich dir versichern.«

»Wie viele hast du?«

»Zwei.«

»Zwei? Gerade genug, um sich gegen dich zu verbünden.«

»Ganz so ist es ja auch wieder nicht –«

Jetzt *duzen* sie sich auch noch! Katinka sitzt doch tatsächlich da und duzt diesen Kerl. Und schämt sich nicht, ihre Kinder einzubeziehen. Frau Stordal ist vermutlich tiefer gesunken, als irgendjemand ahnen konnte. Immerhin war sie früher einmal eine feine Dame, eines der allerhübschesten jungen Mädchen.

»Ich wollte mein Bestes tun. Doch das ist nur dumm. Dafür gibt dir keiner was. Sie verachten dich dafür.«

»Die können dir doch scheißegal sein!«

»Das sind sie auch. Genau darum sitze ich ja hier. Kennst du die Art von Liebe, die an Wut erinnert und genauso ohnmächtig ist? Kennst du die?«

»Kann man wohl sagen ...«

»An Weihnachten zum Beispiel. Die kalten, kritischen Blicke, mit denen sie alles mustern. Schweigen, gedrückte Stimmung. Man hat sich völlig verausgabt. Ist herumgerannt. Hat gebettelt.

Schulden gemacht. Noch mehr Schulden. Nichts ist genug, mit nichts sind sie zufrieden. Etwas zu erklären ist sinnlos. Was gibt's da schon zu erklären? Mehr als sein Bestes kann niemand tun, oder?

Soll ich etwa noch ein Weihnachten so dasitzen? Wie eine Verbrecherin? Eine, die ihre Pflichten nicht erfüllt hat? Nein! Nein! Nein!«

»Hier, nimm noch einen Schluck. Das hilft. Wenigstens vorübergehend. Dann –«

»Dann –?«

»Dann fällt dir vielleicht etwas ein. Ein Ausweg –«

»Ein Ausweg ... oh ja ...«

»Still jetzt. So weit sind wir noch nicht. Du brauchst mir nicht zu sagen, mit welchem Gedanken du gespielt hast, als ich vorhin hereinkam. So viel hab ich immerhin erlebt, dass ich das begreife. Prost. Jetzt stoßen wir darauf an, dass diesmal nichts daraus wird.«

Klirren von Glas gegen Porzellan.

»Ich bin nur so müde«, sagt Katinka.

99

Von Kindern und Betrunkenen erfährt man so Manches. Hinterher gestanden sowohl Larsen als auch Sønstegård, in diesem Moment hätten sie fast befürchtet, neue Kundschaft könnte ins Café kommen. Es war einfach zu spannend zu hören, wie Katinka, von der man normalerweise kaum eine Antwort bekam, das Mundwerk laufen ließ. Obwohl es wehtat, dass sie so über ihre eigenen Kinder sprach. Sie mehr oder weniger bloßstellte.

Auch wenn es nichts als Unsinn war, was sie da behauptete.

Was denn sonst?

Ihre Stimme, die kurz in gedämpftem Gemurmel verschwunden war, ist wieder da: »– manchmal, wenn man sich – nun ja, einsam oder so – fühlt, da entschlüpft einem vielleicht etwas – da deutet man vielleicht etwas an – nur um ein wenig Zuneigung zu bekommen, ein wenig – Zärtlichkeit. Das ist eine große Schwäche, ein großer Mangel an Stolz. Und prompt bekommt man auch die Antwort, die man verdient: Lass mich in Ruhe, Mama – nächste Woche läuft im Kino ein Film mit Gary Cooper. Mama, hör auf – im Kanal ist ein Lloyddampfer mit einem Fischkutter zusammengestoßen –«

»Stimmt. An die Kinder braucht man sich gar nicht erst zu wenden.«

»Aber was hab ich eigentlich mit ihnen zu tun? Menschen, von denen ich nichts weiß, die ich nicht kenne? Mit fremden Gesten, fremdem Gelächter? Oh, dieses Gelächter. Weißt du, ich wäre so gern eine Mutter für sie gewesen, ich kann mich ja gut daran erinnern, als sie klein waren. Sogar jetzt, da sie groß sind, habe ich oft Lust, sie einfach zu streicheln, nur weil die Worte mir irgendwie wegbleiben und ich nicht weiß, was ich sagen soll. Die Tiere machen das doch auch – sie lecken ihre Jungen – wahrscheinlich, weil ihnen die Worte fehlen. Aber heutzutage gibt es ja so viele neue Ideen. Was für uns das Allernatürlichste war, scheint jetzt völlig verkehrt zu sein –«

Was Katinka damit wohl meint? Wahrscheinlich meint sie gar nichts. Das ist nichts als betrunkenes Gefasel, recht und schlecht. Sentimentales Zeug. Viel beunruhigender ist dagegen, dass sie sich anhört, als würde sie gleich einschlafen. Sie gähnt sogar.

»Das fehlte auch noch«, flüstert Frau Krane.

»Bald müssen wir sie raustragen«, stellt Sønstegård gnadenlos fest.

»Du lieber Himmel. Und all die Kleider. Und ausgerechnet jetzt muss Krane in Sørfjorden sein –«

Aber Katinka redet weiter, langsam wie im Halbschlaf, und doch recht deutlich: »Als sie kleiner waren, habe ich manchmal gedacht, wenn ich jetzt sterbe, was würde ihnen dann von mir in Erinnerung bleiben? Mein Mantel, den ich so oft anhatte, eine Anstecknadel vielleicht oder ein Schal? Mein Gesicht jedenfalls nicht. Denn so haben wir uns damals, als wir Kinder waren, an die Verstorbenen erinnert, und *jetzt* –. Wenn ich jetzt sterbe, werden es meine Fehler sein, die Momente, wo ich versagt habe –«

»Komm, jetzt leeren wir die Flasche! Das hier hat keinen Sinn!«

»Übrigens können Worte uns töten. Eine Kleinigkeit wird geäußert – und wir beginnen zu sterben – lösen uns auf –«

»Ja, schon möglich –«

»Aber wenn man merkt, jetzt kann ich nicht mehr. Jetzt werde ich nur böse und gemein und hinterhältig –. Da kann man doch genauso gut –?«

»Na klar doch. Genau das hab ich schon immer gedacht. *Geh* ruhig. Aber nicht ins Wasser. Im Leben gibt es doch noch was anderes als *die Kinder.*«

»Dass man sich ihnen so zeigen muss – so hässlich –«

»Den Kindern, meinst du? Ha, die – die *sehen* dich ja nicht einmal.«

»Oh doch, die sehen wohl. Und sind angewidert. Man selbst wird dünnhäutig wie – wie in einer Liebesbeziehung. Bei der kleinsten Bemerkung zieht man sich in sich selbst zurück. Liebe, egal, was für eine, am Leben zu erhalten, ist schwierig, das kann ich dir sagen. Hat auch mit Geld zu tun …«

»Trink noch einen Schluck und vergiss sie.«

»Ts, ts, ts«, macht Frau Krane.

»Wir müssen zurück an unsere Plätze«, fügt sie hinzu. »Sieht schlecht aus, wenn wir hier stehen. Könnte ja Kundschaft kommen.«

Widerstrebend kehren Larsen und Sønstegård zu den Servietten zurück. Frau Krane sitzt schon an ihrem Platz, mitsamt dem Strickzeug. Die Zeit, wo die Leute sich eine Tasse Kaffee gönnen, rückt näher. Eigenartig, dass bisher niemand gekommen ist.

»Vielleicht wäre es ja wichtiger, mit den Kunden, die *tatsächlich* hier sind, klarzukommen«, murmelt Sønstegård. »Sie rechtzeitig an die Luft zu setzen, zum Beispiel. Wenn die da drinbleiben und weiter dummes Zeug reden dürfen –«

Sie beendet den Satz nicht. Er bleibt in der Luft hängen, angefüllt mit etwas Unangenehmem, unerlöst und bedrohlich.

»Schon komisch, was Betrunkene sich alles einfallen lassen«, meint Larsen.

»Komisch? Na ja, wenn du so was komisch findest ... Ich würde es eher traurig nennen.«

»Ts, ts, ts«, schnalzt Frau Krane ungeduldig. Dass die zwei nie den Mund halten können. Dann wäre es vielleicht möglich, auch von diesem Platz aus etwas zu hören.

Draußen geht eine Dame direkt an den Fenstern vorbei.

»Elise Øyen!«, rufen Larsen und Sønstegård im Chor.

»*Die* wird doch hoffentlich nicht hierherkommen?« Frau Krane strickt plötzlich so heftig an ihrem Pullover, dass sie viele Maschen gleichzeitig fallen lässt.

»Was würde das schon ausmachen? Hier sind doch alle Menschen willkommen. Anständige Menschen, meine ich.«

Typisch Larsen, so eine Bemerkung.

»Sie ist zu Berg und Fure reingegangen«, sagt sie dann und reckt den Hals. »Du meine Güte, ist die hübsch!«

»Hübsch? Na ja, schick«, sagt Sønstegård.

»Stimmt, eigentlich eher schick als hübsch.« Larsen klingt erleichtert.

»Aber in der Bank schließen sie doch erst um vier«, fügt sie hinzu und sieht wieder beunruhigt aus.

»Na und? Die macht doch, was sie will. Dort tanzen alle nach ihrer Pfeife.«

»Wird wohl so sein. Ich wüsste gern, was zurzeit zwischen ihr und Stordal läuft?«

»Weiß der Himmel. Die flirtet ja mit vielen.«

»Ja, schlimm!« Larsens Stimme wird vor Empörung ganz dunkel.

»Das kann man wohl sagen.«

Frau Krane räuspert sich warnend.

Die Drehtür dreht sich. Herein kommen Rechtsanwalt Buck und Gemahlin. Schon während sie noch in der Tür sind, lässt sich Frau Bucks Stimme vernehmen: »Ja, das geht jetzt doch ein bisschen zu weit, Gottfred.«

»Ganz deiner Meinung, ganz deiner Meinung«, kommt es vom Anwalt.

Frau Krane legt ihr Strickzeug aus der Hand und steht höflich abwartend da.

»Wir gehen da hinein«, sagt Buck und will in den Klubraum.

»Bedaure, das Nebenzimmer ist leider besetzt, Herr Anwalt.« Vor Nervosität schlägt Frau Kranes Stimme in den Diskant um.

»Besetzt?« Buck ist es nicht gewohnt, dass etwas seine Pläne durchkreuzt, das ist offensichtlich. Er zieht die Augenbrauen hoch.

»Tut mir leid, Herr Anwalt. Aber hier? Das ist doch ein netter Tisch? Von hier hat man so eine hübsche Aussicht, finde ich.« Frau Krane bietet den Fenstertisch an, an dem Larsen und Sønstegård gesessen haben. Die beiden ziehen währenddessen hastig mitsamt den Servietten um.

Ohne sich in das Gespräch einzumischen, lässt Frau Buck sich an einem Tisch mitten im Zimmer nieder. Da sitzt sie nun, vielleicht ein bisschen sehr korpulent, aber was für eine Dame! Persianerpelz und Diamantenringe. Den Persianer knöpft sie sofort auf und wirft ihn über den Stuhlrücken. Nein, was für ein Pelz! Zu den zwei Napoleonschnitten auf ihrem Teller bestellt sie Kaffee. »Ist doch nicht so wichtig, wo wir sitzen, Gottfred«, sagt sie.

»Du wolltest doch etwas mit mir besprechen, wenn ich es richtig verstanden habe.« Rechtsanwalt Buck sieht sich unzufrieden um und schüttelt den Kopf zu Larsen. Er möchte nichts bestellen.

Larsen verzieht sich.

»Ja, genau das will ich auch.«

»Aber hier können wir doch nicht –«, sagt Buck ärgerlich. »Wir hätten in meinem Büro bleiben sollen, dann wären wir jetzt fertig. Stattdessen schleppst du mich mitten in der Geschäftszeit hierher, völlig sinnlos.«

Ein so beschäftigter Mann wie Buck mag so etwas nicht, das ist klar.

»Aber ich brauche eine Tasse Kaffee, Gottfred. Habe fast eine ganze Stunde da oben gesessen und gewartet. Dann bin ich auch noch zu Fuß hergekommen. Können wir vielleicht ein bisschen Musik haben, Frau Krane?«

Frau Krane geht zum Radio und stellt wieder Kopenhagen ein. Der Walzer aus »Die Millionen des Harlekin«. Nicht allzu laut.

»Wenn das Radio an ist, hören sie nichts«, sagt Frau Buck. »Und übrigens wissen sowieso alle darüber Bescheid. Jeder kann ja sehen, dass sie in der Gegend herumspaziert.«

»Sie soll nicht in der Gegend herumspazieren. Sie soll daheim sitzen und nähen.« Buck trommelt mit den Fingern auf den Tisch.

Weder Frau Krane, die am weitesten weg vom Radio sitzt, noch Larsen, die den Kaffee bringt, kommen umhin zu hören, was er sagt.

»*So* genau dürfen wir es auch nicht nehmen, Gottfred, dass sie gar nicht mehr hinausdarf. Es kann doch sein, dass sie hinaus*muss*, dass sie etwas für ihre Arbeit braucht oder so. Man kann sich schließlich nicht alles ins Haus bringen lassen, ab und zu muss man etwas selbst besorgen. Wenn sie nur zur abgemachten Zeit wieder nach Hause käme –«

Frau Buck ist eigentlich eine durch und durch liebe Person, das merkt man. Vielleicht stimmt das, was manche sagen, dass sie es mit Buck nicht immer so leicht hat. Klein, scharf und glatzköpfig ist er, und jetzt klingt er äußerst ungeduldig:

»Ja, ja, ja, das war nicht so wörtlich gemeint, Gudrun. Du hast keinen Sinn für Humor.«

»Ich hab keinen Sinn für Humor? Wie kannst du so etwas sagen, Gottfred? Weißt du nicht mehr, wie viel wir gelacht haben, als wir verlobt waren? Und ist das hier deiner Meinung nach etwa humoristisch?«

Aber Buck ist immer noch verärgert. Er schaut sich um, ganz so, als hätte er den Verdacht, Frau Krane, Larsen und Sønstegård würden *lauschen*. »Ich habe nichts vergessen. Um wieder auf Frau Stordal zurückzukommen –«

Da ist doch tatsächlich von Katinka die Rede! Und drinnen im Klubraum sitzt Katinka höchstpersönlich, zusammen mit Hut-Svenne. Eine schöne Bescherung. Selbstverständlich bemühen sich Frau Krane und die Bedienungen, möglichst wenig aufzuschnappen, aber auch mit dem besten Willen lässt es sich nicht vermeiden, dass mal die eine, mal die andere dies und das zu hören bekommt.

»Du musst ihr den Stuhl vor die Tür setzen, Gottfred. Wenn jemand das kann, dann du!«

»Ich habe ihr einen Stuhl vor die Tür gesetzt, und zwar neulich erst. Da dachte ich, das hätte ihr einen heilsamen Schreck eingejagt. Und stattdessen spaziert sie jetzt durch die Gegend.«

»Was hast du gemacht, Gottfred?«

»Hab ihr ein Schreiben geschickt und erklärt, das geht jetzt nicht so weiter, jetzt muss sie abrechnen. Und zwar vor zwölf Uhr am kommenden Montag. Das Geld auf den Tisch, hab ich geschrieben, sonst –«

»Sonst, Gottfred? Lass hören!«

»Sonst lassen wir die Wohnung räumen. Besorgen einen Mieter, der bezahlt.«

»Du willst sie auf die Straße setzen, meinst du das damit, Gottfred?«

»So ungefähr, ja. Sie schuldet die Miete für ein Dreivierteljahr, unter anderem, unter vielem anderem. Nun, ich hab ihr vierzehn Tage gegeben, das in Ordnung zu bringen. Bin ja kein Unmensch.«

»Wann hast du das geschrieben?«

»Vor acht oder zehn Tagen. Wenn sie jetzt wenigstens daheim bleiben und nähen würde. Aber nicht einmal das schafft sie.«

An diesem Punkt treten Frau Krane zum ersten Mal Tränen in die Augen – unerklärlicherweise. Wenn Leute sich so unmöglich verhalten wie diese Frau Stordal, gibt es wirklich keinen Grund, sie zu bemitleiden. Sie sind auf keinen Fall bedauernswert, vielmehr ist es Frau Krane, die sich albern benimmt. Leider würde sie sich im weiteren Verlauf des Spektakels mehr als ein Mal albern aufführen. Das solle sie sich aber nicht zu sehr zu Herzen nehmen, sagen manche, das habe mit ihrem speziellen Alter zu tun – aber wer weiß? Jedenfalls hat sie gewisse Dinge noch nie hören können, ohne irgendwie komisch zu werden und einen Tränenkloß in den Hals zu bekommen. Nein, sie ist sentimental, sonst nichts, und das ist sie schon immer gewesen.

Zum Glück gelingt es ihr, ihre Tränen vorläufig vor Larsen und Sønstegård zu verbergen. Die beiden sitzen mit wahren Leichenbittermienen da, ganz dem Anlass entsprechend, aber gleichzeitig voller Spannung. Und müssen so tun, als ob sie nichts gehört hätten.

Beide heben den Kopf, als Frau Buck die Gabel aus der Hand legt und völlig vergisst, wo sie ist. »Wie kannst du nur so ein Dummkopf sein, Gottfred. So ein Dummkopf!«

»Wie bitte?« Jetzt spricht Buck auch nicht mehr besonders leise.

»Du hättest warten sollen, begreifst du das nicht? Wenigstens bis das Fest vorbei ist! Wir bangen doch alle um unsere Kleider!«

»Sprich nicht so laut«, sagt Buck ärgerlich.

»Dass du Geld sehen willst, hättest du schreiben sollen. Nichts von auf die Straße setzen. Wo soll sie denn dann die ganzen Kleider nähen, Gottfred? Hast du daran gedacht? Bereits in vier Tagen, wenn sie nicht bezahlen kann? Und bezahlen kann sie erst, wenn sie alle bestellten Kleider abgeliefert hat. Das heißt, wenn sie es *dann* überhaupt kann.«

»Wo sie die Kleider nähen soll?«

Im selben Moment heult draußen auf dem Fjord ein Dampfer. Frau Krane, Larsen und Sønstegård nicken einander zu und stürzen an die Fenster. Denn was auch passiert, die Einfahrt von Hurtigruten muss man gesehen haben, vor allem bei schönem Wetter, weiß gestrichen und schön kommt das Postschiff an, genau wie ein ausländisches Touristenboot.

»Verflixt und zugenäht, da kommt das Boot. Ich kann nicht länger hier sitzen.« Buck steht auf. »Ich bin die ganze Person leid, bin es leid, von ihr zu hören, bin es leid, mit ihr zu tun zu haben. Sie ist teuer genug gewesen, hat mich und auch andere schon genug gekostet. Wer es nie schafft, schwimmen zu lernen, muss untergehen, da kann man nichts machen. Wenn wir, die wir schwimmen können, all jene, die es nicht können, bis zum Sanktnimmerleinstag mitschleppen müssen, gehen wir schließlich allesamt unter, mit Mann und Maus.«

»So meine ich das nicht, Gottfred«, sagt Frau Buck unbeirrt. Sie kennt Buck, das merkt man gleich, und hat keine Angst vor ihm. »Das Boot ist noch weit draußen auf dem Fjord.«

»Sie hätte den Mietvertrag nicht zu verlängern brauchen, als noch Zeit war. Aber nein, sie würde es schaffen. Und dann kommt diese Frau Breien und muss sich einmischen. Belebt etwas, das sonst von selbst eingegangen wäre. Für das es am besten gewesen wäre, wenn es hätte eingehen dürfen. Eine *talentierte* Schneiderin! So ein Blödsinn. Bald soll sie wohl auch noch öffentliche Unterstützung dafür bekommen, dass sie an der Nähmaschine sitzt und talentiert ist, ein Künstlerstipendium womöglich. Warum hast du dir das alles einreden lassen? Warum hast du deine Sachen nicht aus dem Süden kommen lassen wie sonst? Ihr alle hättet euren ganzen Kram doch im Süden bestellen können?«

»Kleider im Süden bestellen, das ist nicht jedermanns Sache. Aber darum geht es jetzt nicht. Du musst das unbedingt wieder in Ordnung bringen, Gottfred.«

»Wenn die Person nicht einmal daheim bleiben und das tun kann, was sie tun soll? Wie alle anderen auch. Nein, kommt gar nicht infrage!«

»Du musst es einfach wieder hinbiegen. Sonst gibt es einen regelrechten Aufstand in der Stadt!«

»Dann soll es eben einen Aufstand geben. Bist du mit deinem Kaffee fertig? Wenn nicht, bleib ruhig sitzen.«

Buck dreht sich um und will gehen, zögert dann aber plötzlich. »Zum Henker, jetzt kommen auch noch *die* da. Ich hab verflixt noch mal keine Zeit –«

»Reg dich nicht auf, Gottfred. Das sind doch nur die hübschen jungen Frauen, das wirst du schon noch aushalten. Übrigens kannst du es jetzt selbst hören …«

Ein paar junge Damen haben sich unter lebhaftem Geplauder draußen versammelt und beabsichtigen offensichtlich, hereinzukommen. Ihr Geplauder klingt wie ein Vogelschwarm.

Gott sei mir gnädig, denkt Frau Krane. Sie eilt zu den Regalen hin, in möglichst großer Nähe zur Schiebetür, und gibt sich den Anschein, dort etwas zu arrangieren, während sie horcht, ob von dem Paar im Nebenzimmer etwas zu hören ist. Die beiden wird sie nie los, wenn weiterhin so viele Leute ins Café strömen.

Und jetzt ausgerechnet diese Damen! Wären es doch wenigstens irgendwelche andere Personen gewesen.

Warum sind die jungen Frauen nicht zuerst zum Hafen gegangen, um das Postschiff zu bewundern? Das tun sie ja sonst immer.

Anfangs hört sie nur Frau Buck: »Das Erste, was du jetzt im Büro machst, Gottfred – das Allererste, was du machst –, ist, ihr ein paar Zeilen zu schicken. Was glaubst du wohl, wer sonst Unannehmlichkeiten bekommt? Das bin nämlich dann ich!«

»Leise!«, mahnt Buck.

Und jetzt kann Frau Krane das, worauf sie so angespannt gelauscht hat, endlich hören. Die Stimme – diese Stimme, die einen so seltsam berühren würde, wenn sie nur von einem anderen käme, und die offenbar nur für Katinka bestimmt ist, sagt: »Ich würde dir gern etwas schenken? Eine Blume? Darf ich dir eine Blume schenken? Auf dem Weg hierher hab ich schöne Blumen im Blumenladen gesehen. Bellis. Bellis, das ist doch ein schönes Wort? Dann hast du morgen etwas zum Anschauen. Morgen ist Sonntag. Und Sonntag ist der schlimmste Tag, nicht wahr?«

»Sonntag ist der schlimmste Tag«, wiederholt Katinka wie ein Papagei. Immer wieder stößt ein Glas klirrend an Porzellan.

»Dann ist man so verlassen wie an keinem anderen Tag. Da geht jeder seinem Vergnügen nach. Und man selbst hätte ganz gern auch etwas Entsprechendes gehabt.« Das war Hut-Svenne.

»Bellis? Was für ein schöner Name. Ist das Latein?«

»Weiß der Teufel. So sagen wir eben in Schweden. Aber viele nennen es auch Tausendschönchen.«

»Tausendschönchen? Ach ja, Tausendfreud.«

»Genau, Tausendfreud, tausend Freuden!« Was für albernes

Zeug dieser Hut-Svenne da von sich gibt! Doch dann fährt er mit veränderter Stimme fort: »Diesmal wolltest du dich für immer aus dem Staub machen. So viel habe ich kapiert, obwohl ich ein einfacher Mensch bin. Davor galt es, sich etwas Courage anzusaufen, nicht wahr? Aber du wirst dich doch nicht ins Wasser scheuchen lassen, oder? Du doch nicht?«

Darauf antwortet Katinka nichts, soweit Frau Krane hören kann. Sie kann doch nicht vorgehabt haben, ins Wasser zu gehen, jetzt, wo sie endlich so viele Bestellungen hat, Katinka, eine Mutter von zwei fast erwachsenen Kindern? So etwas macht man doch nicht hier in der Stadt!

Plötzlich fällt es Frau Krane ein, dass solche Sachen nicht nur in der Zeitung stehen und irgendwo weit weg passieren. Apotheker Greve hat im Keller der Eisbär-Apotheke Blausäure zu sich genommen, selbst wenn das jetzt lange her ist, und wurde außerdem nach seinem Tod von Pfarrer Pio am Grab getadelt. Ein großer Sünder, sagte Pio, sei, wer sich das Leben nehme. Das fanden viele allerdings etwas zu hart. Und Schneider Iversen, der mit der zänkischen Frau, der ging *Schritt für Schritt* ins Wasser hinaus, bis es ihm über den Kopf stieg, und kam nicht wieder hoch. Und das bei Ebbe, weit draußen. Leute, die ihn vom Stoppenbrink-Kai aus sahen, fuchtelten mit den Armen und riefen und wollten hinter ihm herrennen, aber bei dem Abstand hatte das ja keinen Sinn. Das ist auch lange her, aber …

Eine Wasserleiche –! So etwas Schreckliches wie eine Wasserleiche –! Frau Krane hat einmal eine im Sørfjord gesehen, einen Fischer, der an Land getrieben war. Danach hatte sie sich lange Zeit im Dunkeln gefürchtet. Bei näherer Überlegung bringt Hut-Svenne diese Sache da drinnen jetzt zum dritten Mal zur

Sprache. Katinka widerspricht ihm nicht, und in vier Tagen wird sie auf die Straße gesetzt …

Und da hat Frau Krane Angst bekommen. Ihren eigenen Worten nach so sehr, dass sie mehr oder weniger den Kopf verlor und nicht mehr recht wusste, was sie tat. Damit hat sie sich hinterher entschuldigt. Irgendwie konnte plötzlich alles Mögliche passieren, unvorstellbare Dinge. Sollte sie jetzt froh oder traurig sein, weil das skandalöse Paar immer noch im Nebenzimmer saß? Ihr drehte sich der Kopf.

❞

Jetzt steht sie jedenfalls da und hört Buck sagen: »Ich bin der Meinung, dass ich Nachsicht gezeigt habe.«

»Ja, du bist mehr als hilfsbereit gewesen, Gottfred. Aber es gibt keine andere Möglichkeit, als es noch eine Weile zu sein.«

»Ich habe mit dieser Person eine solche Geduld gehabt. Ich komme mir geradezu lächerlich vor.«

»Du und lächerlich? Oh nein!«

»Wer zu freundlich ist, wird früher oder später zum Gespött. Nun, inzwischen hat sie also fürs Fest Bestellungen für soundso viele Kleider, stimmt das? Und erhält mindestens dreißig Kronen pro Kleid?«

»Ja, wenn das Modell etwas komplizierter ist, dann schon –«

»Aber das ist es wohl bei all diesen Festkleidern? Da braucht ihr natürlich oben und unten Rüschen und Spitzen und was weiß ich alles. Selbst mir ist klar, dass so ein Kleid mehr kosten muss –«

»Zurzeit tragen wir keine Rüschen, Gottfred –«

»Schon gut, schon gut, dann tragt ihr eben was anderes. Was ich sagen wollte, ist Folgendes: Eine gelernte Schneiderin sollte doch in der Lage sein, drei Kleider in der Woche fertigzustellen? Da sie ja davon leben muss? Also eine, die daheim sitzt und näht und nicht in der Gegend herumrennt. Und die außerdem eine Hilfe hat? Drei Kleider, neunzig Kronen. Wenn sie am Montag mit neunzig Kronen zu mir kommt, dann sehen wir weiter. Das ist ein Tropfen im Meer, aber immerhin. Übrigens, so eine halb geschiedene Frau, die nicht einmal immer ganz nüchtern ist – sie hat ja ihre Perioden –, die muss man am Nacken gepackt halten und sehen, was man aus ihr herausholen kann. Schließlich habe ich das Haus mit so und so hohen Mieteinnahmen gekauft, ich muss mich an den Vertrag halten –«

»Selbstverständlich, Gottfred, selbstverständlich!«

Die Drehtür dreht sich voller Schwung. Mehrere junge Frauen aus der Stadt strömen herein, angeregt durcheinanderredend. Alle sind sie langbeinig und blond, elegant, perfekt gepflegt und sehr laut. Bis auf Frau Berg junior, die fast zu still ist.

Wenn Frau Krane sie nicht alle schon von Kindesbeinen an kennen würde, fiele es ihr vielleicht schwer, sie auseinanderzuhalten, so sehr ähneln sie sich, angefangen bei den Frisuren und auch bei allem anderen. Dominierend und besonders hübsch und elegant sind Frau Fosnes und vor allem Frau Settem. Frau Settem sieht aus wie ein Fotomodell aus einem ausländischen Modejournal oder wie ein Filmstar. Aber sie ist ja auch frisch verheiratet und hat seit der Konfirmation jedes Frühjahr und jeden Herbst regelmäßig im Süden verbracht.

Frau Berg junior würde auch etwas hermachen, wenn sie nur ein wenig lebhafter wäre. Aber wie gesagt, ihr Wesen steht ihr im Weg. Sitzt nur da und macht ein einfältiges Gesicht.

Normalerweise pflegt Frau Krane die ganze Schar erfreut willkommen zu heißen. Es ist schön, dass sie so gut wie täglich um diese Zeit hereinschauen. Sie verleihen dem Café irgendwie ein besonderes Flair. Kontinental nennt man das wohl.

Aber wenn man Katinka Stordal sozusagen im Nebenzimmer versteckt hält, ist es nicht ganz so schön. Frau Krane bekommt allmählich feuchte Hände.

Direkt innerhalb der Tür bleiben die Damen stehen und reden so eifrig weiter, dass sie Herrn und Frau Buck anfangs gar nicht bemerken. Losgerissene Sätze fliegen durch die Luft, und es ist nicht allzu schwierig zu begreifen, worum sich die Gespräche drehen.

»Dass ihr überhaupt zu ihr geht! Und auch noch mit Sachen, die eilig sind!«

»Nun, sie ist die erste Wahl hier am Ort. Unvergleichlich. Wenn sie nur will. Keine versteht sich so gut wie sie auf meine Figur.«

»Sie ist wirklich besser als Steen und Strøm! Schon allein ihre Schnittführung –«

»Aber wenn es nicht bis spätestens Montag zur Anprobe fertig ist –«

»Ja, was soll man denn machen? Zu Frau Stenestø gehen und eine verrutschte Taille bekommen? Nein, besten Dank auch!«

»Wenn sie nur nüchtern bleiben könnte, bis das Fest vorbei ist –«

»Ja, die Ärmste.«

»Die Ärmste? Sie müsste ja nur ihre Arbeit ordentlich machen ... Konrad sagt das auch immer.«

»Hört mal, darüber müssen wir reden. Und uns auf etwas einigen ...«

Frau Krane hält es nicht länger aus, auf das Unvermeidliche zu warten. Wenn es irgendwie möglich ist, muss sie versuchen, es abzuwenden.

Also hastet sie zwischen den Tischen hin und her: »Hier vielleicht? Hier würden die Damen richtig gemütlich sitzen. Wir können zwei Tische zusammenschieben.«

»Wir sitzen immer im Nebenzimmer, das wissen Sie doch, Frau Krane. Das ist unser Klubraum.«

»Bedaure, aber der ist momentan nicht frei.«

»Nicht frei? Wie ärgerlich. Um diese Zeit ist er doch immer frei.«

»Tut mir leid, tut mir leid ...« Mit zitternden Händen räumt Frau Krane Blumenvasen von den Tischen und stellt sie wieder hin.

»Geht es Ihnen schlecht, Frau Krane?«

»Mir? Nein, nein, mir geht es gut!«

»Sie sehen angegriffen aus, finde ich –«

Zum Glück sind mehrere der Frauen mit Buck ins Gespräch gekommen. Frau Krane atmet erleichtert auf.

»Oh, bitte entschuldigen Sie, Herr Buck, wir sind so eifrig, sehen nicht einmal, dass jemand hier sitzt –«

»Was für wichtige Dinge werden denn da verhandelt? Wir platzen fast vor Neugier.« Buck schlägt den väterlichen Ton an, den er bei hübschen jungen Damen gern anwendet. »Setzen Sie sich doch zu uns, nachdem es dort drin schon besetzt ist.«

»Danke, aber wir sind ja so viele –«

»Fräulein Sønstegård, stellen Sie noch einen Tisch an den unseren!«

»Das, worüber wir reden, geht tatsächlich die ganze Stadt an!«

»Den Herrn Anwalt aber eher nicht«, bemerkt eine leise Stimme, die Frau Berg junior gehört. Alle sehen sie kurz verblüfft an.

»Sie würden es nicht für möglich halten, was alles mich angeht, Frau Berg.«

»Tatsächlich?«

Aber von Frau Berg nimmt niemand Notiz.

»Wir reden über eine der hiesigen Schneiderinnen, der besten am Ort, das heißt, wenn sie will, aber mit ihr zu tun zu haben, ist absolut hoffnungslos«, kommt als kecke Information von anderer Seite.

»Aha, aha. Aber das wird vielleicht meine Frau interessieren. Lassen Sie mal hören. So sitzen wir doch alle richtig gut, oder nicht?«

Das Stühlescharren hat sich gelegt, alle haben Platz genommen, alle sprechen durcheinander, bis auf Frau Berg, die zum Schweigen gebracht worden ist, und Frau Buck. Zurückgelehnt an ihren Stuhl und ihren unglaublichen Pelz, wartet Frau Buck den Gang der Ereignisse ab. Ein eigenartiger Ausdruck liegt um ihren Mund. Die diamantengeschmückte Hand spielt mit dem Teelöffel.

Das Radio hat Larsen in aller Stille ausgemacht. Niemand fragt mehr danach.

Jede lautstarke Äußerung, die aus dem allgemeinen Stimmengewirr aufsteigt, ist deutlich zu hören und geht Frau Krane durch Mark und Bein.

»Es kann aber auch schiefgehen –«

»Ja, klar, wenn sie nicht *will* –«

»Sie nimmt den Auftrag gar nicht erst an, wenn sie nicht will. Manchmal sagt sie unverblümt Nein.«

»Eins nach dem anderen, meine Damen. Das hier interessiert

mich tatsächlich auch. Besagte Schneiderin kann demnach sehr viel, wenn sie will?«

»Ja, und ob! Wenn ich nur an mein blaues Kleid von letztem Jahr denke! Und erst das terrakottafarbene Kleid von Nusse. Und Lillemors braunes Kostüm!«

»Ein größeres Fest steht vor der Tür. Soviel ich verstanden habe, hängt das Wohl und Wehe der Stadt von besagter Schneiderin ab?«

»Ja, ohne Übertreibung. Sie haben den Nagel auf den Kopf getroffen, Herr Rechtsanwalt.«

»Ich kenne welche, die mussten ihre zugeschnittenen Stoffteile mitnehmen und gehen. Die hatte sie schon wochenlang hingehalten –«

»Sie hat Zeiten, da ist sie total unmöglich. Ich weiß ja nicht, ob alles stimmt, was behauptet wird. Aber jetzt *muss* sie sich zusammenreißen –«

»Wenn sie sich nur nicht übernommen hat –«

»Das muss sie selber wissen. Und es war Frau Breien –«

»Hör mal, Asta, du warst ja neulich *tatsächlich* zur Anprobe dort, hast du mein Kleid irgendwo gesehen? Geblümte Georgette-Seide?«

»Oben bei ihr hängen überall einzelne Stoffteile herum. Da kann man unmöglich sagen, was wem gehört. Das wisst ihr doch. Jedenfalls sah alles ganz schön unfertig aus.«

»Oje, warum hab ich bloß nichts aus Oslo bestellt! Sie hat sich eindeutig übernommen –«

»Na, hör mal, das ist immerhin ihr Beruf. Und wenn sie bei ihrer Arbeit bleiben würde … Aber nein, sie spaziert am hellichten Tag durch die Gegend. War schon seit ein paar Stunden weg, als ich anrief.«

»Sie hatte irgendeine Aushilfe im Nähatelier, als ich dort war.«

»Ja, eine. Marie Torsen. Dabei bräuchte sie mindestens zehn.«

»Als ob eine genug wäre!«

»Torsen hat mir gesagt, Frau Stordal sei unterwegs. Eigentlich hatte sie das gar nicht sagen wollen, ist ihr nur so herausgerutscht. Ist ja nicht ganz einfach, sich immer wieder eine Ausrede einfallen zu lassen. Torsen, die Ärmste, kann ja nichts dafür ...«

»Und dabei hab ich ihr schon einen Vorschuss gegeben –«

»Bist du verrückt? Dann kannst du die Hoffnung gleich ganz aufgeben. Nein, das hab ich sofort gesagt – kein Øre an Frau Stordal, bevor das Kleid fertig ist. Sie spielt ja immer auf Miete und Rechnungen und solche Sachen an. Aber dann kann es Monate dauern. In so einem Fall nimmt man seine Stoffteile am besten gleich wieder mit und geht.«

Buck hat ein Notizbuch hervorgeholt und macht sich darin Notizen. Es sieht aus, als würde er rechnen und addieren.

»Wie viel nimmt sie denn genau, meine Damen?«

»Sie verlangt dreißig –«

»Ich hab es auf zwanzig heruntergehandelt, obwohl das Modell ziemlich kompliziert war, mit ein paar Volants und so. Und aus Chiffon. Das ist kein einfaches Material. Mehr könne ich nicht bezahlen, sagte ich, in diesen Zeiten.«

Buck notiert.

»Wir haben gehört, Sie hätten Ihr Kleid ebenfalls dort bestellt, Frau Buck?«

»Dieses eine Mal. Sonst lasse ich es mir ja immer von Steen und Strøm kommen.«

»Sind Sie ganz sicher, dass sie wirklich die Beste am Ort ist?« Buck sieht nicht auf, ist immer noch mit seinem Notizbuch beschäftigt.

»Ja, unbedingt«, sagt Frau Buck ruhig. Und Frau Settem, frisch verheiratet und seitdem ein bisschen extra entzückend, ein bisschen extra häufig in kleidsame Posen versunken, beteuert: »In den Sachen, die ich letztes Jahr im Süden bestellt habe, sah ich aus wie ein Fass. Nein, wenn sie nur *will* –«

»Für dich wird sie doch wollen –?«

»Für Sie nähen zu dürfen, muss das reinste Vergnügen sein, gnädige Frau. Aber das ist doch zu verrückt, nachdem sie ihr Metier wirklich *beherrscht*. Sie müsste ausgezeichnet damit verdienen. Dreißig Kronen pro Kleid und die Beste am Ort. Eigentlich müsste sie jede Woche drei liefern können, vielleicht sogar vier. Doch davon verstehe ich selbstverständlich nichts. Allerdings sehe ich ja die übrigen hiesigen Schneiderinnen. Die kommen zurecht, obwohl sie nicht die Besten sind. Hm, ursprünglich hieß es, alles würde gut werden, damals, als sie nach Trondheim durfte, oder wohin auch immer es war, zur Fortbildung, wie es hieß. Ich begreife nicht, warum manche Menschen einfach keinen Boden unter die Füße bekommen.«

Buck steckt das Notizbuch ein. »Es muss doch möglich sein, sie dazu zu bringen, ihre Arbeit zu erledigen«, fügt er kurz hinzu.

»Kennen Sie sie, Herr Rechtsanwalt?« Das ist wieder Frau Berg junior, mit dieser schüchternen Stimme, die nie irgendein Interesse erregt.

»Ja, hab schon einiges mit ihr zu tun gehabt. Rein geschäftlich.«

»Ach, tatsächlich?«

»Schicke ihr ein paar Zeilen, Gottfred. Schreib, was ich dir gesagt hab. Und das so schnell wie möglich.«

»Das werd ich schon deichseln, Gudrun. Ich weiß, wie man die Leute nimmt.«

»Ach, was für eine Überraschung! Wenn *Sie* sie zur Räson bringen könnten, Herr Rechtsanwalt! Dann wären viele von uns Ihnen ja soo sehr zu Dank verpflichtet.« Frau Settem wechselt in eine neue anmutige Pose und neigt ihm das niedliche junge Gesicht zu, das, wie Lydersen einmal bemerkt hat, so frisch geküsst aussieht. Die weiß sich ins rechte Licht zu setzen, die kleine Person.

»Wenn *Sie* mir danken, Gnädigste, ist das genug –«

»Wir müssen los, Gottfred. Du hast doch vorhin so auf das Postschiff gewartet? Das hat inzwischen schon angelegt –«

»Sie können sich auf mich verlassen, meine Damen –«

»Jetzt fahren sie den Landungssteg aus, Gottfred.«

»Ach, Herr Rechtsanwalt, wer weiß, vielleicht werden Sie unser Retter in der Not?«

»Meine Aufgabe im Leben ist, ein Retter in der Not zu sein. Es ist mir gelungen, manch einen zu retten. Zwar nicht immer so bezaubernd wie –«

»Du hast keine Zeit mehr, Gottfred.«

»Ich komm ja schon, ich komm ja schon.«

Buck verneigt sich leicht vor sämtlichen Damen, die ihm im Chor Auf Wiedersehen zurufen.

Während all dies abläuft, bekommt Frau Krane nichts mehr vom Geschehen im Nebenzimmer mit. Die vielen Stimmen, das Klappern von Geschirr, das Anzünden von Streichhölzern – all das steht wie eine schützende Wand um die beiden da drinnen.

Angenommen, es fällt ihnen ausgerechnet jetzt ein, herauszukommen. Peinliche Auftritte liegen Frau Krane ganz und gar nicht. Katastrophen noch weniger. Eine Katinka, die sich vielleicht schnurstracks ins Wasser stürzt, bevor man sie daran hindern kann, die dann versinkt und als Wasserleiche wieder nach oben treibt – nein, Gott bewahre! Am Kai ist es tief, das Wasser noch winterlich kalt, und außer den hiesigen Lausbuben kann kein Mensch in der Stadt schwimmen. Die Jungs gehen im Sommer zum Strand draußen vor der Stadt, wo es nicht tief ist. Da können sie üben.

Es sei denn, Hut-Svenne wäre in der Lage, aber –.

Der verflogene Gedanke, man könnte Katinka in aller Stille aus dem Fenster des Nebenzimmers nach draußen und dann nach Hause befördern, muss als allzu fantastisch abgetan werden. Nein, am besten, das Paar bleibt vorläufig, wo es ist. Unglaublich, wie schadenfroh Sønstegård wirkt!

»Bestimmt bringt der Herr Rechtsanwalt alles noch in Ordnung«, sagen die jungen Frauen jetzt zueinander.

»Wenn er nur nicht zu hart vorgeht.« Das ist wieder Frau Berg junior.

»Hör mal. Manchmal braucht es eine gewisse Härte. Konrad sagt das auch immer. Und dabei ist er doch so ein lieber Mensch. Der Welt sei mit ein bisschen Härte am besten gedient, sagt er. Ohne komme man nirgends hin.«

»Ja, ja, wird schon so sein«, sagt eine, die nicht Frau Berg ist: »Aber jetzt was anderes. Hört mal, ehrlich gesagt hätte ich nicht schlecht Lust, an irgendeinem Abend zum Tanzen herzukommen. Hier soll es ja so munter zugehen –«

»Nie im Leben bringe ich meinen Mann dazu. Es heißt, das Publikum hier sei ein wenig eigenartig –«

Das sag ich dir doch schon immer, Krane, denkt Frau Krane, die den Frauen jetzt wieder voller Aufmerksamkeit ihr Ohr leiht.

»Frau Øyen und solche – dieser Lydersen –«

»Nennt lieber keine Namen!« Die Stimmen werden leiser, aber Frau Krane hört: »Der soll ja *so* himmlisch tanzen …«

»Ich schlage vor, wir treffen uns demnächst wieder hier zum Lunch. Letztes Mal war das einfach zu gelungen!«

»Kann man wohl sagen! Wisst ihr noch, was für ein Gesicht mein Mann gemacht hat, als wir hereinkamen?«

»Und meiner erst!«

»Und meiner! Die haben sich eingebildet, das hier für sich reservieren zu dürfen. Lunch in der City, wie sie das nennen. Um Zeit zu sparen. Dann lunchen wir eben auch in der City. Ich sitz doch nicht daheim und begnüge mich mit einem Quarkbrot, während er sich hier eine Hummermayonnaise gönnt.«

»Oder Beefsteak. Beefsteak mit Ei!«

»Aufgewärmte Grütze schmeckt doch schrecklich fad, findet ihr nicht auch? Oder Bratkartoffeln. Aber in diesen Zeiten darf man ja nichts verkommen lassen. Konrad –«

»Ja, klar. Hört mal, hier ist es doch richtig nett. Fast ein wenig wie in Oslo.«

»Sagen wir mal Trondheim. Aber das Café hier, das haben sie wirklich gut hingekriegt. Und sie decken immer so hübsch. Wenn sie sich nur dazu überwinden könnten, den Klubraum auch ein bisschen zu modernisieren.«

»Ich unterstütze alle, die finden, der Klubraum soll so bleiben, wie er ist! Wisst ihr noch, als wir klein waren, fanden wir es dort drin immer besonders aufregend! Denn bei Kranes war es tatsächlich immer ein bisschen spannend. Unsere Mütter kamen nie zum Kaffeetrinken her, nur den Kuchen haben sie hier geholt. Und wie groß die Napoleonschnitten damals waren! Und nur sieben Øre.«

»Sprecht nicht so laut!«

»Wir sagen doch nur nette Sachen!«

»Aber trotzdem –«

Das war zur Zeit von Schwiegervater Krane, denkt Frau Krane. Wenn Krane sich endlich entschließen könnte, den Klubraum zu modernisieren, hätten wir nur die besseren Leute als Kundschaft. Das hab ich schon immer gesagt. Die Umgebung macht unglaublich viel aus.

Plötzlich sieht sie eine Gestalt dicht am Fenster vorbeigehen und muss unwillkürlich hilflos schnalzen. Dann gestikuliert sie heftig mit der Stricknadel zu Larsen und Sønstegård hinüber. Jetzt gilt es, so zu tun, als ob nichts wäre, egal, was passiert!

Auch die beiden Bedienungen haben den Betreffenden gesehen. »Aha, hat er jetzt etwa wieder Geld?«, sagt Sønstegård.

»Ist doch Samstag heute!«, bemerkt Larsen.

»Das war es letzten Samstag auch. Aber da war er nicht hier.«

»Wie der daherkommt! Aufgekratzt wie ein frisch geschiedener Ehemann!«

»Sei lieber still!«

❞

Wer da durch die Drehtür kommt, das ist Baumeister Stordal. Mit offenem Mantel, den Hut im Nacken. Er wirkt tatsächlich aufgekratzt. Ein gutaussehender Mann, trotz seiner fünfzig Jahre, mit klaren, markanten Gesichtszügen und einer leicht naiven, gutmütigen Ausstrahlung. Ist vielleicht ein bisschen zu lyrisch und schwärmerisch, sagen manche. Das heißt, wenn sie nicht gleich affektiert sagen.

Aber das sind natürlich Übertreibungen. Und er kann durchaus auch energisch sein, ja, sogar hart.

Jetzt nimmt er den Hut ab, höflich wie er ist. Ein paar der jungen Damen grüßen zurück, leicht zerstreut, nur so in die Luft. Aber ist es die Möglichkeit? Frau Berg junior, dieses einfältige Schäfchen, sitzt doch tatsächlich da und lächelt Stordal an! Na, die würde glatt jeden anlächeln. Alle senken die Stimme und reden von jetzt an gedämpft.

Wenn sie nur endlich gehen würden, denkt Frau Krane. Und dann denkt sie: Nein, dann würde es vielleicht noch schlimmer werden. Sie weiß, was jetzt auf sie zukommt.

Ganz recht, Stordal steuert auf den Klubraum zu. Frau Krane stürzt ihm entgegen: »Dort drin ist besetzt, Herr Baumeister. Ich weiß, dass Sie gern im Klubraum sitzen, aber ... Hier habe ich einen hübschen Tisch für Sie. Bitte, Fräulein Larsen, würden Sie den hier am Fenster noch abwischen.«

Sønstegård saugt deutlich hörbar an ihrem Zahn. Wozu sich groß verrenken? Warum darf Stordal nicht sehen, was los ist? Es wäre doch nur gut, wenn er das dürfte, jetzt, wo Krane nicht da ist und alles. Da hätte Frau Krane Sønstegård mal bitten sollen, den Tisch abzuwischen! Die dämliche Larsen macht es, ohne zu protestieren.

Stordal ist es eigentlich nicht gewohnt, so entgegenkommend empfangen zu werden. Das stimuliert ihn geradezu:

»Besetzt, sagen Sie? Dann wohl von einer geschlossenen Gesellschaft? Im Klubraum stehen ja zwei Tische?«

»Beide Tische sind besetzt, Herr Baumeister.«

»Das sind sie nicht.« Sønstegård kann sich nicht mehr beherrschen. Man muss sich trotz allem an die Wahrheit halten, oder?

Frau Krane wirft ihr einen kurzen Blick zu: »Doch, sind sie.«

»Ja, ja, schon gut.« Stordal fährt sich mit beiden Händen durchs Haar, das er etwas zu lang trägt. Soll vermutlich künstlerisch wirken. Er hat ja Ambitionen in diese Richtung.

»Wissen Sie, ich bin mit meinem Sohn verabredet«, erklärt er. »Wir wollten uns ein wenig unterhalten.« Aber er macht kein großes Aufhebens um die Sache.

Das kann er auch nicht. Er steht wie immer mit ziemlich viel in der Kreide. Jetzt nimmt er Platz und schaut aus dem Fenster.

Wie kann man nur so dumm sein wie Larsen! Die fängt ein Gespräch mit ihm an, und zwar ausgerechnet über Sachen, die lauter wunde Punkte berühren müssen. Sønstegård kann sie deutlich hören, die Damen an den mittleren Tischen vermutlich ebenfalls. Will sie sich etwa einschmeicheln? Dafür ist das Thema jedenfalls nicht gut gewählt.

»Dann ist heute der Tag der jungen Leute, Herr Baumeister?«

»Es ist Samstag«, sagt Stordal.

»Wie schön für die jungen Leute, einen Vater zu haben wie Sie, der mit ihnen ausgeht und so –«

»Nun, Sie wissen ja, die Jugend möchte gern ein wenig Abwechslung –«

»Wie wahr! Und wenn die Mutter es nicht schafft – ich meine –«

Hier bleibt Larsen stecken, und das geschieht ihr ganz recht. Aber Stordal bemerkt sehr korrekt: »Die Mutter der Kinder hat mit ihren eigenen Angelegenheiten zu tun.«

»Genau das meine ich. Und jetzt, wo sie groß werden. Da wollen sie ein bisschen Spaß und Vergnügen haben –«

»Junge Menschen sind junge Menschen.«

»Und Mannsbilder sind Mannsbilder. Die wollen uns munter und lustig sehen, egal, ob wir jung sind oder alt. Ja, ich will damit nicht sagen, dass Frau Stordal unbedingt alt ist, das ist sie natürlich nicht –«

Oh, diese Larsen. Diese taktlose, dumme Larsen! Jetzt kann sie ruhig dastehen und nicht mehr aus noch ein wissen.

»Heutzutage ist niemand alt«, bemerkt Stordal reserviert. Ein gutaussehender, feiner Herr ist er, das hat Sønstegård schon immer gesagt. Und wenn einer damals bedauernswert war, dann er!

Aber Larsen glaubt wohl, sie hätte etwas geäußert, das richtig gut ankommt: »Nicht wahr, es ist, als ob die Leute überhaupt nicht mehr alt würden? Und was darf es denn sein, Herr Stordal? Kaffee? Und Napoleonschnitten? Heute sind sie besonders lecker.«

Da kommt Jørgen Stordal durch die Drehtür herein, die sich heftig hinter ihm dreht. Er ist erhitzt und außer Atem und wirft seine Schulbücher auf den Tisch.

»Na du? Guten Tag, mein Junge.«

»Guten Tag. Warum sitzt du nicht im Klubraum?«

»Da ist es besetzt. Nimm die Mütze ab. Siehst du die Beleuchtung dort drüben auf den Bergen, Jørgen? So etwas sieht man sonst nirgends, kann ich dir sagen. Nun, Fräulein Larsen wartet auf uns. Was möchtest du haben?«

»Besetzt? Von wem denn?«

»Von wem? Frag nicht mich. Irgendein frisch verliebtes Paar, stell ich mir vor. Das ist jetzt die Jahreszeit dafür. Oder was meinen Sie, Fräulein Larsen?«

Da muss sich Larsen den Mund zuhalten, feuerrot vor unterdrücktem Lachen: »Damit haben Sie es auf den Punkt gebracht, Herr Baumeister!«

Das Lachen blubbert aus ihr heraus.

»Was ist denn *daran* so schrecklich komisch? Es ist doch Frühling.«

»Stimmt genau.«

»Wer es ist, werden wir bestimmt früher oder später erfahren. So etwas lässt sich auf die Dauer nicht verbergen.«

Bei diesen Worten muss Larsen so heftig lachen, dass sie genötigt ist, sich abzuwenden. Alle sehen sie an. Frau Krane räuspert sich warnend. Stordal zieht die Augenbrauen hoch. Sollte Larsen möglicherweise über ihn lachen, müsste er sich das verbitten. Er nimmt sich selbst nämlich ziemlich ernst.

»Du meine Güte, ich bin vielleicht albern. Mir ist nur plötzlich etwas eingefallen. Bitte, entschuldigen Sie vielmals!« Larsen wischt sich die letzten Lachtränen aus den Augen und reißt sich zusammen. »Also, Ihre Bestellung?«

»Haben Sie italienischen Salat? Dann hätte ich gern ein Brot damit. Und eins mit Pökelfleisch. Und eins mit Ei und Anschovis. Und eins mit Kümmelkäse. Und ein Glas Milch.«

Endlich zieht Jørgen die Mütze aus.

»Sachte, sachte, mein Junge! Willst du dich hier etwa satt essen? Du musst doch gleich zum Mittagessen nach Hause?«

Das äußert Stordal mit gedämpfter Stimme, der Umgebung wegen, aber Larsen kommt ja nicht umhin, es zu hören.

»Na gut, dann eben nicht«, sagt Jørgen mürrisch. Er zieht ein Paar elegante, neue Handschuhe aus und wirft sie neben die Bücher. Groß gewachsen und gut gebaut ist er, gut angezogen auch, das muss man zugeben. Aber schwierig. Das mit der Erziehung wird wohl eher zu wünschen übrig lassen.

Und dort drin im Klubraum sitzt seine Mutter und bechert mit irgend so einem Kerl. Ja, wenn das Leben nicht sowohl tragisch als auch komisch ist, dann weiß Larsen auch nicht. Manchmal kann man wirklich darauf gespannt sein, wie alles ausgehen wird.

Stordal bedeutet ihr, das Verlangte zu bringen. Ist es da ein Wunder, dass er immer wieder anschreiben lassen muss? Er hat ja eine solche Schwäche für seine Kinder. Und Gott weiß, ob der Junge nicht tatsächlich etwas zu essen braucht, das ist gut möglich.

Für sich selbst bestellt Stordal nur eine Tasse Kaffee, der Ärmste.

Larsen entfernt sich. Aber Sønstegård sitzt nur einen Tisch weiter weg, sie hört ihn sagen: »Donnerwetter! Als ich in deinem Alter war, habe ich Strickhandschuhe getragen, mein Junge. Was hast du für *die da* bezahlt?«

»Zwölf fünfundsiebzig, Berg & Fure. In der Klasse trägt niemand Strickhandschuhe, wenigstens keiner *meiner* Freunde. Es lohnt sich, anständige Sachen zu kaufen, das hast du immer betont. Mama hat es nämlich auch teuer gefunden –«

»Was heißt schon teuer.« Stordals Stimme wird plötzlich hart. Er *kann* hart sein, wie gesagt. »Geht man davon aus, dass beide Seiten gleich viel beisteuern, sollte es nicht zu teuer sein«, sagt er. »Auch wenn etwas weniger elegante Handschuhe es vielleicht auch getan hätten. Du und deine Schwester, ihr sollt anständig aussehen, dafür habe ich immer gekämpft. Hab auch versucht einzugreifen, wenn ich es für notwendig hielt. So taktvoll wie möglich, natürlich. Es ist in den letzten Jahren besser geworden, das muss ich zugeben. Nun, was wolltest du denn mit mir besprechen, mein Junge?«

»Ach – nichts –«

»Aha?«

»Nein, das war nichts –«

Jørgen ist noch mürrischer geworden. Klar, für den Jungen ist es nicht einfach, über solche Sachen zu sprechen. Dass Stordal selbst es zur Sprache bringen muss, ist eine andere Sache. Er kann nicht einfach alles bergab sausen lassen. Wenn er nicht achtgibt, dann weiß der Himmel, wie die Kinder eines Tages aussehen.

»Du hast mich mitten in der Arbeitszeit herausgeholt! Also, was ist los? Du weißt, wenn ich irgendwo aushelfen kann, bin ich für euch zwei immer zum Äußersten bereit. Ihr meine beiden!«

Und da treten Sønstegård doch wahrhaftig fast die Tränen in die Augen. Was man auch über Stordal sagen kann, jedenfalls ist er ein Vater, ein guter Vater. Sønstegård ihrerseits hat immer etwas von ihm gehalten, und das bereut sie nicht.

Jørgen schaut sich um, als befürchtete er, sie würde lauschen. Da widmet sie sich mit doppeltem Eifer den Servietten und fängt schnell an, sie zu zählen.

»Na, raus mit der Sprache!«

»Ich brauche einen Smoking!«, platzt der Junge heraus, wütend und wie gegen seinen Willen.

»Herrje, Junge! Habe *ich* denn einen Smoking, hätte ich fast gesagt.«

»Du hast doch einen.«

»Einen, der bald zwanzig Jahre alt ist.«

»Alle meine Freunde haben einen Smoking. Aus meinem blauen Anzug bin ich schon längst rausgewachsen. Die Hosenbeine flaggen auf halbmast, sagen meine Freunde immer.«

»Und verlängern –?«

»Noch mehr können sie nicht verlängert werden. Die sind schon so sehr verlängert, wie es überhaupt geht.« Jørgen redet sehr schnell, will fertig werden, bevor Larsen wiederkommt. »Etwas Neues für den Abend brauche ich auf jeden Fall. Da kann ich doch genauso gut einen Smoking bekommen. *Wir* haben übrigens auch bald ein Fest, die Gymnasialfeier.«

»Darüber musst du mit deiner Mutter reden.«

»Das hab ich schon –«

»Und was sagt sie?«

»Ach, kann sie sich nicht leisten und unnötig und Luxuskleidung, die nur im Schrank hängt. Und dass ich warten muss, bis ich mit der Schule fertig bin.«

Stordal schweigt kurz. Dann sagt er: »In deinem Alter hatte ich mir meinen Lebensunterhalt schon ein paar Jahre selbst verdient. Und einen Smoking hatte ich gewiss nicht. Ich bin ein Selfmademann und hatte es dementsprechend. Das hat mir nicht geschadet. Das würde es dir auch nicht, meiner Meinung nach. Aber nein, du musstest ja aufs Gymnasium. Das war die Idee deiner Mutter, und ich habe ihr nicht widersprochen. Nachdem du es nun mal besuchst –«

Stordals Stimme wird wieder hart. Und das ist kein Wunder, wenn man es sich genau überlegt. Heftig fügt er hinzu:

»Das musst du verstehen, mein Junge, nach dieser Geschichte mit der Hose damals – kein einziges Kleidungsstück mehr von meiner Seite, und wenn sie sich noch so laut beschwert. Da schickte ich dir in bester Absicht eine neue Hose, weil du völlig unmöglich herumgelaufen bist in dieser viel zu kleinen –«

Larsen nähert sich, schnell schließt er:

»Wenn die anderen einen Smoking haben, dann sollst du auch einen haben. Das muss sich machen lassen. Wie schön, dass Sie bereits etwas Grünes auf dem Tisch stehen haben, Fräulein Larsen.«

»Bald ist der Sommer da. Die Leute gehen wieder ins Freie. Der ganze Weg bis zur Badebucht ist noch kahl, habe ich gehört.

Aber irgendjemand hat schon Steinbrech gefunden. Oh, jetzt kommen die Passagiere vom Postschiff an Land –«

»Ja, da gehen sie an Land.«

Larsen setzt sich zu Sønstegård. Wie nach einer stillschweigenden Vereinbarung falten sie ihre Servietten jetzt mit doppeltem Eifer und murmeln gleichzeitig dazu. Dass sie lauter sinnloses Zeug vor sich hin murmeln, kann niemand wissen.

Sie hören Stordals Stimme: »Wie gesagt, meine Unterstützung hast du. Nun, und sonst –?«

»Sonst –?«

»Ihr sagt ungerne etwas, sowohl du als auch deine Schwester. Das ist ein Zug, den ich schätze. Sehr schätze.«

»Papa, nicht –!« Jørgen sieht sich unruhig um.

»Die hören nichts. Die unterhalten sich.«

»Nicht alle.«

»Doch, doch.«

»Du weißt ja, wenn sie nur ein bisschen praktischer wäre«, kommt es widerstrebend von Jørgen. »Sie verdient bestimmt ganz gut …«

»Es könnte durchaus von Interesse sein, von sehr großem Interesse sogar, zu erfahren, wie gut. Doch das weiß sie vermutlich nicht einmal selbst. Wie so oft bei Frauen fehlt es ihr an gewissen grundlegenden Eigenschaften, das kann ich dir sagen. Auf ihre Art eine ausgezeichnete Person, gutherzig, mit einer gewissen Begabung und so weiter. Aber –.

Kann weder sich selbst noch andere richtig lenken. Im Übrigen ist es nicht ausgeschlossen, dass sie in aller Stille etwas beiseitelegt, dank meiner –.

Nun, es würde mich nicht wundern, wenn –«

»Wenn was?«

»Na ja – wenn sie eines schönen Tages davonreist. Einfach von der ganzen Chose verschwindet.«

»Davonreisen, das kann sie doch nicht!«, sagt Jørgen und hört auf zu essen.

»Frauen, mein Junge, Frauen. Da weiß man nie. Gehören sie erst mal zu den ewig Unzufriedenen –. Ausnahmen gibt es natürlich. Die *gibt* es. Aber viele sind es weiß Gott nicht.«

Jørgen schaut sich so unruhig um, dass etwas geschehen muss. Ab und zu wird Stordal dann doch zu laut. Also sagt Larsen deutlich hörbar, während sie eifrig weiterfaltet: »Ja, das nenne ich Fortschritt, weiß der Himmel! Abends Tanz, warme Brote, warme Lunchgerichte, Drehtür, fast die ganze City hier zwischen zwölf und eins –«

»Na, hör mal, City –!«

»Sie nennen es City! Die Gegend hier unten, wo die Geschäfte liegen. Hier, wo was los ist.«

Stordal und Jørgen lächeln sich nachsichtig zu. Larsen in ihrer Naivität ist wirklich zu komisch.

Inzwischen ist über längere Zeit nichts mehr aus dem Klubraum gedrungen. Frau Krane dankt ihrem Schöpfer, solange die zwei da drin sich still verhalten. Gleichzeitig erfüllt sie das mit neuer Unruhe. Zwei betrunkene Personen können sich alles Mögliche einfallen lassen. Von Kindern und Betrunkenen kriegt man die Wahrheit zu hören, heißt es. Wahrscheinlich kann man hinzufügen: Je ruhiger sie sind, desto mehr muss man sich aufs Schlimmste gefasst machen.

Wenn Jørgen nur endlich gehen würde, könnte man vielleicht versuchen, Katinka auf den Heimweg zu bringen, solange sie noch in der Lage ist, einen Nadelstich zu machen. Aber dem Jungen den Anblick seiner Mutter in der Gesellschaft dieses

Kerls zuzumuten –. Nein, ganz so herzlos ist Frau Krane dann doch nicht.

Stimmengewirr und Gespräche werden vom Quietschen der Portieren, die über die Stange geschoben werden, durchschnitten. Die Tür gleitet ein kleines Stück zur Seite, so weit, dass Hut-Svenne deutlich zu hören ist: »Jetzt bestelle ich noch eine Flasche. Hab gestern nämlich meinen Lohn gekriegt. Und du brauchst dringend Aufmunterung.«

Aufmunterung, denkt Frau Krane und hält die Luft an vor Entsetzen. Spätestens jetzt kommt die Katastrophe!

Sie hört Katinka, die mit rauer, veränderter Stimme, aber nicht ohne Selbstbeherrschung antwortet: »Um Gottes willen, mach es nicht noch schlimmer, als es ist.«

Also hat sie Stordal und Jørgen wohl auch vorbeigehen sehen. Das ist gut möglich. Das Fenster im Klubraum geht auf die Straße hinaus. Einen gewissen Anstand hat sie dann doch, trotz allem.

Aber was kann man von einem Individuum wie Hut-Svenne schon erwarten?

»Sind die da draußen Bekannte von dir?«, fragt er. »Oder Angehörige? In so einer kleinen Stadt kennt wohl jeder jeden? Alle bis auf solche wie ich. Aber die müssen nicht unbedingt wissen, wer hier sitzt. Ich will, dass du froh bist, bevor du nach Hause gehst.«

»Froh? Nach Hause? Ich will nur weg von allem. Los, mach die Tür zu!«

Ein bisschen Vernunft hat Katinka also doch noch, das muss man ihr lassen. Bei einem betrunkenen Mann, der sich etwas in den Kopf gesetzt hat, kann man dagegen gar nichts erreichen. Ungebildet ist er auch noch.

»Immer mit der Ruhe«, sagt er, schiebt die Tür noch etwas weiter auf und streckt, der Allmächtige steh Frau Krane bei, den Kopf heraus: »Noch eine Halbliterflasche, Fräulein!«

Abwartend bleibt er in der Türöffnung stehen.

Hilflos sieht Frau Krane Larsen und Sønstegård an. Die erwidern ihren Blick voller feindseliger Schadenfreude. Stordal, Jørgen und sämtliche Damen starren Hut-Svenne an. Stordal und Jørgen scheinen außerdem in der Erinnerung nach etwas zu suchen. Schließlich starren alle einander an. Zustände sind das!

Dann macht Frau Krane ein mattes Zeichen mit der Stricknadel. Am besten, man lässt dem Mann seinen Willen. Sønstegård, hörbar an ihrem Zahn saugend, steht auf. Frau Krane hat einfach keinen Mumm!

Hut-Svenne hält sich an der Tür fest, wartet und kaut an seiner Zigarette, dieser ungehobelte Mensch mit seinem ewigen Zigarettenstummel. Man könnte sich so über ihn aufregen, dass –. Niemand sagt etwas, bis auf Stordal und Jørgen, die sich leise murmelnd empört unterhalten. Frau Kranes Gesicht wird unbarmherzig von Hitzewallungen überspült. Sønstegård kommt mit dem Tablett.

Hut-Svenne nimmt es, schließt die Tür und zieht die Portieren zu, dass es nur so quietscht.

»Samstagspublikum, was? Ziemlich finster, will mir scheinen. Sie sollten etwas vorsichtiger sein, Frau Krane. Was sind das überhaupt für Leute da drinnen?«

Frau Krane antwortet nicht sofort. Vielleicht findet sie in diesem Moment, dass Stordal sich um seine eigenen Angelegenheiten kümmern soll.

Sønstegård dagegen ist gleich zur Stelle. »Das kann man sich wirklich fragen, Herr Baumeister.«

Die jungen Damen scheinen es plötzlich eilig zu haben. Sie stehen auf, knöpfen ihre Mäntel zu, schweigend, den Mund zusammengepresst. Selbst Frau Berg junior sieht reserviert aus. Sogar sie nickt Frau Krane nur kurz zu, als sämtliche Frauen nacheinander durch die Drehtür abziehen.

Frau Krane tritt zu Stordal an den Tisch. »Samstagspublikum. Ausgerechnet jetzt, wo Krane nicht daheim ist.«

Sofort muss die kleine Larsen sich einmischen: »Und solche soll man dann bedienen. Dabei fängt es hier gerade an, richtig gut zu laufen. Die vielen Herren, die zum Lunch kommen, nachmittags die feinen Damen, und abends –«

»Die weniger feinen.« Sønstegård saugt an ihrem Zahn, dass es nur so pfeift.

»Hör mal, bist du verrückt?«, fährt Larsen sie an.

»Das war eine richtig boshafte Bemerkung, Fräulein Sønstegård«, bemerkt Stordal.

»Jeder Einzelne ist natürlich gleich viel wert, so hab ich das nicht gemeint –«

»Sønstegård ist immer zum Necken aufgelegt, Herr Baumeister. Besonders gern ärgert sie Fräulein Larsen«, versucht Frau Krane zu beschwichtigen.

»*Die* Art von Unterschied macht man heutzutage doch gar nicht mehr?«, fährt Larsen unbeirrt fort, damit nichts ungeklärt bleibt.

»Mir ist, als hätte ich genau das gesehen.« (Schrecklich, wie verbittert Sønstegård immer ist.)

»Ts, ts, ts.« Frau Kranes Stricknadeln bewegen sich wild, als würde sie ein Furioso dirigieren. Wenn zu allem Übrigen jetzt auch noch diese beiden sich in die Haare geraten, wird es ihr zu viel, das spürt sie.

»Wir können keinen abweisen, der nicht deutlich betrunken ist oder sich störend benimmt«, sagt sie zu Stordal. Am besten, man klärt ihn ein wenig auf, und wenn er noch so sehr in der Kreide steht.

»Na ja, das kann jeden Moment anders werden da drinnen«, versichert Sønstegård.

»Nichts zu machen, solange die Leute sich anständig benehmen, heutzutage nicht. Da haben Sie ganz recht, Frau Krane«, sagt Stordal, seinerseits entgegenkommend. Er dreht sich zu Jørgen um: »Worüber sprachen wir eigentlich soeben? Ach ja, Frauen und Finanzen.«

Damit ist der Streit für diesmal abgeblasen. Larsen und Sønstegård widmen sich wieder voller Eifer den Servietten, scheinen wie verschluckt von ihrer Aufgabe.

»Sie kann einem auch leidtun«, murmelt Jørgen schnell und leise, gerade noch hörbar. Er sieht mürrisch und verschlossen aus und scheint plötzlich gar nicht mehr mit seinem Vater einig zu sein.

»Sie muss vieles wiedergutmachen. Hat das Leben nie so akzeptiert wie wir anderen.« Stordals Stimme ist wieder hart. Er nimmt wohl an, dass niemand zugehört hat. »Sie hat sich gegen die Gesetze des Lebens vergangen«, stellt er mit Nachdruck fest.

»Schon klar, schon klar«, sagt Jørgen gequält. Offensichtlich kennt er diese Sprüche bereits.

»Sie wird es eben lernen müssen. Ich habe getan, was ich konnte, das wage ich zu behaupten. Eine leichte Aufgabe war das nicht. Dass ich schließlich aufgeben musste – nun, das werdet ihr besser verstehen, je älter ihr werdet. Aber missversteh mich bitte nicht. Sei immer freundlich und höflich. Sie ist deine Mutter und –«

»Sie ist doch so gefragt«, sagt Jørgen. Er kann irgendwie nicht fassen, dass alles so sein muss, wie es ist, und will dem Gespräch offensichtlich eine andere Wendung geben.

»Nun, es gibt gewisse unglückliche Existenzen –«

Weiter kommt Stordal nicht. Die Drehtür dreht sich mit Schwung, und ein Herr in Reisekleidung kommt herein, einen Koffer in der Hand. Er nimmt den Hut ab und sieht sich überrascht um, als fände er sich nicht ganz zurecht.

Ist das die Möglichkeit? Justus Gjør, wie er leibt und lebt! Frau Krane erkennt ihn fast sofort wieder, obwohl es viele Jahre her ist. Das war, bevor sie beschlossen hatte, trotz allem Krane zu nehmen. Damals stand sie im Farbengeschäft ihres Vaters und sah die Menschen der Stadt vor allem durch die Schaufensterscheibe.

Stordal erhebt sich halb vom Stuhl. »Hol mich dieser und jener, ist das nicht –?«

»Guten Tag, Peder Stordal.« Genau wie früher sieht Justus Gjør denjenigen, mit dem er spricht, prüfend an. Er hat immer noch dieselben schönen, langen Hände und hat sich insgesamt unglaublich wenig verändert, ist immer noch einer dieser hässlichen Männer mit Charme. So manche haben damals für ihn geschwärmt, das war allgemein bekannt, warum auch immer. Wer weiß, vielleicht könnte man sogar heutigentags noch ein wenig für ihn schwärmen?

»Du, hier in der Gegend?«, sagt Stordal, inzwischen mit etwas mehr Vorbehalt.

»Zeitungsleute sind überall, wie du weißt. Wir haben eine Untersuchung laufen, über die Fischereibetriebe. Das hast du vielleicht gelesen? Ich bekam diesen Landstrich zugeteilt. Kannte ihn ja von früher und hatte nichts dagegen, wieder mal einen Trip nach Norden zu machen. Und mit dem nächsten Postschiff werde ich wohl Richtung Osten weiterfahren. Muss noch die ganze Finnmarksküste entlang. Aber hier wollte ich dann doch an Land gehen. Ist das Jørgen?«

»Ja, klar ist das Jørgen.«

Jørgen verneigt sich desinteressiert.

»Ja, die schießen in die Höhe. Seine Schwester, die war vielleicht noch nicht einmal geboren, als du abgereist bist? Und wie du siehst, sind wir immer noch hier, während du seit damals sicher viel herumgekommen bist?«

»Ziemlich viel, ja«, antwortet Justus Gjør abwesend, als würde er an etwas ganz anderes denken. »Aha, eine Tochter hast du auch?«

»Das habe ich. Ein hübsches Mädel, wenn ich es selbst sagen darf.«

»Klar darfst du das. Auf die eigenen Kinder sollte man stolz sein dürfen.«

Bei diesen Worten ist es, als würde Gjør aufwachen und Jørgen erst jetzt richtig entdecken.

»Du meine Güte, Junge! Mich erkennst du wohl nicht wieder?«

»Nein«, erwidert Jørgen knapp.

»Geh ruhig, mein Sohn«, sagt Stordal. »Du hast doch sicher Hausaufgaben und so weiter? Dich wiedererkennen? War er damals zwei Jahre alt? Ungefähr, vielleicht. Was möchtest du haben, Justus? Ich selbst trinke Kaffee, wie du siehst.«

»Danke, gern«, antwortet Gjør geistesabwesend. Aber zerstreut war er früher auch schon, war dafür bekannt.

»Ein großer, wohlgeratener Junge«, sagt er und schaut hinter Jørgen her. »Die Zeit vergeht.«

»Die Zeit vergeht.«

Die Zeit vergeht, denkt Frau Krane automatisch. Nur gut, dass der Junge fort ist. Dafür ist jetzt Gjør hier. Hat der damals nicht zum Freundeskreis der Stordals gehört? Gab es nicht sogar Gerüchte, dass –? Das kann doch nur Tratsch gewesen sein? Aber jetzt werden die beiden, er und Stordal, endlos da sitzen bleiben. Man weiß ja, wie das läuft, wenn Mannsbilder erst mal zu reden anfangen. Wirklich eine schöne Bescherung. Die vielen Kleider, die nie fertig werden. Krane in Sørfjorden unterwegs und –. Mir dreht sich der Kopf.

Im Klubraum herrscht wieder verdächtige Stille. Die Portieren sind zwar zugezogen, aber nicht ganz, das hat Frau Krane am Geräusch der Ringe gehört. Einer hat geklemmt und sich nicht weiterschieben lassen.

Lauschen macht einen schlechten Eindruck. Andererseits trägt sie schließlich die Verantwortung für den ganzen Betrieb.

Vorsichtig neigt sie den Kopf näher an die Tür. Eine Zeit lang hört sie nur Gemurmel. Außerdem reden Gjør und Stordal recht laut. Und Stordal hat das Radio angemacht, was immer er damit bezweckt hat. Weiterhin kommt gedämpfte Musik aus Kopenhagen. Tea for two.

Doch dann zuckt Frau Krane zusammen. Hut-Svenne sagt plötzlich laut und ermunternd: »So ist's recht. An so einem verflixten Tag wie heute, wo einem alles zu viel wird, tut das doch gut, oder? Du bist wirklich sehr erschöpft!«

Demnach pichelt Katinka jetzt wieder. Muss vielleicht weggetragen werden. Jedenfalls ist sie beschwipst, sie antwortet nämlich laut und deutlich, beinah singend: »Meine Augen fühlen sich an, als hätte ich blindes Glas im Kopf, das tun sie in letzter Zeit immer. Aber der Frühling interessiert mich nicht mehr. – Sind wohl viele Leute hier?«, sagt sie dann erstaunt, als wäre sie auf einmal aufgewacht.

»Na und? Wir bezahlen für uns, wir wie die anderen.«

Da ist sie wieder, diese Stimme. Was soll man von einer solchen Stimme halten? Ziemlich aufdringlich. Dass Katinka sich so etwas gefallen lässt, und das auch noch von einem wildfremden Kerl, zeigt wohl am besten, wie weit es mit ihr gekommen ist. Aber – wenn man früher einmal von einem anständigen Mann mit einer solchen Stimme angesprochen worden wäre – ja dann ... Frau Kranes Gedanken segeln einen Augenblick lang auf ein altes Meer aus Träumen hinaus, so wie sie einst täglich in der Einsamkeit des Farbenladens davongesegelt sind.

Aber was erlaubt er sich jetzt zu sagen? Das ist ja unerhört!

»Na, das mit dem Frühling glaube ich nicht so ganz. Sag mal, du bist doch bestimmt irgendwann verliebt gewesen?«

»Verliebt?«, ruft Katinka aus, überrumpelt und betrunken, wie sie ist.

»Hat er dich verlassen?«

»Mich verlassen? Ich war mit einem anderen verheiratet, er mit einer anderen. Und *verliebt?* Manche halten so viel von der Liebe, dass sie sich nie richtig zu verlieben wagen. Sie befürchten, ihre Träume könnten enttäuscht werden.«

Sagt man so etwas zu einem fremden Menschen? Zu so einem dahergelaufenen Burschen? Unter keinen Umständen, Frau Kranes Meinung nach. Schon gar nicht, wenn es der Wahrheit entspricht. Dann am allerwenigsten. Auch Katinkas Stimme hat sich inzwischen verändert. Sie steigt und fällt auf äußerst unpassende Art.

»Aha, so ist das«, sagt Hut-Svenne. »Du warst eine hübsche Person, als du jung warst. Und bist immer noch hübsch, wenn du nur deine Sorgen loswirst.«

Na ja, das ist Geschmackssache, denkt Frau Krane. Heute sieht Katinka eher erbärmlich aus, den Hut schief auf dem Kopf, an der Jacke fehlt ein Knopf, das Gesicht schlaff und alt.

Das ist ihr wohl auch bewusst, Katinka antwortet nämlich heftig: »Sag so was nicht zu mir!«

»Ich sag, was ich denke –«

Da lacht Katinka drinnen im Klubraum. Ein glockenhelles, höchst erstaunliches kleines Lachen. Ist das wirklich Katinka Stordal, die auf diese Art lacht?

»Na bitte. So muss es klingen. Übrigens bist du genau wie ich. Wir verstehen uns.«

»Alles ist so komisch«, sagt Katinka und lacht noch einmal. Sie lachen zusammen. Als wäre er kein bisschen unverschämt und aufdringlich gewesen.

Danach wird das Gespräch so leise, dass es keinen Sinn hat, weiterzulauschen. Und Stordal wird plötzlich laut. Mit Nachdruck, als gelte es, jemanden zu übertönen, erklärt er: »Eins kann ich dir sagen, wenn hier jemand großartig klarkommt, dann ist das Elise. Wie du weißt, habe ich nie viel Respekt vor Frauen gehabt. Aber vor Elise ziehe ich den Hut. Eine tüchtige Person, sag ich dir. Eine ausgezeichnete Anstellung in der hiesigen Bank, von ihrem Chef hochgeschätzt –«

»Aha, Elise geht es also gut? Das freut mich zu hören«, sagt Gjør mit Wärme in der Stimme. Er war wohl wieder in andere Gedanken versunken gewesen.

»Das sollte es auch.« Stordal klingt reserviert. »Und du? Bist verschwunden und hast wieder geheiratet?«

»Ja, genau ...«
»Und –?«
»Es war okay. War so gut, wie es eben sein konnte. Inzwischen bin ich verwitwet.«
»Oh verdammt! Ich meine, das tut mir leid. Ich hatte ja keine Ahnung –. Das wollte ich natürlich nicht berühren –. Ist das schon lange her?«
»Ein paar Monate. Nun – und was ist mit dir?«
»Frei wie ein Vogel. Das weißt du vielleicht schon? Also, das Juristische habe ich mehr oder weniger übersprungen. Aber das kann ich jederzeit nachholen, ist ja schon einige Jahre her. So habe ich die Kinder besser im Griff. Denn die waren ein Problem, das kann ich nicht leugnen. Katinka mit all ihren guten Seiten – aber ihr eigenes Leben auf die Reihe zu bringen, geschweige denn das von anderen, dazu ist sie nicht fähig. Na ja, ich behalte das Ganze im Auge –«
Gjør ist offenbar nicht sonderlich an Stordals Privatangelegenheiten interessiert. »Und sonst? Wird hier viel gebaut?«, fragt er.
»In diesen Zeiten – nein.« Stordal seufzt, und dazu hat er allen Grund. »Aber das wird, das wird«, fügt er hinzu.« Ich lasse nicht so schnell den Kopf hängen, das ist nicht meine Art. Ehrlich gesagt, fühle ich mich oft jünger und zuversichtlicher als früher. Wenn man sein Leben nur auf ein wenig – wenn ich das so sagen darf – Freude aufbauen kann, dann –. Und das habe ich getan. In den letzten Jahren habe ich viel Freude gefunden. Freude und Glück. Nun, darauf können wir ein andermal zurückkommen. Jedenfalls hat die Stadt sich entwickelt, und das nicht allzu wenig. Dieses Café hier ist ein erfreuliches Beispiel dafür, ein Lokal, das man gern besucht. Mein hiesiger Konkur-

rent ist für die Inneneinrichtung verantwortlich, aber was das betrifft, bin ich alles andere als kleinlich, das weißt du ja. Ehre, wem Ehre gebührt. Hier kann man sich wohlfühlen. Warme Gerichte zum Lunch, abends Tanz, hat fast was Großstädtisches an sich. Elise und ich, wir sind oft hier –«

Stordal unterbricht sich plötzlich, als hätte er mehr gesagt, als er wollte.

»Aha? Elise also auch –?«

»Die lässt auch den Kopf nicht hängen, kann ich dir sagen.«

»Das hat sie wohl nie getan.« Gjør lacht leicht. »Sie zeigt nicht so schnell, wie es um sie bestellt ist«, sagt er dann. »Na gut – und Katinka? Sie soll angeblich ein Nähatelier aufgemacht haben?«

Herrje, denkt Frau Krane. Das alles muss man sich anhören – während man weiß, dass –

Sie schaut zu Larsen und Sønstegård rüber, ob die es wohl auch hören. Das müssen sie eigentlich, so wie die Tische stehen.

»Du bist also auf dem Laufenden?« Stordal zuckt mit den Schultern. »Ja, ja, du liebe Zeit, sie hat ein Nähatelier aufgemacht. Aber einfach irgendwo etwas zu eröffnen, damit ist es weiß Gott nicht getan. *Nähen* – das kann sie, daran besteht kein Zweifel. Auch das eine Art Begabung. Aber, aber, aber. Du wirst sie ziemlich verändert vorfinden, mein lieber Justus.«

»So, so? Wie denn?« Gjørs Blick wird scharf. Das konnte er mitunter werden. Frau Krane erkennt diesen Blick von damals wieder, als Gjør vor dem Farbenladen stehen blieb und sich mit irgendwelchen Leuten unterhielt.

»In welcher Hinsicht?«, fragt er.

»In jeder Hinsicht«, antwortet Stordal.

Die Drehtür dreht sich. Herein kommt Elise Øyen, begleitet von Lydersen. Es ist die Zeit am Nachmittag, in der viele gern auf einen Sprung im Café vorbeischauen. Wenn Frau Krane es bisher schon nicht geschafft hat, den Klubraum freizuräumen, wird es ihr jetzt erst recht nicht gelingen. Das heißt, wenn die dort drin nicht freiwillig gehen, vor aller Augen. Na, das kann ja heiter werden!

Sønstegård saugt laut und triumphierend an ihrem Zahn. Eigentlich unerträglich, diese Sønstegård. Dieser Gedanke ist Frau Krane schon öfter durch den Kopf geflogen, jetzt denkt sie ihn ausnahmsweise zu Ende. Aber natürlich tüchtig, nicht gewerkschaftlich organisiert, unentbehrlich.

Beim Anblick von Elise Øyen vergisst sie Sønstegård. Was stellt diese Person nur an, um sich so gut in Form zu halten? Dass sie die Dreißig schon längst überschritten hat, sieht man ihr nicht an, besonders in diesem Augenblick nicht. Sie ist nicht nur hübsch, elegant, gut und dezent geschminkt wie immer, nein, sie hat etwas völlig Neues an sich, was immer das sein mag. Geht vermutlich zur Gesichtsmassage? Wo? Beim Frisör? So was sollte man auch machen. Wäre man nur nicht von früh bis spät angebunden –. Elise Øyen sieht genauso jung aus wie die jungen Frauen. Aber nervös. Steckt voller Unruhe.

Lydersen, ebenfalls schick und frühlingshaft gekleidet, schiebt sie vor sich her. Offensichtlich hat keiner von ihnen erwartet, Stordal hier anzutreffen, und noch weniger Gjør, den Mann, mit dem Elise einmal verheiratet war. Kurz halten sie bei diesem Anblick inne, wie vor einer Wand, fangen sich aber schnell.

Flotter Kerl, der Lydersen. Und dann seine Art mit den Damen. Gefährlich selbstsicher.

Stühlescharren, Ausrufe, Fragen. Man hört Stordal zu Elise sagen: »Und was ist mit dir?«

»Ich? Kopfschmerzen. Durfte etwas für den Chef erledigen, muss gleich wieder zurück. Darf ich vorstellen: Herr Apotheker Lydersen, Herr Redakteur Gjør. Was für eine Überraschung, Justus –«

Jetzt sieht Frau Krane plötzlich deutlich, was an Elise Øyen so neu ist. Es ist die Fuchsstola, der prachtvolle Blaufuchs, den sie um den Hals gelegt hat! Unglaublich, wie sehr ein Blaufuchs der Haut doch schmeicheln kann.

Auch Larsen kann die Augen nicht von Elise reißen. Sie muss Sønstegård anstoßen: »Sie hat ihn an!«

»Was? Wen?«

»Den Fuchs, natürlich. Den Blaufuchs. Der bei Berg & Fure im Fenster lag. Als sie vorhin hier vorbeiging, hat sie ihn *nicht* angehabt. Dreihundertfünfzig Kronen!«

»Ja, tatsächlich«, flüstert Sønstegård erschüttert. »Jesses, kann irgendwas mit Stordal passiert sein? Ist er jetzt plötzlich zu Geld gekommen?«

»Ach was, die verdient das doch selbst! Die kann sich kaufen, was sie will.«

Unterdessen hat Lydersen eifrig Stühle hin und her geschoben. Schließlich sitzen alle um den Tisch von Stordal und Gjør. Larsen nähert sich, um die Bestellungen aufzunehmen.

»Bitte einen Kaffee, aber ohne etwas dazu«, sagt Elise. »Kaffee«, sagt Lydersen.

Elise wirkt angespannt, schaut sich immerzu um, pudert sich, redet drauflos, ohne auf Antwort zu warten, die Gedanken deutlich anderswo. Irgendwas geht ihr im Kopf herum und macht sie zerstreut: »Ich dachte, du wärst in einer Sitzung, Peder.

Über den Neubau der Schule. Das Komitee trifft sich bereits, das weiß ich, der Chef ist vor einiger Zeit hingegangen. Aber warum sitzen wir eigentlich hier? Warum sitzen wir nicht im Klubraum?«

»Besetzt, meine Liebe«, unterbricht Stordal sie. »Von geheimnisvollen Herrschaften, irgendein Tunichtgut in Begleitung – ja, einer Dame oder mehrerer Damen. Bisher haben wir nämlich nur den Tunichtgut gesehen, aber da müssen noch mehr Personen sein. Eine der Stimmen, die wir gehört haben, klang irgendwie bekannt, ich komme nur nicht darauf, an wen sie erinnert. Die Kranes sollten lieber aufpassen, dass das Niveau hier nicht sinkt. Und *Sitzung,* was heißt das schon?« Stordal zerdehnt das Wort. »Ich habe die neuen Entwürfe hingebracht. Man hat versprochen, sie anzuschauen.«

»Oh Gott! Sie *anzuschauen!* Und du, Justus? Nichts als Erfolg und Wohlstand? Herumreisen und das Leben genießen? Das ist schon was anderes, als hier in der Redaktion von *Nordstjernan* zu hocken –«

»Sie sind für Ihre Zeitung unterwegs, Herr Redakteur?«, wirft Lydersen höflich ein.

»Kann man sagen, ja –«

»Justus ist Witwer, Elise«, teilt Stordal mit.

»Oh! Das tut mir leid zu hören, Justus –«

»Der Lauf des Lebens«, bemerkt Gjør trocken.

In diesem Augenblick kommt Borghild Stordal herein – so ungestüm, dass sich die Drehtür hinter ihr weiterdreht. Sie hat was Gehetztes an sich. Jetzt bleibt sie unsicher mitten im Raum stehen.

Was für ein Tag! Frau Krane hätte ihn als den schlimmsten, den sie je erlebt hat, in Erinnerung behalten, wenn der folgende nicht noch schlimmer geworden wäre. Jetzt erhebt sie sich mit erhitztem Gesicht und bleibt hinter der Theke stehen.

Alle sehen Borghild an. Stordal mit sichtlichem Stolz. Elise mit einer Abneigung, die sie im Augenblick nicht verbergen kann. Lydersen so, wie er hübsche Mädchen immer anzuschauen pflegt, von oben nach unten, mit zusammengekniffenen Augen und einem besonderen Zug um den Mund. Gjør mit wohlwollendem Interesse. Frau Krane kommt sich vor, als wäre sie im Theater, aber in einer beunruhigenden, quälenden Vorstellung.

Sieht wirklich gut aus, das Mädchen. Hochgewachsen und hübsch, hat etwas Wildes und zugleich Scheues an sich. Wenn sie erst mal aus ihrem sonderbaren, verqueren Wesen herausgewachsen ist, wird sie für so manche Überraschung sorgen. Gut gekleidet ist sie auch. Nur scheint alles an ihr verkehrt zu sitzen, und das mit Absicht.

Sie ist außer Atem, ist offenbar sehr schnell gelaufen. Jetzt grüßt sie zerstreut und alles andere als höflich. Na ja, bei so einer Mutter –.

Sie errötet heftig und wendet den Kopf ab.

Und dann will sie doch tatsächlich ebenfalls in den Klubraum, steuert geradewegs auf die Schiebetür zu.

Dieser unglückselige Klubraum! Am besten, man würde ihn ein für allemal schließen.

Frau Krane tritt abwehrbereit vor die Tür. »Bedaure, Fräulein Stordal –«

Von Stordal kommt unerwartete Hilfe. »Was denn, Borghild? Warum so eilig? Da drinnen ist es besetzt, musst du wissen, was auch immer für Herrschaften das sein mögen. Komm doch her und setz dich zu uns. Justus, das hier ist meine Tochter Borghild. Als du damals abgereist bist, war sie wohl noch kaum geplant, denke ich.«

»Ach ja, natürlich«, sagt Gjør freundlich. »Möchten Sie sich nicht zu uns setzen, Fräulein Stordal?«

»Nein danke.« Damit will Borghild wieder gehen.

»Aber –?«

»Es war nichts, Papa.«

Stordal hat sich erhoben. Jetzt steht er neben der Tochter vor der Drehtür. Frau Krane kann nicht hören, was sie sagen, aber Larsen und Sønstegård kommen nicht umhin, das meiste aufzuschnappen.

»Irgendwas muss es ja sein. Du kommst hier angestürzt und führst dich auf wie –. Vergiss nicht, dass du bald eine junge Dame bist!«

»Weißt du, wo Mutter ist, Vater?«

»Ich? Nein, woher soll ich das wissen? Sie wird wohl in ihrem Nähatelier sein? Es ist ja ganz schön viel los zurzeit.«

Borghild schaut sich nervös um. Frau Krane zählt Maschen, als hinge ihr Leben davon ab. Mit einer Stricknadel im Mund zählt sie murmelnd leise vor sich hin. Am Tisch wird eine lebhafte, wenn auch gedämpfte Unterhaltung geführt. Zumindest sieht es so aus. Larsen und Sønstegård falten ihre Servietten, und aus dem Radio strömt immer noch leise Musik.

»Jetzt lass hören, was los ist, mein Kind. Die anderen hier sind mit ihren eigenen Angelegenheiten beschäftigt.«

»Ich dachte, vielleicht sitzt sie ja hier und hat die Zeit vergessen –«

»Mitten am helllichten Tag? Das wäre wirklich zu verrückt, ausgerechnet jetzt, wo sie so viel zu tun hat. Eine Menge Aufträge, habe ich mir sagen lassen. Wäre ja noch schöner, wenn sie ausgerechnet jetzt –. Sie ist bei irgendeiner Kundin, das wirst du schon sehen.«

»Sie ist bei keiner Kundin. Auf Wiedersehen, Vater.«

»Oder macht Besorgungen? Nähfaden? Nadeln? Von so was versteh ich ja nichts, aber … Andererseits könnte sie solche Sachen eigentlich telefonisch bestellen –?«

»Ja, klar.«

»Sie sollte dieses Nähatelier lieber ordentlich führen, verdammt noch mal«, sagt Stordal plötzlich gereizt.« Wir anderen können es weiß Gott nicht für sie tun. Ist sie schon lange weg?«

»Als ich in der Frühstückspause nach Hause kam, war sie ausgegangen, und als ich vorhin aus der Schule kam, war sie nicht da. Ich muss jetzt los, Vater –«.

»Hör mir mal zu. Du musst deiner Mutter gegenüber etwas bestimmter auftreten, Borghild!«

Frau Krane, die von ihrem Platz aus keine einzelnen Worte hören kann, sieht, wie Borghild sich abwendet und ihr Taschentuch hervorzieht. Laut späterer Berichte von Larsen und Sønstegård sagte das Mächen ungefähr: »Niemand ahnt, wo sie ist. Das Telefon läutet ununterbrochen. Allein in der kurzen Zeit, als ich zu Hause war, hat es vier Mal geläutet. Torsen weiß weder aus noch ein. Frau Buck war da und hat endlos lang gewartet. Sie war um eins zur Anprobe bestellt.«

Stordals Augenbrauen fahren weit in seine Stirn hinauf. »Hm, das wird ja immer schöner.«

»Ich habe *Angst*, Vater.«

»Angst? Ja – wenn das so weitergeht, kann man sich auf einiges gefasst machen. Aber sie sollte sich lieber zusammenreißen, verdammt noch mal. Das wird immer dringender. Den ganzen Schlamassel hat sie sich selbst zuzuschreiben, mit diesem Nähatelier. Das sollte ja so großartig werden! Sie würde in der Lage sein, sich selbst zu versorgen! Und euch dazu. Würde irgendwann keinen Øre Unterhalt mehr brauchen. Wir würden alle freie Menschen werden. Na, fantastisch! Sich selbstständig machen – das heißt auch Verantwortung übernehmen. Dieser Unsinn, dass man Kunst daraus machen wird – schön und gut –, aber wenn es ums tägliche Brot geht –«

Er redet sich so in Rage, dass Borghild ihn ermahnt, leiser zu sein. »Die hören nicht zu«, versetzt er ärgerlich.

»Und das glaubst du tatsächlich«, flüstert sie.

»Die sind mit ihrem eigenen Tun beschäftigt, das siehst du doch.«

»Ich habe vor etwas anderem Angst«, sagt Borghild und strebt zur Drehtür hinaus. Wie gegen ihren Willen bleibt sie stehen: »Wenn ich nur wüsste, was wir heute Abend essen sollen. Torsen ist noch da und alles. Wenigstens sie muss etwas zu essen bekommen, auch wenn wir anderen nicht –«

»Bisher ist es immer irgendwie gegangen. Mehr oder weniger gut.« Stordal kramt in seiner Westentasche, scheint aber nicht allzu viel zu finden. »Hier siehst du, was *ich* habe«, sagt er und hält ihr seine offene Hand hin, in der nur ein paar wenige Münzen liegen. »Großartig ist das nicht. In diesen Zeiten ist es nicht weit her mit dem Bauen. Immerhin bezahle ich für euch, und zwar nicht wenig. Bei allem Respekt vor deiner Mutter –«

»Wenn ich nur ein Stückchen Wurst für Torsen hätte. In der Speisekammer stehen noch kalte Kartoffeln.«

»Das geht mir jetzt zu sehr ins Detail. Und was ist mit dem Kredit? Bei Iversen habt ihr doch immer anschreiben können?«

»Jetzt nicht mehr.«

»Aha, so ist das also?«

»Daran bist du auch schuld. Nicht nur Mutter.«

»Was soll das heißen?«

»Da kommen noch mehr Gäste!«

Offensichtlich den Tränen nahe, schlüpft Borghild hastig durch die Drehtür und rennt um die Ecke, am Fenster des Klubraums vorbei. Wenn Katinka jetzt dort hinausschaut –! Aber die sieht vermutlich nur diesen grässlichen Menschen an.

Zum Glück kommen doch keine Gäste. Noch nicht. Ein junges Paar vom Land geht die Straße hinunter, auf den Hafen zu. Wahrscheinlich hat Borghild die vorhin gesehen. Stordal zuckt mit den Schultern und kehrt wieder an seinen Platz zurück. Was kann er schon tun? Dieses ganze Durcheinander ist nicht seine Schuld, das muss Frau Krane zugeben, auch wenn da irgendwo ein Haken ist, wie auch immer.

Elise Øyen sieht nicht zu ihm auf, als er sich hinsetzt. Das könnte sie weiß Gott tun, wenn man bedenkt, wie eng die beiden befreundet sind. Sie schaut weg, fragt nicht einmal, was denn los sei. Stordal scheint das fast zu erwarten, der arme Kerl. Doch dann fährt er kurz mit der Hand durch die Luft, wie um etwas wegzuwischen, und beginnt über andere Dinge zu reden:

»Wir haben es weit gebracht, was, Justus? Hier sitzen wir doch ganz behaglich, oder? Wenn uns danach ist, können wir uns einen guten kleinen Lunch kommen lassen. Dazu ein anständiges Gläschen. An der Aussicht ist nichts auszusetzen. Im Hintergrund die Ulvegipfel, im Vordergrund der Kai mit all seinem Treiben. Weißt du noch, das Grand damals? Dunkel, mit Blick auf den Hinterhof, Handelsvertreter, die sich betranken und laut wurden. Wir haben damit vorliebgenommen. Irgendwohin musste man ja gehen. Hier dagegen –. Nicht zuletzt die Aussicht ist ein einziger Genuss.«

So was tut gut zu hören, das ist gewiss, selbst wenn es nur von einem wie Stordal kommt. Aber im Moment hat Frau Krane zu viel anderes im Kopf.

Justus Gjør sagt mit einem kurzen Lachen: »Ich hab mich schon gewundert, was das hier wohl für ein neues Lokal ist. Eigentlich wollte ich mich nur nach dem Weg erkundigen. Ich wusste ja nicht, ob das Hotel und alles Übrige immer noch unverändert an Ort und Stelle liegt. Und dann treffe ich hier sowohl dich an als auch Elise –«

»Warte erst, bis du das hier abends zu sehen bekommst. Denn du bleibst doch ein paar Tage?«

»Schon möglich. Aber ob ich Zeit für einen Abend hier unten finde, ist fraglich. Ich muss ziemlich viel schreiben –«

»Herrgott, Peder«, mischt sich Elise Øyen ein. »Ein Abend bei Kranes, was ist das schon für Justus, der in der Welt herumreist und die tollsten Sachen zu sehen bekommt. Daran kann er kein Interesse haben, das musst du doch verstehen.«

»Na, immerhin hat er früher hier in der Stadt gewohnt«, meint Stordal.

»Blödsinn!«

So knapp und abfertigend kommt das, dass es geradezu peinlich ist. Lydersen, der früher mit ihr befreundet war – und wer weiß, was jetzt zwischen den beiden läuft, denn das mit Stordal scheint ja nicht mehr allzu heiß zu sein –, will wohl ablenken. Er beugt sich vor und sagt: »Demnach sind Sie ständig auf Reisen, Herr Redakteur?«

»Ständig, das wäre zu viel gesagt. Allerdings kommt so einiges zusammen. Ich habe früher einmal hier für die Zeitung, für

Nordstjernan, gearbeitet. Das war vor Ihrer Zeit. Aber das ist mit ein Grund, warum ich gern die Gelegenheit ergriff, wieder eine Reise in den Norden zu machen.«

»Ja, verstehe. Dieser Ort hier hat ja seine Vorteile.«

Eigentlich eine seltsame Bemerkung von Lydersen. Und mit so einem eigenartigen Tonfall. Als wäre er Gjør gegenüber nicht nur freundlich gesonnen, warum auch immer. Von Elise ist Gjør ja schon lange geschieden. Obwohl – so vielseitig, wie Elise ist –.

Ein interessanter Gedanke, eine neue Spur, die man verfolgen könnte, wenn nicht jetzt gerade so viel anderes wäre. Frau Krane ist ohnehin voller Unruhe, da kann sie keine neuen Probleme aufgreifen, die schiebt sie lieber von sich.

Justus Gjør scheint nichts zu merken. Er war schon immer über alles erhaben. Hat man seinerzeit nicht sogar von ihm behauptet, er sei ziemlich hochmütig? Einer, der sich für etwas Besonderes hält und glaubt, er sei besser als die anderen –?

Aber nach Lydersens Äußerung geht ein Engel durchs Zimmer, wie man zu sagen pflegt. Eine kleine Weile wird es im Zimmer ganz still. Und da die Stimmen im Klubraum gleichzeitig lauter werden, hört Frau Krane, die innerhalb kürzester Zeit ein scharfes Gehör entwickelt hat, Katinka sagen: »Ich bin so gemein geworden. Kein Mensch ahnt, wie gemein ich bin. Ich bin wie vergiftet. Hab keinen einzigen guten Gedanken mehr. Ich finde, es geschieht ihnen recht. Ich wünschte, mir würde noch mehr Schlimmes einfallen, was ich ihnen antun könnte –.«

»Und das ist kein Wunder, verflucht noch eins«, bemerkt Hut-Svenne.

»Es ist die einzige Art, ihnen zu entkommen«, fährt Katinka fort. »Wenn man nur weggeht, entkommt man ihnen nicht.

Kaum hat man einen schwachen Moment, haben sie wieder die Oberhand –.

Überall ist alles so hässlich!«, ruft sie aus. »Aber es soll schön sein! Einmal im Leben will ich, dass es schön ist –«

»Lautstarke Gäste«, stellt Stordal fest. »Verdammt, möchte wirklich wissen, an wen mich diese Stimme erinnert? Tut mir leid um dieses gepflegte Lokal.«

Das ist auf Frau Krane gemünzt, prallt aber an ihr ab. Über das gedämpfte Gespräch hinweg, das jetzt am Tisch entsteht, lauscht sie wie hypnotisiert Hut-Svennes Stimme.

»Besonders schön ist es bei mir auch nicht unbedingt. Außer der Bellis hab ich nichts zu bieten. Die kaufen wir unterwegs. Und dabei würde ich dir zu gern so vieles bieten. Aber – halt – ich hab ein Schiff in einer Flasche. Und schöne Muscheln von weither – große, prächtige Muscheln, das fällt mir jetzt ein. Die liegen unten in meiner Seemannskiste. Lauter unnützes Zeug, das man mit sich herumschleppt. Wenn du willst, hol ich sie heraus –«

»Unnützes Zeug ist das Wichtigste von allem«, behauptet Katinka. Oje.

»Sonne kann ich auch anbieten, wenn das Wetter so ist wie heute –«

»Sonne?«, ruft Katinka.

»Und ob. Draußen an der Hauswand hab ich eine Bank stehen, mit Blick aufs Wasser. Na ja, nur ein Brett. Aber wenigstens scheint da die Sonne tüchtig hin. Eine Ziehharmonika hab ich auch zu bieten.«

»Eine Ziehharmonika?«, ruft Katinka aus, als wäre mindestens von einem Flügel die Rede. »Sonne, Luft«, ruft sie dann. »Ringsum Luft!«

»Wär ja noch schöner sonst! Sonne und Luft gibt's auch für die allerärmsten Schlucker gratis. Komm, wir gehen jetzt –«

»Lieber Gott, Krane ist in Sørfjorden, das weißt du, lieber Gott, lass es nicht zum Skandal kommen, solange er weg ist. Mit so was werde ich nicht fertig, das liegt mir nicht, du hast mich selbst so geschaffen. Lieber Gott, lieber Gott –«

Das waren Frau Kranes Gedanken in diesem Augenblick. Später soll sie das offen zugegeben haben.

Aus dem Klubraum dringt leises Murmeln. Dann wird es beunruhigend still. Als würde sich etwas Entsetzliches vorbereiten.

In die Schiebetür kommt Bewegung. Langsam gleitet sie zur Seite, hält dann kurz an, als wolle sie es sich noch einmal überlegen. Frau Krane hört Katinka sagen: »Von mir aus, gehen wir! Die sind mir alle egal.«

Und mit was für einer Stimme sie das sagt. Laut, trotzig, höhnisch, ganz anders als sonst. Denn was man auch über sie sagen kann, ein lautes Mundwerk hat sie nie gehabt.

Trotzdem ist es, als hätten Stordal und Gjør eine Art Witterung aufgenommen. Sie schauen her, kneifen die Augen zu und versuchen sich offensichtlich an etwas zu erinnern. Genau wie Stordal und Jørgen vorhin. Elise und Lydersen wechseln schnelle Blicke. Du lieber Himmel, jetzt geht alles schief –.

»Das lob ich mir!« Die Tür geht noch weiter auf. Hut-Svenne streckt den Kopf heraus und verkündet quer durchs Lokal: »Ich möchte bitte bezahlen.«

Wie eine Bitte klingt das allerdings nicht. Eher wie ein Befehl. Sein Gesicht glüht, die Haare fallen ihm in die Stirn. Jetzt sieht man deutlich, was für einer dieser Hut-Svenne ist. Alle starren ihn an.

Verzweifelt gestikuliert Frau Krane mit der Stricknadel, man solle dem Kerl seinen Willen lassen. Sie scheint auch irgendwie signalisieren zu wollen, die beiden da drin, er und Katinka, müssten unter allen Umständen am Herauskommen gehindert werden, bis die Luft rein sei. Sie fuchtelt wild herum, bringt wohl ihre eigenen Zeichen inzwischen durcheinander.

Sønstegård versteht nichts, will nichts verstehen. Geht einfach los, ohne nach links oder rechts zu schauen. Typisch.

Jemand räuspert sich. Offenbar Stordal. Was braucht der sich groß zu räuspern, der mit seinem ewigen Kredit? Plötzlich gerät so einiges in Frau Krane in Bewegung, wie sie später gestand, unter anderem auch Wut. Weil sie nicht tun und lassen kann, was sie will, und das in ihrem eigenen Café.

Und was will sie eigentlich? Das weiß sie nicht. Sie steht hinter der Theke und macht sich so klein wie möglich. Wie kleine Kinder es tun, wenn sie Angst haben. Als ob das helfen würde, dadurch wird man nicht weniger sichtbar. Wenn Katinka und Hut-Svenne jetzt herauskommen und das Café verlassen, den anderen direkt vor der Nase, kann alles Erdenkliche in der Stadt geredet werden. Zwielichtige Machenschaften, das ist eine der hässlichen Bezeichnungen für das, was draußen in Oset so läuft.

Denn dorthin wollen die beiden wohl. Wo sonst soll so einer schon wohnen? Ins Wasser geht jedenfalls niemand, wenigstens vorerst nicht, und auch nicht vor aller Augen.

Da – Sønstegård kommt wieder heraus. Und Sønstegård hält sich demonstrativ die Nase zu! Lieber Gott, lass das nur eine von ihren Faxen sein, gib, dass die da drin sich nicht übergeben haben! Im Suff! Sønstegård weist jegliche Verantwortung von sich, das ist ihr von Weitem anzusehen. Die Art, wie sie das Tablett trägt, verrät das deutlich.

Die Tür geht ganz auf, fährt laut krachend in die Wand. Heraus kommt Katinka, also Frau Katinka Stordal, Mutter von zwei wohlgeratenen Kindern, wie Frau Breien so richtig bemerkte. Und geht einfach an allen vorbei, als würde sie sie nicht sehen.

Nach ihr der Kerl, spöttisch um sich blickend, an seiner Zigarette kauend und mit dem Hut im Nacken. Katinka hält ihren Hut dagegen in der Hand.

Ohne sich umzuschauen durchquert sie das Lokal mit erhobenem Kopf, wie im Triumph. Das Letzte, was von ihr zu hören ist, ist das unerwartete, glockenhelle kleine Lachen von vorhin. Die Drehtür dreht sich ein paarmal.

»Aha«, kommt es von Lydersen.

Ansonsten äußert lange Zeit niemand ein Wort. Dann sagt Larsen: »Also, so was Schreckliches hab ich meiner Lebtag noch nie gesehen.«

Frau Krane bricht in Tränen aus, ganz offen, ohne es zu verbergen. Sie schluchzt und putzt sich die Nase. Da kann Sønstegård noch so viel an ihrem Zahn saugen.

Halb blind von Tränen schaut Frau Krane zu Stordal hin. Er sitzt da, als wäre er vom Mond gefallen. Ja, ja, Katinka war immerhin früher einmal seine Frau und ist die Mutter seiner Kinder.

Lydersen stößt einen lang gezogenen Pfiff aus. Vornübergebeugt, die Ellbogen auf die Knie gestützt und die Hände locker gefaltet, schaut er aufmerksam vom einen zum anderen.

»Sei du nur still«, sagt Elise Øyen zornig. »Da gibt's nichts zu pfeifen! Frau Krane, weinen Sie doch nicht. Es hätte viel schlimmer sein können. Von den Damen der Stadt bin nur ich anwesend. Und ich lasse nicht bei Katinka nähen. Du siehst aus wie vom Donner gerührt, Baumeister.«

Hilflos winkt Frau Krane mit einem durchnässten Taschentuch ab. Es ist ihr nicht möglich, irgendetwas zu erklären, auch ihre eigenen Gefühle hat sie nicht im Griff. Aber sie weint keineswegs nur aus dem Grund, den Elise Øyen vermutet.

Und wie man *Elise* begreifen soll, ist ein weiteres Rätsel. Die regt sich nämlich jetzt auch noch über Stordal auf, und dabei hat er keinen Ton von sich gegeben und ist wahrhaftig ohne Schuld an dem, was geschehen ist.

Sie aber baut sich plötzlich vor ihm auf und liest ihm wegen ganz anderer Dinge die Leviten, bis er völlig aufgelöst aussieht.

»Du hättest den Auftrag für den Neubau schon längst haben können, wenn du nicht so stur auf dieser Pergola beharrt hättest. Die wollen keine Pergola. Nicht in diesen Zeiten.«

»Ich habe die Pergola gestrichen. In diesem Punkt habe ich nachgegeben. Dir zuliebe, Elise, damit wir vielleicht irgendwann verwirklichen können, was wir …«

»Sei still. Pergola? Mit Hopfen überwachsen? Hier, wo wir zwei Monate im Jahr Sommer haben? Und in diesen Monaten haben sie Sommerferien.«

»Ja, ja, ja, war ein Versuch, ein gewisses Schönheitsmoment anzubringen. Ein wenig Romantik, wenn du so willst. Was das betrifft, hätte es der ganzen Stadt zur Freude gereicht, im Hinblick auf die zukünftige Lage der Schule. Wie du hörst, habe ich diesen Gedanken aufgegeben. Die Turnhalle wird mit dem Übrigen zusammengebaut, nach meinem letzten Vorschlag.«

Stordals Augen flackern ratlos hin und her, als würde er eigentlich kein Wort verstehen. Lydersens Blick dagegen ist fest auf Stordal gerichtet.

»Bleken bekommt den Auftrag für den Bau, du bekommst ihn nicht. Jetzt ist was Modernes gefragt, keine antiquierte Idylle. Wenn du nur diese Ideen aufgeben könntest, Stordal.«

»Ich habe sie aufgegeben. Genau das habe ich getan.«

»Ja, nachdem Bleken alles bekommen hat, was möglich ist. Er baut und baut, während du in deiner Fantasie die ganze Stadt umgestaltest, bis sie aussieht wie vor hundert Jahren.«

»Eine Pergola ist aber nichts Altmodisches. In Hollywood –«

»Hollywood!«

»Gratuliere zum neuen Pelzchen«, sagt Stordal plötzlich. Gekränkt geht er zum Angriff über. Schließlich kein Wunder. Warum musste Elise ausgerechnet jetzt damit ankommen, mitten in all dem anderen?

»Danke.«

»Hättest du nicht wenigstens ein paar Tage warten können? Es wäre mir eine Freude gewesen, das weißt du. Demnächst bekomme ich ja den Vorschuss für die Glasveranda des Doktors.«

Der arme Kerl, denkt Sønstegård. Der *arme* Kerl.

»Hat dreihundertfünfzig gekostet, lieber Peder.«

»Au verflucht!«, sagt Stordal.

»Tja – ein guter Pelz –«

»Der pure Luxus.«

»Luxus? Das ist notwendiger, als du ahnst.«

»Mir scheint, da gibt es vieles, was ich nicht ahne.«

»Na ja.« Elise holt die Puderdose heraus und frischt ihr Make-up auf. »Das eine sag ich dir, wenn du tatsächlich die Kinder nehmen musst –«

»Aber Elise! Herrgott, das habe ich doch schon einmal geregelt, also kommt das jetzt auch wieder in Ordnung. Und schließlich gab es ja eine Zeit, da hast du davon geredet, du würdest sie nehmen –«

»Seit über zwei Jahren sagst du, du würdest es irgendwie regeln. Garantiert endet es damit, dass kein Mensch mehr bei Katinka nähen lässt, nach dem jetzigen Auftritt ist das doch klar! Niemand wird es auch nur versuchen. Die Damen sind weiß Gott hilfsbereit gewesen, aber irgendwann haben sie es satt, ihre Stoffe immer wieder mitnehmen und gehen zu müssen. Ich weiß, was du sagen willst – dass Katinka tüchtig ist und dass es auch eine Art Begabung ist. Aber wenn sie diese Begabung nicht nutzen will, dann –«

Und jetzt sagt Elise Øyen doch tatsächlich leise und furchtbar schnell, aber für alle, die Ohren haben zu hören, voll verständlich: »Diesmal kannst du nicht mit mir rechnen. Du musst selbst für deine Schulden aufkommen, inzwischen bist du mit zwei Monaten im Rückstand. Es ist wirklich nicht meine Sache, dafür zu sorgen, dass deine Kinder das Gymnasium besuchen können und die schicksten Klamotten in der Stadt tragen. Und abends zum Tanzen hierherkommen. Und dass Borghild bei Frau Moe Unterricht nimmt. *Unterricht?* Soll sie etwa zur Bühne? Als ich in ihrem Alter war, hatte ich schon eine feste Anstellung. Die beiden *nehmen?* Damals habe ich nicht verstanden, wovon ich sprach, mein Lieber.«

»Du hast selbst darauf bestanden, dass sie zum Tanzen hierherkommen sollen. Sie hätten ein bisschen Spaß nötig, hast du gesagt –«

»Das hab ich *damals* gedacht.«

»Aber jetzt haben sie es nicht mehr nötig?«

»Es nimmt überhand. Und wenn man sieht, dass die Mutter nichts tut. Und sich dermaßen aufführt! Herrgott, Peder, ich kann mich nicht ununterbrochen für deine Kinder interessieren. Und eins kann ich dir sagen, Borghild ist keineswegs so unschuldig –«

Lydersens Daumen haben angefangen, sich umeinander zu drehen. Er sieht seltsam erwartungsvoll aus. Frau Krane gefällt sein Gesichtsausdruck ganz und gar nicht. Woran erinnert er sie nur? An einen Jäger, der einer Beute auflauert? An einen Kannibalen? Wie abscheulich!

»Borghild? Die ist doch so wie alle jungen Leute heutzutage? Die sind nicht, wie wir es waren. Was ihre Mutter angeht, *wird* sich etwas ändern. Sie *muss* sich in die Situation fügen. Ich im Rückstand, sagst du? Das dürfte nicht weiter schlimm sein, wenn sie sich nur mit der Näherei ranhält. – Man sollte meinen, sie hätte genug durchgemacht, um eine Lehre daraus zu ziehen«, fügt Stordal dann hinzu und macht wieder ein Gesicht, als würde er nicht richtig begreifen, was los ist. »Schon allein, dass wir anderen uns abends hier amüsieren – das muss doch bitter für sie sein –?«

»Oh Gott, wie naiv kann man noch sein, Peder.«

»Bin ich jetzt auch noch naiv? – Du siehst heute gut aus, Elise.«

»Ach ja?«

»Du hast so etwas Gewisses an dir. Teure Pelze für eigenes Geld kaufen, das macht wohl Spaß?«

»Schon gut, schon gut. Hör jetzt endlich auf mit dem verflixten Pelz! Das ist ja, als hätte ich Wunder was gekauft. Und dabei ist das überhaupt kein teures Stück, nur ein ganz normales, anständiges Pelzchen.«

Frau Kranes Tränen sind unterdessen vollständig getrocknet. Angespannt und atemlos folgt sie dem unerwarteten Wortgefecht auf offener Bühne. Unglaublich, wie die beiden, Stordal und Elise, sich gehen lassen! Zeitweise sprechen sie zwar leise, aber niemand sonst sagt etwas. Und mitunter werden sie ausgesprochen laut.

Gjør zu beobachten ist auch seltsam. Er hat den anderen den Rücken zugekehrt, steht dem Fenster zugewandt da, wo Katinka und Hut-Svenne zuletzt auf ihrem Weg die Straße hinauf zu sehen waren, und starrt grimmig vor sich hin. Aber es ist, als würden sich seine Kiefer ab und zu leicht bewegen, unter jedem Ohr. Er wippt von der Ferse auf die Zehen und wieder zurück. Gut gelaunt ist er nicht.

Über wen regt *er* sich denn auf? Eigentlich müsste es doch Katinka sein. Aber tatsächlich sieht es ganz danach aus, als wäre es jemand völlig anderes.

Jetzt lässt er sich endgültig auf den ganzen Fuß sinken. Stordal und Elise haben aufgehört zu streiten. Sie sehen einander nicht mehr an. Lydersen räuspert sich, als erwartete er, dass Elise sich zu ihm umdreht. Das macht sie nicht. Im Gegenteil. Während sie sich mit ihren Handschuhen beschäftigt, sieht sie zu Gjør hinüber, der jetzt mit Stordal abseits in eine Ecke tritt. Sie beißt sich auf die Lippe, als wünschte sie, etwas ungeschehen zu machen.

Larsen taucht neben ihr auf.

»Jetzt darf man wohl annehmen, dass der Frühling im Ernst gekommen ist«, bemerkt sie im Konversationston und wischt einen Tisch ab, der es gar nicht nötig hat. Sie enthält sich jeglicher Anspielung auf das Vorgefallene. Aber dieser Pelz –.

»Die Abende sind noch kühl«, antwortet Elise gleichgültig, ohne zu merken, welchen ausgezeichneten Aufhänger sie Larsen bietet, um ein Pelzchen daran aufzuhängen.

»Ja, wirklich, man muss sich gut anziehen. Ohne etwas Warmes um den Hals sollte man jetzt in der Übergangszeit lieber nicht ins Freie ...«

»Nein.« Elise hat die Gedanken anderswo und antwortet ganz automatisch. Unwillkürlich zupft sie an dem schönen Pelz herum, rückt ihn zurecht, damit der Schwanz so fällt, wie er soll, und schielt zum Spiegel hinüber.

Larsen kann sich nicht mehr beherrschen. »Was für ein wundervoller Blaufuchs. Ist ja auch ganz modern!«

»Ja, er ist schön.«

»Ich hab einen Marder. Der ist zwar ein paar Jahre alt, aber –«

»Ach ja?«

Da kommt Gjør her: »Auf Wiedersehen, Elise. Freut mich zu sehen, dass es dir gut geht. Und wen gedenkst du jetzt mit dem schönen Pelz einzufangen?«

Elise fasst das alles andere als scherzhaft auf. »Du bist noch der Alte, merke ich. Du lieber Himmel, warum musstest du unbedingt jetzt hier auftauchen –«

»Schon gut, ich reise ja wieder ab. Aber wenn Elise Øyen zu viel Geld ausgibt, hat Elise Øyen jemanden im Auge.«

»Ich hab nicht zu viel Geld ausgegeben. Der Pelz ist ein Geschenk. Ihr seid alle miteinander wie besessen von diesem Pelzchen. Ein ganz normaler Pelz. Ich werd ja wohl noch einen Pelz umlegen dürfen, oder?«

»Aber natürlich, meine Liebe. Demnach hast du ihn schon gekapert?«

»Glaub, was du willst.«

»Geht es dir auch wirklich gut, Elise?

»Ja, stell dir vor! Ohne Politik, ohne soziale Problematik, ohne –«

»Aber mit –?«

»Ach, geh doch!«

Gjør geht. Er sagt kein Wort mehr zu irgendjemandem, verschwindet nur auf die Straße hinaus.

❞

Lydersen hat einen Abstecher in den Klubraum gemacht. Dort hat er einerseits ein wenig herumgeschnuppert und andererseits durch die offene Tür Gjør und Elise im Auge behalten. Larsen hat ihn die ganze Zeit beobachtet. Während sie zugehört und geredet hat, ist sie ihm mit den Augen gefolgt. Larsen sieht immer, was Lydersen macht, wenn nicht gerade eine Wand zwischen ihnen ist. Jetzt kommt sie hinter ihm her.

»Hier riecht es infernalisch«, bemerkt Lydersen. »Und was ist das für ein abscheuliches Paket?«

»Wahrscheinlich etwas, das sie vergessen haben.«

»Wenn solche Leute hier verkehren dürfen, wird es mit dem Lokal schnell bergab gehen. Das Paket ist ja noch warm?«

»Wirklich?« Larsen wischt den Tisch ab, obwohl es Sønstegårds Tisch ist, der gerade erst abgewischt wurde. Irgendwas muss man ja tun.

»Oder lauwarm, von mir aus. Fühlt sich an, als wäre es ein Kochtopf oder etwas Ähnliches, etwas mit einem Stiel. Aber der Gestank hier im Zimmer kommt ja direkt aus dem Paket!«

»Als ob ich etwas dafür könnte. Mein Tisch ist das nicht!«

Larsen ist plötzlich gekränkt. So ein Aufstand um dieses Paket, und dann so tun, als ob gar nichts wäre, jetzt, wo sie kurz alleine sind. Als wäre überhaupt nichts passiert?

»Verflixt, wenn das nicht nach Kohl riecht! Die haben ihr Mittagessen vergessen. Das wird ja immer besser!«

»Wird es das?«

»Ja, ja, ja, Larsen, Schätzchen, Kohl oder nicht, jetzt schreib mal eben einen Kaffee, drei Stück Kuchen und ein Glas Portwein für mich auf. Ich komme heue Abend wieder vorbei. Ach ja, dann war da noch Frau Øyen, ein Kaffee –«

»Trau ich mich nicht. Wegen Frau Krane«, erklärt Larsen sauer. »Sie mag diese Anschreiberei nicht. Alle wollen sie anschreiben lassen.«

»Klar traust du dich. Trotz Frau Krane.«

Lydersen sieht sich um, fasst einen schnellen Entschluss und küsst Larsen hinters Ohr.

»Nein«, flüstert Larsen, einer Ohnmacht nahe.

»Doch.«

Er küsst sie noch einmal und geht.

Direkt vor der Tür stößt er fast mit Sønstegård zusammen. Sie *kann* etwas gesehen haben. Höchstwahrscheinlich hat sie es gesehen.

»Na, Alte, hast jetzt wieder was erschnuppert?«, zischt er. »Deine Schnüffelei geht mir ordentlich auf die Nerven! Glaubst du etwa, das bringt dir was –?«

Sønstegård saugt an ihrem Zahn. Sie ist zu ihren Tischen im Klubraum unterwegs, ganz offiziell, für erbärmliche Anspielungen hat sie nichts als Verachtung übrig.

99

Elise Øyen will gerade das Café verlassen. Sie gibt der Drehtür schon einen ersten Schubs, bleibt dann aber stehen.

Lydersen steuert direkt auf sie zu. Ganz wie es sich gehört. Sie ist seine Begleiterin, mit ihr ist er gekommen.

»Aha, du hast deinen Chef also auch gesehen? Das war um

ein Haar. Mitten in der Bürozeit hier herauszukommen würde vielleicht keinen besonders guten Eindruck machen?«

»Danke, das ist meine Angelegenheit.«

»Nun, eigentlich wollten wir uns ja unterhalten.«

»Schöne Unterhaltung ist das geworden. Ist auch gar nicht nötig.«

»Ach so? Nichts könnte mich mehr freuen. Warum bist du dann so wütend? Als wir herkamen, warst du guter Laune.«

»Was geht das dich an?«

»Sachte, sachte, meine Liebe. Ich war jedenfalls der Meinung. Nun, jetzt was anderes – du hast heute *tatsächlich* etwas an dir. Ich hab es schon die ganze Zeit gesehen, woran es auch liegen mag. Der schöne Blaufuchs allein ist es nicht –«

»Das sieht euch Männern ähnlich. Ihr wisst nie, woran etwas liegt. Doch, es ist der Blaufuchs. Nichts anderes als der Blaufuchs. Jetzt geh ich. Leb wohl.«

Frau Krane hat sich in die Nähe manövriert, muss etwas auf der Theke aufräumen und auch darunter. Jetzt ist es Lydersen, mit dem sich Elise ein Wortgefecht liefert. Unglaublich, wie streitlustig sie plötzlich geworden ist.

Unter die Theke gebückt, wo sie Pralinenschachteln und anderes, was dort steht, hin und her schiebt, hört Frau Krane Lydersen: »Sag mal – war es etwa falscher Alarm?«

»Willst du mir helfen oder nicht?«

»Ich kann es mir nicht leisten, mich zu –. Und was ich dir gegeben hab, war doch –«

»Du riskierst nichts, bist ja kein Idiot. Aber das, was du mir gegeben hast, hat nicht geholfen. Das war nur untaugliches Zeug. Wenn ich Peder nehmen muss, ist es deine Schuld.«

»Ich habe heute Nacht Dienst«, sagt Lydersen.

»Aha.«

»Du kommst durch den Hintereingang. Wie früher. Dreimal leicht an die Scheibe klopfen.«

Elise antwortet nicht.

Herrje, Frau Kranes Rückenschmerzen werden allmählich unerträglich. Sie muss sich eine Sekunde lang aufrichten und sieht gerade noch, wie Lydersen Elise am Arm packt: »Mach jetzt keine Dummheiten. Mit dem alten Mann bist du fertig. Der andere ist mit dir fertig. Also gibt es noch mich. Du solltest dankbar sein. Denn mit deinem früheren Ehemann, der so plötzlich hier aufgetaucht ist, brauchst du nicht zu rechnen. Na, so haben wir doch noch ein Gespräch geführt.«

Immer noch keine Antwort.

»Schöner Pelz«, bemerkt Lydersen. »Wirklich schön.«

»Vielleicht ist der andere doch nicht so mit mir fertig«, versetzt Elise trotzig.

»Seine Frau kommt mit dem nächsten Postschiff. Da kann ein schöner Pelz angebracht sein. Eine sehr vernünftige Investition.«

»Du bist ein richtiger Prolet.«

»Ja, Gott sei Dank. Mit feinem Benehmen kommt man nicht weit.«

Frau Krane hat sich ans andere Ende der Theke hingearbeitet, dort taucht sie jetzt auf, ganz schief und krumm durch die gebückte Haltung. Sie sieht Elise weggehen, sieht Stordal, der immer noch verloren auf einem Stuhl an der Wand sitzt und offenbar immer noch nichts von alledem begriffen hat. »Elise«, ruft er, als wäre er aufgewacht. Aber sie ist bereits zur Drehtür hinaus. So wütend, dass sich die Tür noch oft hinter ihr dreht.

Völlig benommen lässt sich Frau Krane auf ihren Platz hinter der Kasse sinken. Sowohl ihr Rücken als auch ihre Seele tun weh.

Und da kommt Larsen. Was ist das, was Larsen da trägt?

»Dieses Paket, Frau Krane, das darf ich doch in die Küche bringen? Das hätte schon längst entfernt werden müssen, so wie das stinkt! Wie kann man so was stehen lassen! Das müssen die vergessen haben. Scheint ein Kohleintopf zu sein.«

»Stellen Sie's raus«, sagt Frau Krane verwirrt.

Auch Larsen sieht verwirrt aus. Aber für einen kleinen Seitenhieb auf Sønstegård reichen die Kräfte dann doch.

Sønstegård weiß sich allerdings zu verteidigen. Sie ist hart im Nehmen. Abgehärtet, nennt sie selbst das. Kurz hebt sie den Kopf von den Servietten, die sie schon wieder faltet, und sagt: »Was machst du denn für ein Gesicht, Larsen? Hoffentlich ist dir nichts zugestoßen?«

»Kümmer du dich lieber um deine eigenen Angelegenheiten. Damit ich nicht andauernd hinter dir herräumen muss!«

»Ein Glück, dass du nicht beißt!«

Stordal steht schließlich auf und will gehen. Er ist deutlich gealtert, seit er vorhin hereinkam, sowohl sein Gang als auch alles andere ist verändert. Der arme Kerl. Wenn man bedenkt, wie gemein Elise Øyen zu ihm war. Als ob das mit Katinka nicht genügt hätte!

Mitten im Lokal bleibt er stehen, hebt den Kopf und hat plötzlich diesen versteinerten Gesichtsausdruck, der einem fast Angst machen kann: »Manche Menschen weigern sich, etwas vom Leben zu lernen. Die leben immer nur von uns anderen. Auf die Dauer ergeht es ihnen schlecht. Zweifelsohne ist es ganz in Ordnung, dass es ihnen schlecht geht. Aber es ist bedrückend, das mitansehen zu müssen.«

Dann geht er weiter zur Tür. Diese kleine Rede hat ihm sichtlich gutgetan, er ist förmlich wieder der Alte. Als er sich in der Drehtür den Hut aufsetzt, platziert er ihn weit hinten im Nacken.

»Damit hat er wirklich recht«, sagt Sønstegård. »Oje, müssen Sie jetzt wieder weinen, Frau Krane? Darüber braucht man doch nicht zu weinen. Getan ist getan. Tränen helfen da wohl am wenigsten von allem.«

»Wenn man nur immer wüsste, warum man weint ...« Frau Krane weint noch heftiger.

»Wenn man nur wüsste, wie dieses ganze Spektakel mal enden soll.« Sønstegård dreht das Messer gründlich in Frau Kranes gequältem Herzen um. »Aber jetzt kommt jemand, da sollten Sie sich lieber zusammennehmen!«

Ja, jemand kam. Es war das junge Paar vom Land, das vor einer Weile vorbeigegangen war und jetzt schließlich Mut gefasst und das feine Café betreten hat.

Also zwei vollkommen unbeteiligte Personen. Mit total unschuldigen Gesichtern.

ZWEITES BILD

Am nächsten Tag herrscht ein abscheuliches Wetter, Schneematsch und Sturm, ganz so, als wäre nie Frühling gewesen. Außerdem ist Sonntag, und da ist es ohnehin ruhig. Beides gehört zu den Umständen, die Frau Krane später zu ihrer Entschuldigung angeführt hat. Als ob die mit der Sache zu tun hätten.

Ihre Strafe hat sie bekommen. Und die war wohlverdient. Aber bedauern muss man sie trotzdem, so viel Dummheit und Hilflosigkeit kann einem nur leidtun.

Das Café öffnet um eins, eine Stunde nach dem Gottesdienst. In der Regel kommt fast niemand vor dem Abend. Ein paar Kunden holen hin und wieder Kuchen und Gebäck und so, das ist alles. Die Leute gehen spazieren oder sind auf den Skiern unterwegs, je nach Jahreszeit. Nach dem Gottesdienst besuchen sie sich gegenseitig, trinken vielleicht ein Glas Wein zusammen. Bei einem Sauwetter wie heute bleiben sie im Haus. Kein Mensch lässt sich auf der Straße blicken.

Im Café ist der Sonntag der ödeste Tag der Woche. Aber manchmal tut es gut, sich in einem Haus mit Zentralheizung aufzuhalten. Allem Anschein nach findet das so mancher.

Da, wo Hut-Svenne wohnt, ist es wohl feucht und ungemütlich, oder? Geschieht ihm das nicht gerade recht, ihm und Katinka? Ist es nicht genau das, was solche Leute eigentlich verdienen? Bei Kranes zu sitzen und es sich schmecken zu lassen, während die ganze Stadt weder aus noch ein weiß – das passt ihnen wohl? Frau Breien soll angeblich mehrmals bei ihnen vor der Tür gewesen sein, draußen in Oset, und hat eine Beschimpfung nach der anderen einstecken müssen. Buck soll auch dort gewesen sein und mit der Polizei gedroht haben. Darüber haben sie nur gelacht, jedenfalls Hut-Svenne, dieser Nichtsnutz, von Katinka bekam niemand etwas zu sehen. Hut-Svenne hat kurz die Nase herausgestreckt und Unverschämtheiten von sich gegeben und dann die Tür wieder zugeknallt.

Gjør soll auch dort gewesen sein. Ihm wurde die Tür gar nicht erst aufgemacht.

Hierher kommen sie dagegen, nass und abgerissen, aber kein bisschen schuldbewusst oder verlegen. Im Gegenteil, das Kinn in die Luft gereckt. Sie marschieren in den Klubraum, als wäre nichts gewesen, und bestellen belegte Brote, Kuchen, Kaffee. Obendrein hat Hut-Svenne den Heizkörper befühlt, ob der warm genug ist. So eine Frechheit. Dann haben sie ihre nassen Sachen zum Trocknen darübergehängt. Das hat Sønstegård gesehen, als sie vorhin die Bestellung hineinbrachte.

Natürlich gehen sie und Larsen davon aus, dass jetzt jemand geholt werden wird – Buck, Frau Breien oder der Polizist Olsen, doch stattdessen sehen sie Frau Krane hilflos dastehen, total verstummt. Sønstegård will sich zuerst weigern, eine Bestellung aufzunehmen, aber plötzlich fällt ihr ein, dass es ja kein schlechter Fang ist. Besser daran festhalten, bis die betreffende Respektsperson eintrifft.

Frau Krane äußert aber kein Wort, dass man den oder jenen holen soll, sondern stellt sich nur an die Schiebetür, wo sie wie besessen strickt und horcht. Lächerlich. Was gibt es da schon zu horchen? Ist die Alte etwa darauf erpicht, zu erfahren, was für einen Blödsinn zwei Trinker sich zu erzählen haben? Die Frage ist, ob es nicht angebracht wäre, ein Ferngespräch mit Krane zu führen, da seine Frau sich offenbar nicht mehr zu helfen weiß? Immerhin steht die ganze Konditorei auf dem Spiel.

Und das ist nicht übertrieben.

Sønstegård saugt laut und missbilligend an ihrem Zahn. Weder sie noch Larsen äußern etwas. Verbissen falten sie ihre Servietten, räuspern sich höchstens ab und zu. Sie sind sauer, und das mit Recht.

An den Fensterscheiben rinnt der nasse Schnee herunter, und der Sturm rüttelt am Haus. Immerhin ist es April. Am grauen Himmel hängen die Wolken tief, es wird früh dunkel. Draußen rührt sich nichts. Nicht einmal eine Katze lässt sich blicken.

Aus dem Lautsprecher kommt ein Notturno von Liszt, gespielt von Moritz Rosenthal, aber leise. Warum hat Larsen es nicht etwas lauter eingestellt? Soll das einer begreifen.

Hinterher hat Frau Krane eine Menge Unsinn behauptet. Beinah am schlimmsten war, wie sie über die Stimme dieses Kerls sprach. Seine Stimme habe so etwas Seltsames an sich gehabt, dass sie ehrlich gesagt nichts dagegen gehabt hätte, auch einmal so angesprochen zu werden. Nicht von so einem Herumtreiber, natürlich – aber ... Von wem dann, von Krane? Nein, das nicht gerade. Sie habe das eher als Entschuldigung für die bedauernswerte Katinka gemeint, die immer noch an solchen Verrücktheiten festhalte. Und das in ihrem Alter!

Dabei ist Frau Krane selbst auch ziemlich verrückt.

❞

Jetzt steht sie da und schämt sich, weil sie weiß, was sie eigentlich tun sollte, es aber nicht tut. Und weil sie so tief gesunken ist, dass sie lauscht. Und weil gerade etwas an der Unverfrorenheit des Mannes dort drinnen, etwas an der Haartolle, die ihm gestern ins glühende Gesicht fiel, in ihr den Wunsch weckt, einmal im Leben selbst etwas Ähnliches erlebt zu haben. Etwas nicht Respektables, das weiß Frau Krane genau.

An diesem fürchterlichen Sonntag, der noch weit schlimmer werden soll, als sie es sich träumen lassen kann, steht sie erbebend vor der Schiebetür und hört die Stimme sagen: »Daraufhin gönnen wir uns noch eine halbe Flasche Wein, oder?«

Sønstegård zu bitten, *das* an den Tisch zu bringen, dazu würde Mut gehören. Es selbst zu tun – auch dazu würde Mut gehören.

»Trau mich nicht«, antwortet Katinka. Frau Krane atmet erleichtert auf.

»Traust dich nicht? Wagst es nicht? Wer kann dich daran hindern? Lass uns wenigstens eine Halbe bestellen. Du brauchst Aufmunterung. Verdammt – wir könnten Musik hören, wenn nicht diese Leute da wären. Wir könnten die Tür offen lassen, wenn du nicht solche Angst hättest, du Ärmste. Die da draußen lassen Musik im Radio laufen, nur eben leise. Musik macht dich doch froh.«

»Froh?« Und dann sagt Katinka etwas, das einen wirklich schmerzen muss, obwohl das Ganze so selbstverschuldet ist. »Die haben ihre Spottlieder hinter mir hergesungen. Jetzt haben sie die Lieder wieder gesungen.«

»Spottlieder haben sie gesungen? Und wenn schon. So was kriegen viele arme Teufel zu hören. Vom Unglück haben die Spötter keine Ahnung. Oder vom Kummer. Um das zu begreifen, sind sie zu dumm. Die Dummheit ist schlimmer als die Bosheit. Die Öffentlichkeit ist immer auf der Seite der Leute, die Glück haben, das hast du doch gemerkt? Wenn die Umstände bei mir daheim nur etwas besser wären, wären wir nie hierhergekommen. Aber es hat ja reingeregnet und geschneit! Ich hab mir ehrlich gesagt Sorgen um deine Gesundheit gemacht. Wäre heute nicht Sonntag … Morgen besorge ich auf jeden Fall Bretter und Dachziegel. Das hab ich vernachlässigt. Als Seemann macht mir ein bisschen Feuchtigkeit ja herzlich wenig aus.«

»Wir hätten woanders hingehen sollen.«

»Du hast ja geglaubt, die Spötter würden uns mit ihren Spottliedern dorthin folgen. Und das hätten sie vielleicht getan. *Hierher* kommt niemand an einem Tag wie heute. Die sonst immer hier sind, sitzen zu Hause und lassen es sich schmecken. Bouletten und – und Apfelkuchen und so was – Braten und Reisbrei und Leberpastete –. Das ist lecker, stimmt's? Leberpastete? Magst du das?«

»Ich weiß nicht –«

»Aber heute Abend, da machen wir uns wieder ein tüchtiges Feuer. Und dann hol ich die Ziehharmonika hervor. Dieses letzte Stück, das ich gestern Abend gespielt habe, das hat dir immerhin gefallen oder? Wie oft hab ich es spielen müssen? Vier Mal? Musik macht dich jedenfalls froh, wenn du dich nur traust, dich zu freuen.

Die können dir doch alle gestohlen bleiben!«, sagt er, lauter diesmal. »Lass die ihre Spottlieder singen. Was macht das schon? Pfeif einfach auf den ganzen Haufen! Lass sie mit ihren Kleidern und ihrem ganzen Klimbim sitzen!«

»Glaubst du, meine Kinder haben gehört, was sie singen? Glaubst du, sie singen auch, wenn die Kinder in der Nähe sind?«

»Nein, eher nicht. Und wenn schon. Die Kinder schauen eh

auf dich herab. Die können dir doch auch gestohlen bleiben. Wie du ihnen. Die sind genau solche Sklaventreiber wie die anderen.«

»Aber dann kommen sie eines Tages an und sind plötzlich lieb und gut –«

»Wenn sie etwas haben wollen, dann ja. Und dann wirst du natürlich sofort schwach.«

»Sie wissen so viel über alles Mögliche und so wenig über das Leben. Sie können ganz verstört aussehen, wenn irgendwas passiert.«

»Ja, und hart und unerbittlich, wenn ihnen was nicht passt. Wie fast immer. Sei jetzt nur nicht traurig. Wir lassen uns was einfallen. Du musst raus aus diesem ganzen Elend.«

»Warum hab ich's gestern nur nicht getan! Da hatte ich schon Mut gefasst.«

»Na, na, schon gut. Nein, jetzt brauchen wir wirklich eine Flasche. Bedienung!«

Dann fährt die Tür so heftig zur Seite, dass es Frau Krane nur im allerletzten Augenblick gelingt, rechtzeitig zurückzuweichen. Verwirrt tut sie so, als wäre sie gerade zu ihrem Platz hinter der Theke unterwegs. Und trotzdem grinst er höhnisch, dieser abscheuliche Mensch.

»Eine halbe Flasche Portwein. Und Gebäck. Möglichst schnell, wenn ich bitten darf!«

Die Bedienungen sehen sich nämlich nur an, keine macht irgendwelche Anstalten, sich zu erheben.

»Fräulein Sønstegård!«, sagt Frau Krane schließlich. Wie kann man nur so feige sein! Anstatt die beiden vor die Tür zu setzen oder eine zuständige Respektsperson herbeizurufen! Soll das Café Krane diesem Pack womöglich Unterschlupf bieten, ihm den Rücken stärken und ihm das Leben so angenehm wie möglich machen? Und das, während anständige Leute an der Nase herumgeführt werden.

Sønstegård saugt laut und voller Überzeugungskraft an ihrem Zahn, während sie sich langsam erhebt, um das Verlangte zu holen. Fast verzieht sie das Gesicht zu einer Grimasse.

In der Türöffnung wartet Hut-Svenne, wie gewohnt, er nimmt das Tablett und schließt die Schiebetür dann mit voller Wucht. Ein Wunder, dass der Türrahmen nicht zersplittert ist! Das hätte eine schöne Bescherung gegeben, wenn Krane wieder nach Hause kommt. Himmel, was für Zustände!

Sønstegård spricht es sogar aus. »Ein Glück, dass das Haus noch steht«, sagt sie.

Aber Frau Krane sieht sie nur verständnislos an, hat irgendwie nichts gemerkt.

Und schon ist sie wieder an der Tür.

Das kann sie immerhin. Na gut, soll sie doch. Soll sie doch selbst bestimmen, wann Personal für den Abtransport geholt werden muss.

»Jetzt schenken sie ein. Jetzt trinken sie. Jetzt schenken sie wieder ein«, murmelt Frau Krane wie in Trance.

»Wer hätte das gedacht! Hören Sie das, Fräulein Sønstegård? Sie *trinken* den Wein, den sie bestellt haben.« Auch Larsen kann spitz sein. Stolz hebt sie den Kopf.

»Ja, als ob ich das nicht hören würde? Sachen gibt's, die gibt's gar nicht!«

Eine herrliche Äußerung, in jeder Hinsicht, die Larsen vor Lachen glucksen lässt. Sønstegård, die ist alt und alles andere als hübsch, hat die Vierzig bestimmt schon lang hinter sich, dazu klapperdürr, und bösartig kann sie auch sein. Aber auf den Kopf gefallen ist sie nicht, das muss man ihr lassen. Ob Frau Krane das wohl gehört und verstanden hat?

Es sieht nicht danach aus. Starr vor Entsetzen hört Frau Krane Katinka zu. Inzwischen ist Katinka wieder betrunken. Sie stößt ein langgezogenes »Ah« aus. Dann lacht sie. Und obwohl jeder weiß, dass sie nie weiter weg als Trondheim gewesen ist, erklärt sie: »Ich hab auch schon mal eine lange Reise gemacht.«

»Erzähl!«

»Es war eintönig. Ein graues Meer, das nie endete. Jeder Tag kam wie ein schwerer, gewaltiger Wellenkamm auf mich zu. Kaum war ich wach, sah ich das Wasser kommen. Ich wurde davon überspült, das ganze Schiff wurde überspült, ich wurde blind davon. Und der Nebel war so dicht, dass man nie weiter sah als bis zur nächsten Welle. Für einen kurzen Moment durfte ich auf eine kleine Felseninsel an Land springen, aber –«

»Aber?«

»Nein, mehr war da nicht. Ich glitt wieder von dem Felsen ab –. Oder er ist einfach irgendwie verschwunden. Keine Ahnung, ich weiß es nicht –«

Plötzlich ruft sie laut und erregt: »Aber jetzt kann von mir aus der Teufel das alles holen, das ist mir egal! Warum laufe ich eigentlich hier herum und –? Warum um alles in der Welt –? Wenn ich Lust habe, mich in der Gosse zu wälzen, wenn ich betrunken durch die Gegend taumeln und mich mit Dreck besudeln will, ist das meine Sache! Oder etwa nicht?«

Schamlos, denkt Frau Krane erschüttert. Und dass sie nicht einmal die Portieren zugezogen haben, ist auch schamlos. Die haben vor nichts mehr Angst. Warum habe ich sie nur hereingelassen! Dass ich nie etwas lerne! Ich bin genau wie alle anderen!

Aber Hut-Svenne bemerkt so ruhig, als hätte Katinka etwas ganz Alltägliches geäußert: »Die Leute müssen einem total egal sein. Sonst bilden sie sich Wunder was ein. Und wenn du wissen willst, wer deine wahren Freunde sind, musst du arm werden. Dann verdrücken sie sich nämlich, einer nach dem andern. Bleiben welche übrig, können die vielleicht ganz brauchbar sein, aber meistens wollen auch sie dich für ihre Zwecke ausnützen. Du solltest jemanden haben, der dir gegen diese ganze Bagage beisteht. Nun ja – aber bevor du auf dieses Meer hinauskamst –? Wie war es denn da?«

»Still. Klarer Himmel. *Zu* still. *Zu* klar.«

»So ist es am Anfang. Und jetzt? Untiefen, Felsen und dichter Nebel? Probleme mit dem Kurs?«

»Mit dem Kurs? Es gibt keinen Kurs. Irgendwie existiert man nicht mehr, man ist mit dem ganzen Kopf unter Wasser. Man kann nur noch an Geld und Essen denken, weiter reichen die Gedanken nicht. In meinem Alter –«

»In deinem Alter? Du bist jung genug. Und hübsch, das auf jeden Fall. Ich finde dich hübsch. Außerdem nehmen viele das nicht so genau, die inneren Werte sind wichtiger, das lernt man mit der Zeit. Bist du nie richtig weg gewesen?«

»Ein Mal war ich in Trondheim, um nähen zu lernen. Bei Matheson, der besten Firma hier oben im Norden. Damals war ich bereits geschieden. Das war noch im Krieg, die Leute verdienten gut, man bekam leicht Kredit. Hat Spaß gemacht, solange es währte, wir haben schöne Sachen genäht. Richtig schöne Sachen. Es gab jede Menge hübscher Stoffe. Wenn man frei hatte, konnte man sie sich anschauen und in Gedanken etwas entwerfen. Ich war gut, sagten sie. Doch dann kam ich wieder hierher. Und hier –«

Katinka, die eine Zeit lang ruhig und vernünftig gesprochen hat, wird plötzlich wieder grob: »Ich hab früh geheiratet, musst du wissen. Das tun wir hier. Wir nehmen den Erstbesten. Was bleibt uns schon anderes übrig? Manche kriegen uneheliche Kinder, heiraten dann aber meistens doch. Prost!«

Ihre Stimme klingt rau und fremd.

»Prost.«

»Kennst du das? Alles, was man anfasst, fühlt sich scheußlich an? Es widert einen an, die Dinge auch nur zu berühren?«

»Wenn man alles satt hat, meinst du das? Und alles zum Teufel wünscht?«

»So ähnlich, ja. Alles ist nur noch hässlich.«

Und dann wird sie wieder laut, als hätte sie es mit einem Schwerhörigen zu tun: »Ich ertrage das nicht mehr, dass alles so hässlich ist! Hässlich und chaotisch! Überall nichts als Fäden und Stecknadeln. Und Abwasch! Oh, dieser Abwasch!«

»Der Abwasch? Klar, den überlassen sie dir, genau wie alles andere. Hab ich mir gleich gedacht. Aber jetzt verlässt du sie, und zwar endgültig.«

»Endgültig?«

Frau Krane tritt unruhig von einem Fuß auf den anderen. Du lieber Himmel, was haben die eigentlich vor? Dann setzt die *Stimme* wieder ein, und Frau Krane wird willenlos mitgetragen: »Ich würde dir den Abwasch abnehmen und noch viel mehr, wenn du nur bei mir bleiben würdest. Stopfen und flicken, das kann ich, so was können die meisten Seeleute. Woran hast du Spaß? Womit würdest du dich am liebsten beschäftigen? Womit möchte eine Frau wie du sich die Zeit vertreiben? Damit sie sich wohlfühlt und sich nicht langweilt? Verdammter Mist aber auch, dass unsereins so pleite sein muss. Aber wenn du nur zu mir kommst und mich aus der Einsamkeit herausholst, lass ich mir schon etwas einfallen.«

Und jetzt ist er es, der laut wird: »Einsamkeit ist die Hölle. Die Einsamkeit ist der Anlass für alles Erbärmliche und Schmutzige. Ich will nicht mehr einsam sein! Verstehst du!«

»Verzeih«, sagt er dann, und plötzlich klingt seine Stimme wieder angenehm, man könnte sie fast, ja, weiß der Himmel, man könnte sie fast zärtlich nennen. Unglaublich deutlich spricht er auch, und dabei so leise. Sanft und gleichzeitig eindringlich. »Verzeih. Aber so zu leben wie ich, das hält kein Mensch aus. Man ist doch für etwas anderes geschaffen. Oder –?«

An eine betrunkene Person hinzureden ist, als würde man an eine Wand hinreden. Betrunkene können in alle Ewigkeit aneinander vorbeireden. Katinka fährt unbeirrt fort: »Weißt du, was es heißt, mit gewissen Worten auf den Lippen durch den Tag zu gehen? Worte, die so gemein, so schmutzig sind, dass du dich schon beim bloßen Gedanken daran erniedrigt fühlst? Und die dennoch fertig in dir liegen. Wie – wie Embryos. Die hinauswollen. Oh Gott, es gibt viele von uns, die so etwas mit sich herumtragen. Auf der ganzen Welt wimmelt es von uns.«

Inzwischen ist sie bei Vertraulichkeiten angelangt. Frau Krane kennt diese Phasen gut, hat sie wohl vor dem Umbau zur Genüge miterlebt. Außerdem sind die beiden verkatert, mit allem, was das beinhaltet. Natürlich haben sie gestern Abend in Oset noch gebechert – haben das, was sie hier zu sich genommen hatten, noch aufgefüllt. Und das tun sie immer noch.

»Am besten, man spricht diese Worte aus«, erklärt Hut-Svenne sachkundig. »So hässlich sind sie dann doch nicht, dass die anderen es nicht verdient hätten, sie zu hören. Nein, so hässlich sind sie sicher nicht.«

»Ich will weg von mir selbst. Ich will nicht gemein und böse sein. Will keine Waffen gebrauchen, mit denen ich mich selbst beschmutze.«

»Deine Waffen? Gegen diese Menschen da? Die hinterlassen keine schlimmen Kratzer. Du Ärmste. Nein – aber schau mal hier, wie hübsch! Eine blaue Ader, und darum herum alles ganz weiß. Weiß, weiß, weiß!«

»Lass mein Handgelenk los!«

»Eines Tages kommt das Alter. Das richtige Alter. Du wirst einsam und kannst nicht mehr arbeiten. Und bist arm. Glaubst du, die fragen dann nach dir? Diese – deine Kinder?«

Darauf antwortet Katinka nicht, soweit Frau Krane hören kann. Aber auch das, was der Kerl *sagt*, kann einen seltsam berühren. Das liegt nicht nur an der Stimme.

»Wenn unsereins sich um dich kümmern dürfte. Unsereins – wenn ich es nur dürfte, dann –«

Wieder Schweigen. Sønstegård saugt an ihrem Zahn, dass es nur so pfeift. Larsen räuspert sich. Die beiden sitzen an ihrem Tisch und zeigen deutlich, was sie von alledem halten. Aber ist das hier etwa ihr Café? Sie sind doch hier nur angestellt, oder etwa nicht? Allerdings würden sie vermutlich nur allzu gern selbst zuhören.

»Ich hab ein bisschen was im Sparstrumpf«, fährt die Stimme schließlich fort. »Das hab ich mir nicht nehmen lassen. Kannst du singen?«

»Singen? Früher konnte ich das. Ist lange her.«

»Dann kannst du's immer noch. Wenn du nur wieder froh wirst. Hör mal – du und ich, wir könnten doch auf Reisen gehen. Wir könnten in den Höfen Musik machen. Ich spiele ganz erträglich Ziehharmonika, das hast du ja gehört. Wir wären frei!

Mit einem lieben, hübschen Frauchen an meiner Seite wäre ich ein anderer Mensch!«

»Dafür bin ich zu alt.«

»Unsinn, du bist noch jung. Jung genug. Und wie gesagt, mir sind vor allem die inneren Werte wichtig –«

»Du bist lieb.«

»Lieb? Ach was. Ich klammere mich an dich. Wir brauchen einander. Aber bei mir bleiben willst du trotzdem nicht. Ich fühle es, dass du nicht bleibst. Bei einem wie mir bleibt keine. Es ist, als hätte ich die Pest.«

»Sag so was nicht!«

❟❟

In diesem Moment wird die Drehtür heftig in Schwung versetzt, und Frau Breien kommt herein, rot im Gesicht von Wind und Schneetreiben, zerzaust und durchnässt. Sie stellt einen triefenden Schirm ab, um den sich sofort eine große Pfütze bildet. Wären Sønstegård und Larsen nicht beide sauer auf Frau Krane, würde eine von ihnen aufstehen und einen Lumpen holen. Jetzt macht keine von ihnen dergleichen Anstalten.

»Ist Frau Stordal hier?«

Frau Krane hat sich hastig von der Schiebetür wegbewegt. Auch sie ist rot im Gesicht. »Wenn ich ehrlich sein soll, Frau Breien …«

»Fehlte auch noch, dass Sie nicht ehrlich sind, zu allem Übrigen hin. Jetzt lassen Sie Katinka schon den zweiten Tag hier sitzen und picheln. Ist sie da drinnen im Nebenzimmer, oder wo?«

»Wenn es nur auf mich ankäme …. Krane ist in Sørfjorden. Für *mich* ist es nicht so einfach, Gästen den Aufenthalt hier zu verweigern. Noch dazu bei diesem fürchterlichen Wetter –«

»Das liegt ganz bei Ihnen, Frau Krane. Sie verhalten sich unverantwortlich. Wetter? Frau Stordal hat ihr gutes Zuhause. *Noch* hat sie es. Heute hat sie es. Was sie morgen hat, weiß niemand. Sie und ihre Kinder. Wenn die alle drei auf der Straße stehen, sind Sie gewiss nicht ohne Schuld daran, Frau Krane! Dann würde ich nicht gern in Ihrer Haut stecken.«

Damit schiebt Frau Breien die Schiebetür energisch auf die Seite und tritt ins Nebenzimmer. Und jetzt kann jeder hören, was sie sagt: »Du musst krank sein, Katinka. Ernsthaft krank.«

»Krank?« Frau Stordal lacht kurz und trotzig. »Wer arm ist, hat nicht das Recht, krank zu sein, das weißt du doch. Dem Armen sagt man: Das geht schnell vorbei, wirst schon sehen. Das ist bestimmt nicht schlimm. So, und jetzt nehmen wir uns ein bisschen zusammen, ja? So was sagt man zu dem armen Teufel, der krank ist. Gerade du wirst das doch wissen, Konstance?«

»Was redest du da für einen Unsinn? Weißt wohl nicht, was du sagst. Oder willst vom eigentlichen Thema ablenken. Übrigens versuchen Geisteskranke offenbar immer das letzte Wort zu behalten. Das, was ich vorhin meinte, war nämlich *geistes*-krank!«

»Du hast immer so viele Schauergeschichten auf Lager, Konstance. Du meinst wohl, ich würde eine Lehre daraus ziehen und einsehen, wie gut ich es im Grunde genommen habe. Aber zu wissen, dass es anderen auch schlecht geht, macht nichts besser.«

»Was faselst du da? Ist ja unerhört!«

»Ich fasele überhaupt nicht. Ausnahmsweise bin ich aufrichtig und sage, wie es wirklich ist.«

»Ich habe dir ab und zu gewisse Wahrheiten sagen müssen und Beispiele gebracht. Vermutlich ist es das, worauf du anspielst. Gewisse Wahrheiten, die du wohl nicht gern gehört hast. Wie zum Beispiel, dass man ein wenig planen, ein wenig berechnen sollte. Und dabei denke ich sowohl an Zeit als auch an Geld. Manche sind mit dieser Gabe geboren, andere nicht. Sie zu erwerben, ist nicht leicht, aber machbar. Ich denke, ich weiß, wovon ich rede. Es war schlichtweg meine Pflicht, darauf hinzuweisen. Aber nicht darüber sollten wir jetzt sprechen. Ich bin gekommen, um dich abzuholen, Katinka. Ich bin einzig und allein deshalb bei diesem Wetter ausgegangen, um dich nach Hause zu bringen. Zu deinen Kindern. Ich will doch nur dein Bestes. Und das weißt du. Komm jetzt.«

»Ich geh nicht nach Hause. Nur weil ich es *bisher* ertragen habe, glaubt ihr, ich könne es auch weiterhin ertragen. Das ist ein Irrtum. Das kann ich nicht. Das Leben nimmt keine Rücksicht. Ich nehme keine Rücksicht, jetzt nicht mehr. Jeder von uns ist gleich viel wert!«

»Lauter Floskeln! Diese Töne kenne ich von dir, die schlägst du immer dann an, wenn du nicht ganz bei dir bist. Ach, meine arme Katinka!«

»Ich schlage keine Töne an! Ich hau auf sie drauf, bis die Saiten reißen und es nur so klirrt!«

Hier mischt sich der verflixte Hut-Svenne wieder ein, dieser naseweise Kerl. Das erweist sich nicht als besonders hilfreich.

»So ist's recht«, sagt er. »Gib ihnen was auf die Schnauze und beklag dich ja nicht. Denn dann kleben sie mit ihrem Mitleid an dir fest. Und Mitleid ist tödlich. Damit saugen sie dir das Mark aus den Knochen, als wären sie Blutegel. Das kann einen Menschen vollkommen fertigmachen. Erlaube ihnen nur nicht, sich in dich zu verbeißen, hörst du? Sie selbst genießen es in vollen Zügen. Sind ja so lieb und gut, nicht wahr? Aber du selbst bist dann erledigt, das darfst du mir glauben! Warum antwortest du überhaupt? Gib ihnen keine Antwort, verdammt noch mal! Die gehen dich nichts an. Lass sie mit ihrem ganzen Gerede nicht an dich ran. Bleib fest. Still jetzt, egal, was kommt.«

So lange wie möglich hat Frau Breien Hut-Svenne wie Luft behandelt, ganz wie es sich für eine Dame wie sie gehört. Jetzt kann sie sich nicht mehr beherrschen. Sie fährt ihn an: »Was sind Sie doch für ein fürchterlicher Mensch! Der reinste Teufel! Ist Ihnen klar, was Sie sind?«

»Mir ist klar, dass Sie eine verfluchte Hexe sind! Eine richtige Zicke! Hauen Sie bloß ab!«

»Für diese Äußerung kann ich Sie anzeigen!«

»Und ich Sie, weil Sie mich Teufel genannt haben. Wenn ich Lust hätte. Aber ich habe keine Lust.«

»Bleibst du jetzt noch hier sitzen, Katinka, dann bist du tief gesunken.« Frau Breiens Stimme ist voller kultivierter Geduld. Um mit einem wie Hut-Svenne noch weitere Worte zu wechseln, ist sie sich zu schade.

Katinka folgt seinem Rat und antwortet nicht. Ein Glas stößt hart an einen Teller, entweder ihres oder seins. Dann lacht jemand, ein lautes Gelächter, das nicht mehr aufhören will. Das ist Katinka, kann sonst niemand sein als sie.

Da geht Frau Breien. Seufzend hebt sie ihren triefenden Schirm auf und sagt Auf Wiedersehen, aber nur so in die Luft hinaus, an niemand Besonderen gerichtet. Sie hält das gesamte Café für schuldig, daran besteht kein Zweifel. Schwer schleppt sie sich durch die Drehtür nach draußen und ist verschwunden.

Frau Krane sinkt auf ihren Platz, mit versteinerter Miene. Du lieber Himmel, jetzt hat sie sich ordentlich was eingebrockt.

Aus dem Klubraum kommt zwischen zwei Lachsalven: »Sie meint es ja nur gut, ist dir das klar?«

»Sie möchte Schicksal spielen. Eine dieser verflixten Klatschbasen, die überall ihre Nase reinstecken müssen. Sie *meint* es gut, sagst du? Hat sie dir denn je etwas Gutes getan? Hat sie nicht eher dafür gesorgt, dass du dich vor Widerwillen am liebsten übergeben hättest? Du sagst nichts? Hab ich nicht anders erwartet. Aber ich kenne die Sorte. Meine Schwiegermutter ist genauso. Es ist, als würde ich sie hören: Ich will doch nur dein Bestes, lieber Sven, so heißt es dann. In der Stadt herumrennen und Blödsinn reden, das ist alles, was sie tun, diese Klatschbasen, während sich irgendwo ein bedauernswerter Ehemann für sie abrackert. Ich glaube mich zu erinnern, dass sie gestern erwähnt hat, ihr Mann sei nervös. Kein Wunder. Packt sie selbst irgendwo mit an? Näht *sie* etwa? Macht *sie* etwa irgendwann den Abwasch? Freut mich, dich lachen zu sehen, aber was ist daran eigentlich so komisch?«

»Alles. Dass du sie als Klatschbase bezeichnest.«

»Sie ist eine Klatschbase. Außerdem eine richtige Schreckschraube.«

»Sie ist eine tüchtige Hausfrau, musst du wissen. Ha, ha, ha.«

»Das ist meine Schwiegermutter auch. Verdammt tüchtig. Die Frauen aus meiner Schicht, die *können* zupacken, sag ich dir. Aber diese Person da? Ich will verdammt sein, wenn die es schafft, etwas anderes zu tun, als herumzurennen und andere Menschen traurig zu machen. Prost. Ha, ha, ha.«

»Prost«, sagt Katinka mit tiefer, rostiger Stimme.

»So ein versoffenes Pack«, sagt Sønstegård laut.

Die Schiebetür wird schnell geschlossen, mit einem Knall.

❞

Allmächtiger!

Es ist Larsen, die Borghild Stordal zuerst sieht, und da ist es schon zu spät. Borghild hat es bereits fast durch die Drehtür geschafft.

Sie ist klatschnass, ohne Hut, ohne Schirm. Ihre Haare kleben ihr am Gesicht. Sie schaut weder nach rechts noch links, sondern hastet direkt in den Klubraum, öffnet einfach, schlüpft hinein und zieht die Tür hinter sich zu. Sofort stehen sowohl Frau Krane als auch Larsen und Sønstegård an der Tür, um das Ohr daran zu pressen.

Denn das ist nun wirklich ihre Pflicht. Für den Fall, dass etwas passieren sollte.

Sie hören Katinka mitten in einem Lachanfall innehalten. Sie hören Hut-Svenne:

»Aha, sieh an, die junge Dame.«

»Als ob ich nicht wüsste, wer sie ist«, fährt er heftig fort. »Das sieht man auf den ersten Blick. Aber *wir* sind doch auch Menschen, zum Donnerwetter! Oder haben wir aufgehört, Menschen zu sein, nur weil wir diese da in die Welt gesetzt haben?«

»Hübsches Ding«, sagt er dann mit ruhigerer Stimme. »Bildhübsch. So warst du früher auch einmal.« Das mit diesem Tonfall, gegen den Frau Krane wehrlos ist.

»Dein Bett steht ungemacht zu Hause«, sagt Borghild.

»Dann mach es doch, falls es dich stört. Und geh wieder. Hier hast du nichts verloren.«

»So muss man sie behandeln«, bemerkt Hut-Svenne. »Das war gut!«

»Die Kleider werden morgen abgeholt. Fast alle haben angerufen und abbestellt.«

»Nun, es sind ihre Kleider.«

»Wir haben Essen zugeschickt bekommen. Fertiges Essen. Anonym. Als wären wir richtig arme Schlucker.«

»Sind wir das denn nicht? Gestern hat man uns auch Essen gebracht. Wo ist das übrigens abgeblieben? Das war für euch. Zu dumm, dass ich das verschusselt habe.«

»Torsen ist heute wieder da und näht weiter. Sie versucht, wenigstens etwas fertig zu bekommen.«

»Die Ärmste. Begreift sie denn nicht, dass das keinen Sinn mehr hat? Es ist zu spät. Diese Kleider werden nicht mehr fertig. Das musst du ihr klarmachen, Borghild.«

»Verabscheust du uns tatsächlich, Mutter?«

Und da erwidert Katinka Stordal doch wahr und wahrhaftig: »Ja, ich verabscheue euch tatsächlich. Ihr peitscht mich durchs Leben, als wäre ich ein Tier.«

»Wir?«

»Ihr auch.«

»Dann wissen wir das«, sagt Borghild mit harter Stimme.

»Dann wisst ihr das.«

Der eigenen Tochter so etwas zu sagen! Bestimmt ist Katinka nicht nur betrunken. Sie muss den Verstand verloren haben.

Doch da ruft Borghild plötzlich aus: »Nur nicht so werden wie ihr! Ich will nie so werden wie ihr! Ich will völlig anders werden!«

Was immer Borghild damit meinen mag. Sie muss sich wohl auf ihre Eltern beziehen, nicht auf Katinka und Hut-Svenne, denn Hut-Svenne, der kommt ja nicht in Betracht.

»Du musst jetzt gehen, Borghild. Es hat keinen Sinn, hier herumzustehen und zu reden. Das geht einfach an mir vorbei. Eines Tages kommt die große Gefühllosigkeit. Dann ist man gerettet. Dann brauchen die anderen sich nicht mehr zu bemühen.«

»Wir haben immer geglaubt, wir wären deine Kinder.«

»Das habe ich auch geglaubt. Man glaubt so vieles. Ich habe für euch gehofft, für euch gewünscht, ich wollte dies und wollte das. Und dabei seid ihr nichts anderes als irgendwelche fremde Menschen, die alles Mögliche fordern und erwarten. Das quetschen wir noch aus ihr heraus, sagt ihr. Dafür ist sie ja da! Und hinterher erinnert ihr euch nur an die Momente, als man nicht genügt hat, als nichts mehr herausgepresst werden konnte. Ihr gehört auch zu denen, die auf mir herumtrampeln. Ihr trampelt und trampelt ...«

»Aber Mutter –«

»Du sollst jetzt nicht hier sein, Borghild.«

Und plötzlich schreit Katinka gellend laut: »Ha! Jetzt kommt der Wahnsinn! Der große, herrliche Wahnsinn! Der Befreier. Der die Tore öffnet und Raum schafft.«

Sie lacht wild. Hysterisch, sagt man wohl dazu. Jedenfalls hat Frau Krane noch nie etwas so Entsetzliches gehört. Sie hält sich die Ohren zu, schwankt zur Theke zurück und lässt sich auf ihren Platz sinken.

»Aber jetzt werden wir doch jemanden holen dürfen?«, fragt Sønstegård.

Doch da kommt Borghild herausgestürzt. Sie sieht niemanden an, verschwindet nur durch die Drehtür nach draußen.

»Vielleicht holt sie Hilfe«, schluchzt Frau Krane, die wieder in Tränen badet.

»Weinen, das ist ja keine Kunst«, bemerkt Sønstegård höhnisch. »Aber etwas tun –?«

Auch im Nebenzimmer wird geweint, heftig und krampfhaft. Man hört es umso deutlicher, weil die Schiebetür noch halb offen ist. Borghild hat sie zu schwungvoll zugeworfen. Mit gedämpfter Stimme – mit *der Stimme* – spricht Hut-Svenne tröstende Worte: »Kein Wunder, wenn man bedenkt, wie gemein die immer waren. Weine ruhig, das tut manchmal gut.«

Katinka weint. Nach einer Weile schluchzt sie: »Man schafft es nicht, sich mit ihnen herumzuschlagen.«

»Na, wenn du das nicht kannst, bist du verloren. Dann kannst du genauso gut gleich deine Sachen packen und verschwinden.«

»Man schlägt sich an ihnen nur blutig, immer wieder von Neuem. Ich hab mich blutig genug geschlagen. Zu noch mehr bin ich nicht verpflichtet. Nein – alles auflösen, die Spuren hinter sich zufegen –«

»Ja, genau das, verdammt aber auch. Wenn diese Personen immer ihren Willen durchsetzen dürfen, dann –«

Damit wird die Tür krachend zugeschoben.

»So kann das nicht weitergehen, Frau Krane«, erklärt Sønstegård.

Die Drehtür dreht sich. Wieder ist es Borghild. Und hinter ihr Gjør, der sie vor sich herschiebt. Sie wehrt sich dagegen, aber er hält sie mit festem Griff am Arm. Der nasse Schnee auf seiner Hutkrempe beginnt sofort vorne und hinten an ihm herabzutriefen. Der Kragen seines Regenmantels ist hochgeschlagen.

Frau Krane atmet erleichtert auf. Ach ja, Gjør! Justus Gjør. Jemand Besseres hätte in diesem Moment gar nicht kommen können.

»Hier«, sagt er zu Borghild. »Setzen Sie sich hier hin. Doch, setzen Sie sich jetzt! Dann bekommen Sie etwas Warmes, und dann können wir uns unterhalten.«

Da Borghild sich immer noch weigert, drückt er sie auf den

Stuhl und beginnt, ihr den Mantel aufzuknöpfen. Erst nachdem es ihm gelungen ist, ihr den auszuziehen, wirft er seinen eigenen durchnässten Hut auf einen Haken und zieht den Regenmantel aus.

Mit verwirrtem Gesicht sitzt Borghild da, völlig benommen. Sie begrüßt Larsen nicht einmal, als diese sich nähert.

»Zweimal Tee, wenn Sie so freundlich wären. Guten, heißen, starken Tee, mit reichlich kochendem Wasser dazu. Und etwas zu essen. Können Sie uns ein paar Scheiben Brot toasten?«

»Denke schon …«

»Dazu Butter und Marmelade. Oder – vielleicht wollen Sie lieber etwas Ordentliches essen, Borghild? Spiegeleier mit Schinken, was sagen Sie dazu? Nicht wahr, das lässt sich doch machen?«, fragt er an Larsen gewandt.

»Denke schon. Sonntags führen wir zwar keinen warmen Lunch, aber –«

»Danke, nur Tee. Tee, das wird gut«, sagt Borghild. Sie streicht sich immer wieder die nassen Haare aus dem Gesicht und klappert hörbar mit den Zähnen. Und da beugt Gjør sich doch tatsächlich vor und befühlt ihre Schuhe, als wäre sie ein kleines Kind. Larsen ist stehen geblieben, um abzuwarten, ob Borghild ihre Meinung den Tee betreffend ändern wird, daher sieht sie das mit eigenen Augen.

»Ziehen Sie die Schuhe aus«, befiehlt er. »Die stellen wir solange auf die Heizung. Dann ziehen Sie die Strümpfe so weit herunter, dass Ihre Füße in den Strumpfschaft kommen, und legen die Beine unter dem Rock auf den Stuhl. Bei diesem Wetter kommt hier niemand, und wir wollen vor allem eine größere Erkältung vermeiden. Möchten Sie vielleicht etwas Starkes in den Tee?«

»Nein danke.« Borghild streift sich gehorsam die Schuhe ab und sieht ein wenig verlegen aus, als Gjør auch ihre Strumpffüße befühlt, nimmt das Ganze ansonsten aber sehr gelassen hin.

Sie, die sonst angeblich so schrecklich schüchtern sein soll. Sie, die einmal direkt zur Tür gestürzt ist, mit feuerrotem Gesicht, als sie gerade mit Lydersen tanzte. Der stand dann mit offenen Armen da, sah sich um und sagte: »Ich begreife überhaupt nichts!«

»Danke, jetzt ist es gut«, sagt sie und zieht die Beine zurück, unter den Stuhl.

Im Weggehen hört Larsen Gjør noch sagen: »Wie haben Sie es nur angestellt, so nass zu werden? Die Galoschen *vergessen?* Das dürfen Sie doch nicht machen, verstehen Sie das nicht? Bei diesem Wetter.«

Nein, man muss wirklich hoffen, dass niemand kommt, denkt Larsen. Inzwischen geht es hier so verrückt zu, sowohl im als auch vor dem Nebenzimmer, wie man es bisher noch nie in einem anständigen Lokal erlebt hat. Im einen Zimmer die Mutter, betrunken und in Begleitung eines unsäglichen Kerls, im anderen die Tochter, mit nackten Beinen, begleitet von einem – nicht unbedingt von einem Kerl – aber von einem vollkommen fremden Herrn, der nicht einmal hier aus der Stadt ist. Würde Spaß machen, zu hören, worüber die jetzt reden.

Laut späterem Bericht von Frau Krane und Sønstegård gab es zunächst eine lange Pause. Längere Zeit wurde kein einziges Wort gewechselt. Gjør war beim Radio und stellte es lauter. Es hatte schon längst Liszts Notturno zu Ende gespielt und danach murmelnd einen Vortrag gehalten, den niemand beachtet hatte. Jetzt spielt es den Walzer aus »Die Millionen des Harlekin« auf.

Ein reizender Walzer, gewiss. Dennoch würden Frau Krane und Sønstegård jetzt am liebsten auf ihn verzichten.

Nun, immerhin schnappen sie trotzdem so einiges auf. Und auch nicht zu wenig, nachdem das Gespräch erst in Fahrt gekommen ist. Es dreht sich um Katinka, läuft aber anfangs recht schleppend. Borghild schaut sich unruhig um, und Gjør spricht ausgesprochen leise.

»– eine radikale Veränderung ist notwendig, und das sofort«, äußert er etwas lauter, während er sich eine Pfeife ansteckt und dann daran pafft.

Dann schweigen sie wieder. Schließlich sagt Borghild: »Wir hätten ins Nebenzimmer gehen können, wenn nicht –«

»Wir hätten zu mir ins Hotel gehen können. Dort ist es nur so verdammt ungemütlich und – ja, mir ist es lieber, mit Ihnen hierherzukommen. Kleinstadt bleibt Kleinstadt. Näher war es auch, und Sie mussten vor allem schnell ins Trockene.«

Darauf wird Borghild wieder rot. Dabei hätte sie weiß Gott mehr Anlass, über gewisse andere Dinge zu erröten.

Pause.

»– wenn sie wenigstens nachts schlafen und tagsüber arbeiten würde. Anstatt neben allem anderen auch noch an Kleidern für mich herumzunähen. Ich sage ihr immer, Mutter, lass das, es ist mir nicht wichtig, schick zu sein. Das sind doch nicht die Dinge, die mir wichtig sind –«

»Was ist Ihnen denn dann wichtig, Borghild?«

»Ach – ich weiß nicht. Hier am Ort lebt eine Frau, die früher mal beim Theater war. Inzwischen ist sie verheiratet und hat eine Menge Kinder und –. Aber diese Frau gibt Stunden. Neben der Schule gibt sie mir Unterricht. Lyrik und Szenen aus Theaterstücken und solche Sachen. Das ist natürlich dumm, aber –«

»Vermutlich ist das sehr klug.«

»– jetzt werde ich wohl damit aufhören müssen und mit der Schule ebenfalls –. Ich würde auch gern das Abitur machen.«

»Sie sollen mit überhaupt nichts aufhören. Solche Maßnahmen machen alles nur viel schlimmer.«

»Aber –«

Und wieder stockt das Gespräch. Zumindest sieht es so aus. Aber als der Walzer zu Ende ist und eine Zeit lang nur ein hartnäckiges Pausensignal ertönt, hört Sønstegård etwas Eigenartiges.

»Vor Ihnen hab ich keine Angst«, sagt Borghild. Gleich darauf sieht sie verlegen aus, und dazu hat sie auch allen Grund. Wie kann sie so etwas Kindisches äußern!

Aber Gjør, der nimmt sie total ernst.

Forschend sieht er sie an. »Nun, das will ich doch hoffen. Es wäre zu traurig, wenn Sie das hätten. Gibt es andere, vor denen Sie Angst haben, nachdem Sie –«

»Ich habe vor fast allen Angst. Und die, vor denen ich mich nicht fürchte, finde ich langweilig.«

»Aha? Dann gehöre ich also zu den Langweilern?«

»Sie brauchen nicht mit mir zu reden, als wäre ich ein kleines Kind.«

»Das war auch nicht meine Absicht. Im Gegenteil, ich – ich möchte gerne mit Ihnen reden wie mit einer erwachsenen Person. Ich wüsste nicht, was mir im Moment wichtiger wäre.«

»Sicher?«

»Ganz sicher.«

Erneute Pause. Dann gedämpfte Unterhaltung, die sich unmöglich belauschen lässt. Zunächst sitzt Borghild nur da und schaut auf ihren Schoß. Dann scheint sie ihre Zurückhaltung zu vergessen und spricht wieder laut, aber immer noch zähneklappernd, ihre Worte kommen stoßweise, abgehackt. Eigenartig. Womöglich ist die Tochter bald genauso verrückt wie die Mutter?

»Nehmen Sie mich mit in den Süden – lassen Sie mich mitkommen –«

Justus Gjør nimmt die Pfeife aus dem Mund, beschäftigt sich eine Weile konzentriert damit, sie auszukratzen und auszuklopfen. Vorerst gibt er keine Antwort. Eine bekümmerte Falte entsteht auf seiner Stirn, als er die Brauen zusammenzieht.

»Sie haben gesagt, Sie wollten das Abitur machen?«, bemerkt er schließlich.

»Das darf ich sowieso nicht. Jetzt nicht mehr.«

Erneute Pause.

»Ich wäre auch ganz fleißig«, stößt Borghild aus, atemlos und sehr hastig, als gelte es, schnell weiterzureden, nachdem sie es schon mal gewagt hat, anzufangen. »Ich würde jede Arbeit machen – die mittlere Reife habe ich ja schon fast geschafft – nur noch ein paar Monate, und dann –«

»Am besten, Sie bringen diese paar Monate hinter sich«, sagt Gjør. »Und das Abitur sollen Sie auch machen.«

»Soll ich? Das sagen Sie nur, um nichts mehr damit zu tun zu haben. Es ist überhaupt nicht am besten, etwas hinter sich zu bringen, auch nicht am besten, noch drei Jahre hierzubleiben, um das Abitur zu machen. Es eilt – es eilt ganz schrecklich –«

Gjør sitzt mit aufgestützten Ellbogen am Tisch, pafft vor sich hin und sieht sie an: »Dass es einiges gibt, das sich nur schwer ertragen lässt, verstehe ich, Borghild. Aber im Augenblick werden Sie nirgends so dringend gebraucht wie hier. Vieles hängt von Ihnen ab. Ihre Mutter hat Sie sehr lieb und – »

»Hat mich lieb? Erst vor Kurzem hat sie gesagt, dass –«

»Ach, was wir hier im Leben sagen, ist etwas ganz anderes als das, was wir fühlen – das wissen Sie doch schon längst. Und so furchtbar eilig wird es wohl nicht sein –?«

»Für mich schon.«

»Vor wem haben Sie solche Angst, Borghild?«

»Vor vielen, habe ich doch schon gesagt. Vor fast allen, habe ich ja gesagt.«

»Aber die Leute hier sind durchweg ganz alltäglich. Sie sind kein bisschen ungewöhnlich. Und noch weniger irgendwie angsteinflößend. Eines Tages werden Sie darüber lachen, dass Sie sich von ihnen beeindrucken ließen. In der Kleinstadt hat man kein Vergleichsmaterial, das ist es.«

»Ich lasse mich nicht beeindrucken. Ich weiß, dass sie nichts Besonderes sind. Ich – ich schaue auf sie hinab. Genau darum ist es ja – darum ist es ja –. Am allermeisten Angst habe ich vor mir selbst!«

Das Letzte bricht aus ihr heraus, wie gegen ihren Willen.

»Nun, das ist etwas anderes«, sagt Gjør.

Dann kommt Larsen mit dem Tee. Tassen klirren, und danach schwirrt so viel: »Trinken Sie, solange es heiß ist« und »Wollen Sie nicht auch noch das hier nehmen« und »Wie wäre es damit?« und so weiter durch die Luft, dass die Unterhaltung an Interesse verliert. Das Radio spielt noch einen Walzer auf, einen sehr hübschen Walzer, der auch noch »Illusion« heißt.

Als man wieder etwas aufschnappen kann, hört Sønstegård Borghild sagen: »Ich frage mich oft, wie weit sie wohl kommen –? Und ob sie überhaupt weit kommen –?«

»Wer?«

»Alle die, die gehen –«

»Die, die gehen –?«

»Ja, die in den modernen Theaterstücken. Am Ende gehen die immer. Ich geh jetzt, sagen sie. Ich hab mich oft gefragt, wie die wohl zurechtgekommen sind, nachdem sie gegangen sind. Hier im Norden können sie jedenfalls nicht leben, und das Postschiff können sie nicht gut nehmen. Dafür braucht man mindestens fünfundsiebzig Kronen. Und damit kommt man nur bis Trondheim.«

»Es wird wohl so sein, wie Sie sagen, Borghild. Hier im Norden leben sie wahrscheinlich nicht. Jedenfalls wäre es etwas gedankenlos vom Autor, wenn er sie das tun ließe.«

»Jetzt machen Sie sich über mich lustig. Aber als Junge, da kann man wenigstens auf einem Schiff anheuern.«

»Das stimmt. Das haben wahrscheinlich viele getan.«

»Ja, viele. Aber als Mädchen, da muss man die Küste entlangwandern.«

»Ein ziemlich langer Ausflug.«

»Jetzt machen Sie sich wieder über mich lustig. Sie sind einer, der sich gern lustig macht. Aber vor Ihnen habe ich keine Angst ...«

»Das freut mich, Borghild, dass Sie keine Angst vor mir haben. Ich fühle mich geehrt –«

»Hören Sie wenigstens auf, sich über mich lustig zu machen. Denn daraus kann ja wohl nichts werden –? Dass ich nach Süden mitfahren darf, meine ich.«

»Das befürchte ich, ja. Ich –«

»Ja, so wird's wohl sein.«

»Ihre Zeit, die kommt noch.«

»Meine Zeit? Ich werde vor die Hunde gehen! Das ist die Zeit, die mich erwartet.«

»Aber Borghild, wie können Sie so etwas sagen?«

»Vor die Hunde. Hier geht man vor die Hunde.«

»Sie nicht. Sie müssen in die Welt hinaus. Und erfolgreich werden und – glücklich und – schön. Wunderschön, Borghild.«

»Ich und schön? Ich sehe doch völlig unmöglich aus. Nur weil ich irgendwas Ekelhaftes an mir habe, sind die so –«

»Sind die so –? Was wollten Sie damit sagen?«

»Dass die hinter mir her sind.«

»Hinter Ihnen her!? Wer ist hinter Ihnen her, wenn ich fragen darf?«

Sønstegård traut ihren Ohren nicht. Diese Borghild Stordal – diese Göre – sitzt doch tatsächlich da und äußert die unerhörtesten Dinge! Hinter ihr her? Ja, doch, vor allem einer, Sønstegård weiß schon, wer das ist. Borghild ist immer sehr gefragt, wenn hier Tanz ist, das muss man zugeben. Aber störrisch und launisch, wie sie ist, da erreicht keiner etwas bei ihr. Sowieso ist sie ja nur eine Göre. Und eigentlich gefällt es ihr, so gefragt zu sein, da ist sie genau wie alle anderen, findet es famos, ist doch klar. Sie tut nur so, als wäre sie besser als andere Leute.

Dabei ist sie sich nicht zu schade, Gjør zu bitten, sie in den Süden mitzunehmen. Weil sie sonst vor die Hunde geht! Was für ein überspannter Blödsinn. Man geht doch nicht vor die Hunde, wenn man es nicht selbst will. Und dann dieses dumme Gerede, sie sei nicht hübsch! Obwohl sie genau weiß, dass sie das ist. Aber es gibt viele Möglichkeiten, sich interessant zu machen. – Oh nein, warum muss ausgerechnet jetzt diese Larsen kommen und beim Hinsitzen mit dem Stuhl scharren? Könnte sie nicht versuchen, etwas leiser zu sein? Wahrscheinlich hat sie sich geärgert, weil sie vorhin das heiße Wasser vergessen hatte und noch einmal rausmusste, um es zu holen.

Sønstegård saugt an ihrem Zahn.

Aber Larsen, die nicht weiß, um was es geht, reckt den Hals und sagt: »Er steht am Kiosk.«

»Wer?«

»Na, Lydersen natürlich. Heute hat die Eisbär-Apotheke doch geöffnet, oder nicht?«

»Kommt er hierher?«

»Weiß der Kuckuck. Doch, ja, vielleicht. Glaube fast –« Larsen zupft geistesabwesend ihre Frisur zurecht.

»Dass er bei diesem Wetter unterwegs ist, wo er doch in der Apotheke sein sollte?«

»Jetzt ist Frühling, vergiss das nicht.«

»Du mit deinem Frühling. Ist heute etwa Frühling, deiner Meinung nach? Es sieht aus, als würde er auf jemanden warten«, bemerkt Sønstegård.

»Er schaut die ganze Zeit her.«

»Bestimmt wartet er auf dich.«

»Oder auf dich.«

»Oder auf –?«

Larsen einen kleinen Messerstich ins Herz zu geben, diese Kunst beherrscht Sønstegård. Gleichzeitig gibt sie ungeduldig durch Zeichen und Mienenspiel zu erkennen, dass es momentan Wichtigeres zu beachten gibt als Lydersen. Borghilds Stimme, die kurz leise war, wird wieder lauter.

»Wir sind ja nur eine Last –«

»So sieht es vielleicht aus.«

»Es *ist* so.«

»Im Grunde wissen Sie, dass es nicht so ist.«

Inzwischen sind Larsen und Sønstegård wieder ein Herz und eine Seele. Sie plaudern zum Schein weiter übers Wetter, spitzen dabei aber die Ohren. Ab und zu gehen manche Äußerungen unter, doch dann tauchen unvermutet ganze Sätze auf und erhellen das Ganze.

»Seit wir im Nähatelier ohne regelmäßige Hilfe sind, geht alles so schrecklich schief. Jetzt wird die Nacht zum Tag gemacht, und das immerzu.«

»Menschen, die es schwer haben, verhalten sich manchmal so.«

»Aber dadurch wird doch alles nur schlimmer. Und sogar jetzt, wo es so schrecklich viel zu tun gibt, ertappe ich sie dabei, etwas für mich zu nähen. Lauter Sachen, die ich tragen soll, wenn ich die Prüfung für die mittlere Reife mache. Kleid, Kostüm und Unterwäsche und –. Ich sage, Mutter, du bist verrückt, das jetzt zu machen. Dann kommt sie wieder damit an, dass es ihr so viel Freude macht, wenn ich hübsch aussehe.«

»Und trotzdem bezweifeln Sie, dass Ihre Mutter Sie lieb hat?«

»Natürlich nicht, aber … Und wie es daheim aussieht! Stecknadeln und Stoffreste, wo man hinschaut. Früher hat sie abends hinter sich aufgeräumt. Inzwischen sagt sie, das sei egal, sie werde sowieso die ganze Nacht aufbleiben und nähen. Diese halb fertigen Kleider, die überall über den Stuhlrücken hängen, können einen wahnsinnig machen. Und das Telefon! Aber damit ist jetzt ja ebenfalls Schluss, jetzt nehmen alle ihr die Arbeit weg –«

»Hören Sie mal zu, Borghild, Sie und ich, wir wollen uns verbünden –«

Die Drehtür dreht sich. Herein kommt Lydersen, nass und zerzaust. Er schaut sich missvergnügt um. So hat er sich das offenbar nicht vorgestellt, was auch immer er vorgehabt hat.

Doch schließlich grüßt er: »Schönen guten Tag, Herr Redakteur. Was für ein Mistwetter. Und da sitzt ja auch das Fräulein Stordal. Guten Tag, mein Fräulein. Nun, ich will nicht stören. Setze mich hier hinten hin. Wollte ehrlich gesagt einen Blick in die Zeitungen von gestern werfen, während ich eine Tasse Kaffee trinke. Ich hoffe, Sie entschuldigen mich?«

»Kein Problem«, sagt Gjør unberührt. Mit dem Blick folgt er Larsen und Sønstegård, die beide an Lydersens Tisch hineilen und liebenswürdig und vergnügt auf ihn einreden: »Na, so was, heute auch unterwegs, Herr Lydersen? Haben Sie heute denn keinen Dienst? Die Eisbär-Apotheke hat heute doch geöffnet, oder? Und auch noch bei diesem Wetter?«

»Mal schauen, wer alles gestorben ist.« Lydersen schlägt eine Zeitung auf. Gleichzeitig sieht er auf die Uhr und außerdem auf Borghild, die sich, von seinem Blick offensichtlich geplagt, darum bemüht, in ihre nassen Schuhe zu kommen und ihre Strümpfe ordentlich hochzuziehen. Blutrot wendet sie sich ab, während sie zitternd die Strümpfe befestigt.

Gjør ist mit seiner Pfeife beschäftigt, die schon wieder ausgeklopft und gereinigt werden muss. Aber er ist ein eigenartiger Mann. Nichts scheint ihm zu entgehen, das ist Frau Kranes Eindruck. Halb fasst sie schon den Beschluss, mit Gjør zu reden, wenn Borghild erst mal gegangen ist. Ihn zu bitten, Katinka zur Vernunft zu bringen …

»Haben Sie am Sonntagnachmittag etwa *geschlossen?*«, plaudert Larsen weiter, an deren Tisch Lydersen sitzt. Sie wischt die Tischplatte immer wieder ab und zupft unentwegt an ihren Haaren herum.

»Das sollten wir eigentlich. Einen Nachmittag die Woche könnten die Leute ohne Aspirin und Abführmittel auskommen, das würde ihnen nur guttun. Aber, meine jungen Damen, Sie vergessen, dass unsere Apotheke einen Apotheker hat, einen sehr liebenswürdigen Apotheker, der ab und zu herunterkommt, um seinen bedauernswerten Pharmazeuten abzulösen. Wir haben auch einen Lehrling, einen äußerst vortrefflichen Lehrling –«

Lydersen redet, um zu reden, daran besteht kein Zweifel. Er redet Unsinn. Wer Dienst hat, der hat Dienst, und damit Punkt. Das leuchtet sogar Larsens schlichtem Verstand ein. Mit dem Blick folgt er Borghild, die in ihren Mantel geschlüpft ist und sich von Gjør verabschiedet.

»Hoffentlich lassen Sie sich nicht durch mich verjagen, Fräulein Stordal –?«

Die Äußerung bleibt in der Luft hängen. Gjør sagt:

»Sehen Sie zu, schnell nach Hause zu kommen, ziehen Sie etwas Trockenes an und fangen Sie mit der Sache an, über die wir gesprochen haben.«

Er nimmt ebenfalls eine Zeitung, eine alte sogar, blättert darin, als würde er etwas Spezielles suchen, und verschwindet dahinter.

Borghild eilt hinaus. Lydersen dreht sich nach ihr um. Er zieht die Augenbrauen hoch, als sähe er etwas sehr Auffallendes und Außergewöhnliches. Dann fragt er:

»Sagen Sie mal, ist das Nebenzimmer heute auch nicht frei? Die Tür ist geschlossen, wie ich sehe?«

»Ach, das ist wieder dieser Kerl«, platzt es aus Sønstegård heraus. Frau Krane sieht sie strafend an. Das hätte sie wirklich nicht zu sagen brauchen! Ist sie hier angestellt oder ist sie es nicht?

»Aber das geht doch nicht! Soll das jetzt zur Gewohnheit werden? Täglich, sozusagen?«

Dann fragt er mithilfe von Augenbrauen und Kopfnicken, ob der Kerl heute auch in Begleitung sei? In derselben Begleitung womöglich? Darauf nickt Sønstegård und saugt an ihrem Zahn.

»Ein Skandal«, sagt Lydersen. »Ein anderes Wort gibt es nicht!«

»Er ist einfach abstoßend«, bemerkt Larsen.

»Also ist das hier eine Art Daueraufenthalt für ihn geworden? Für ihn und seine Begleiterin?«

Aber ausgerechnet Lydersen hat keinen Grund, als Ordnungshüter aufzutreten. Er tanzt hinreißend, das stimmt, sorgt abends für festliche Stimmung und zieht zu einem gewissen Grad das weibliche Publikum an. Dafür kann er mit großzügiger Nachsicht in Sachen Kredit rechnen. Mit mehr aber nicht. Kühl bemerkt Frau Krane: »Der Mann arbeitet unten auf dem Kai, er ist schon ein paar Mal hier gewesen. Bei einem solchen Wetter wie heute weist man niemandem die Tür. Schon gar nicht Leuten, die anständig für sich bezahlen.«

Man darf eben nicht auf den Mund gefallen sein. Das saß! Aber wenn Lydersen überhaupt betroffen aussah, dann nur eine Sekunde lang. Und Larsen, die mit Kaffee und Wiener Plunder anmarschiert kommt, mischt sich auf ihre unüberlegte Art ein: »Er ist sogar einmal abends hier gewesen. Kam genau wie sonst herein, die Hände in den Hosentaschen und mit dem Hut auf dem Kopf. Etwas so Ungehobeltes wie dieser Bursche. Zum Glück war überall besetzt. Herrn Krane fiel es wahrscheinlich schwer, etwas zu sagen, wir haben schließlich Gäste aus der Provinz und so. Aber er hat einen Seufzer der Erleichterung getan, als der Kerl dann verschwand. Das hab ich ihm angesehen. Hat nichts damit zu tun, dass der Mann auf dem Kai arbeitet, das meine ich nicht damit –«

»Nein, natürlich nicht. Aber ungebildet. Unangenehme Erscheinung.«

»Ja, genau! Diese Augen. Es ist fast, als würde er durch einen hindurchsehen.«

Aber inzwischen ist das Thema für Lydersen abgetan. In Gedanken eindeutig anderswo, redet er nervös einfach irgendwie weiter: »Na so was, aha, Larsen, meine Kleine, sieht er durch Sie hindurch? Ist ja eine Leistung. Nein, nein, nur nicht böse werden! Ist doch nur nett, ein bisschen –« Und Lydersen deutet mit den Händen rundliche Formen an. »Für allzu viel Schlankheit hab ich nichts übrig.«

Dann wirft er, von plötzlicher Unruhe erfasst, schnell einen Blick zu Sønstegård hin. Ganz recht, sie saugt an ihrem Zahn und räuspert sich außerdem.

»Das heißt, das kommt ganz auf den Typ an«, verbessert er sich. »Was dem einen steht, steht dem anderen nicht. Manche sehen mager am besten aus. Aber um auf diesen Kerl zurückzukommen, also, unten in Oset, in den dortigen Gässchen, gibt es anständige Cafés. Auf taktvolle Weise sollte man ihn darauf hinweisen. Die Gäste aus der Provinz, die sind was ganz anderes …«

Er holt seine Uhr heraus.

»Vier Uhr«, teilt Larsen mit.

»Besten Dank.«

Aber Larsen hat anderes auf dem Herzen, hat noch vieles auf dem Herzen. »Auf der Strandpromenade wird es abends allmählich schon richtig mild«, bringt sie vor.

»Na, ich jedenfalls bin froh, dass ich im Trockenen sitze«, sagt Lydersen und schüttelt sich.

»Ja, wenn es so ist wie heute. Aber wenn es also nicht so ist wie heute. Gestern zum Beispiel –«

»Hör mal!« Sønstegård stößt sie an.

»Sind Sie etwa schon ausgeschwärmt, Fräulein Larsen? Ist das nicht etwas früh? Ein bisschen feucht da draußen?«

»Hauptsache, man ist mit jemand zusammen, den man gern hat. Übrigens kann man doch immer irgendwo einen Unterschlupf finden –«

»Ja, in den Wochenendhäusern«, schnaubt Sønstegård verächtlich. »Wenn man so eine ist, die in Wochenendhäuser reingeht –«

»Was ihr Mädels alles daherredet.« Lydersen schaut wieder auf die Uhr. »Ich muss jetzt jedenfalls los. Schreiben Sie das hier für mich an, Fräulein Larsen. Monatsende, Sie wissen schon –«, bemerkt er leichthin, wirft sich den Regenmantel über und setzt den Hut auf: »Frau Krane – Herr Redakteur –«

Und schon ist er draußen, wie durch Zauberhand. Die Drehtür dreht sich.

Frau Krane steht auf. Sie will sich zusammenreißen, will mit Gjør reden. Darauf hat sie sich schon eine gute Weile vorbereitet.

Genau da legt Gjør die Zeitung weg und kommt zu ihr her. »Nun, ich denke, das ist wohl Frau Stordal, die dort im Nebenzimmer sitzt, nicht wahr?«

»Ja, ja, so ist es, Herr Redakteur. Ach du lieber Himmel, wenn Sie nur etwas tun könnten, Herr Redakteur –. Damit hier nichts völlig Verrücktes passiert, meine ich. Sie hat ja große Kinder, und –«

»Wenn ich Frau Stordal nicht störe, möchte ich gern ein paar Worte mit ihr sprechen«, antwortet Gjør, ohne im Geringsten auf die übrigen Umstände einzugehen. Er ist ganz schön überlegen, das muss man zugeben, schafft es, dass man sich wie ein dummes kleines Kind fühlt.

Jetzt klopft er an die Tür.

»Verdammt, was ist denn jetzt schon wieder?«, kommt es von drinnen.

»Entschuldigung.« Gjør schiebt die Tür rücksichtsvoll gerade so weit auf, dass seine lange, schmale Gestalt hindurchpasst. »Ich bitte vielmals um Entschuldigung –«

Damit zieht er sie hinter sich zu.

Sofort ist Frau Krane dort. Larsen und Sønstegård lassen nicht auf sich warten. Sie legen das Ohr an die Tür. Warum sich noch etwas vormachen?

Sie hören Gjør. »Ach, da bist du ja, Katinka! Und dabei bin ich sowohl gestern als auch heute überall hinter dir hergerannt. Abreisen, ohne dich gesehen zu haben, das wollte ich nicht. Sicher verstehst du das? Dann erfuhr ich, dass du hier bist. Nimm es mir nicht übel, dass ich so hereinplatze – die Umstände – ich bin nur für kurze Zeit hier –.

Ja, bei Ihnen draußen war ich auch«, fügt er hinzu, offenbar zu Hut-Svenne.

»Bei mir sind so einige aufgetaucht.«

»Die Tür war geschlossen. Sie waren vielleicht nicht zu Hause.«

»Ich kann ohne Weiteres trotzdem da gewesen sein. Ich öffne, wenn ich Lust habe. Sonst nicht.«

»Damit haben Sie völlig recht.«

»Na, dann ist ja gut.«

Eine Weile sagt niemand etwas im Nebenzimmer, zumindest nichts, was die draußen Stehenden hören können. Dann sagt Gjør: »Erkennst du mich denn, Katinka?«

»Du bist Justus«, antwortet Frau Stordal, aber sehr leise und erschöpft, ganz seltsam.

»Darf ich dich jetzt vielleicht nach Hause begleiten? Dann unterhalten wir uns ein wenig. Wie in alten Zeiten. Ich muss Ihnen sagen, ich bin ein alter Freund von Frau Stordal und nur auf der Durchreise hier.«

Das Letztere war wohl wieder an Hut-Svenne gerichtet. Als ob man auf den Rücksicht nehmen müsste.

»Nein, nicht nach Hause«, wendet Katinka ein. »Zu Hause sieht es so schlimm aus. Und jetzt, wo ich eine Weile nicht da gewesen bin –«

»Das ist mir doch nicht wichtig! Du weißt ja, auf solche Dinge achte ich nicht –«

»Aber ich sehe es. Der ganze Fußboden übersät von Stecknadeln. Ich schaffe es nicht, sie aufzusammeln. Und Stoffreste. Hässlich und abscheulich. Komm morgen wieder her, Justus. Jetzt gerade bin ich in Begleitung, wie du siehst –«

»Na, der Ort hier hat's wohl in sich«, bemerkt Justus. »Alle sitzt ihr hier herum. Ganz so, als könnte keiner von euch es daheim aushalten –«

»Es ist ein Ort, wo man hingehen kann, weißt du? Etwas Abwechslung –«

»Ein Saustall ist das hier. Riecht nach Fäulnis. Nach kaltem Tabak und verschüttetem Wein.«

Empört sieht Frau Krane die anderen an. Haben sie das gehört? Oh ja, das haben sie. Etwas so Ungerechtes, einfach himmelschreiend! Dieses schöne Lokal. Aber daran ist Hut-Svenne schuld. So wie der dahockt, entsteht ja ein ganz irreführender Eindruck vom Café Krane. Geschieht Frau Krane recht, so etwas an den Kopf geworfen zu kriegen.

Frau Krane dagegen denkt: Keine Hilfe von Gjør zu erwarten, solange er in dieser Stimmung ist.

»Versteh ich nicht«, sagt Katinka. »Wir finden es hier gemütlich.«

Ihr Tonfall ist wie vorhin, müde, still, gequält, geduldig.

»Ich weiß nicht, wann die Zeitung mich weiterschickt«, sagt Gjør. »Das kann jederzeit sein – morgen, übermorgen. Und wir haben uns schon seit Jahr und Tag nicht mehr gesehen.«

»Das nächste Postschiff geht erst am Mittwoch.«

»Ja, ja, schon möglich. Aber ich habe auch noch einiges zu erledigen.«

Pause.

»Ist das der Typ, in den du verliebt warst?«, wirft Hut-Svenne völlig unangebracht ein. Unverschämt!

Das überhört Gjør. »Hier kannst du nicht sitzen bleiben«, sagt er.

»Sie sitzt hier, so lange sie will. Geht Sie gar nichts an. Und die ganze übrige Bande auch nicht. Was soll der ganze verdammte Aufstand überhaupt? Als würde es sich um ein Kind oder um eine geisteskranke Person handeln?«

»Lass mich in Ruhe, Justus.«

»Lassen Sie sie in Frieden!«

»Ich will nur dein Bestes, Katinka. Nur dein Bestes, sonst nichts. Und das weißt du.«

»Du bist ein lieber Mensch, Justus. Daran erinnere ich mich. Na so was, dass du jetzt wieder hier in der Gegend bist? Wie nett. Setz dich her und trink etwas. Nein – stimmt – jetzt nicht – ein andermal –«

»Ein andermal? Obwohl ich vielleicht das erste Schiff in Richtung Süden oder Osten nehmen muss?«

»Du kommst und du reist ab. Das ist keine große Sache für dich.«

»Ich bin seit gestern hier. Ich habe Peder getroffen. Ich habe deine Kinder getroffen. Und jetzt würde ich gerne dich treffen. Aber vielleicht ist das dumm von mir?«

»Das ist wirklich nett von dir, lieber Justus …«

»Ach, lass den Unsinn! Wie *geht* es dir, Katinka? Wie kommst du zurecht? Als ich hörte, dass ihr euch getrennt habt, dachte ich, jetzt hast du die Freiheit – zum Handeln, um deinen eigenen Weg zu finden –«

»Freiheit, ja. Draußen im schneidenden Wind stehen. In der Kälte. Eine Frau allein … Wie es mir geht? Nun, wenn die Nacht kommt, wird es leichter, dann hat man den Tag für diesmal hinter sich gebracht. Hauptsache, man hat etwas, womit man einschlafen kann. Ohne das –« Und plötzlich fällt Katinka in den Singsang voller Vertraulichkeiten, den Betrunkene gern anschlagen: »Wir sind für Wärme geschaffen, Justus. Wir sind dafür geschaffen, dass jemand uns liebhat. Stell dir vor, das hab ich jetzt entdeckt. Sonst würde die Welt nämlich stehen bleiben, weil wir so viel Schuld auf uns laden, wenn wir –. Eins muss ich dir sagen, Justus, wir laden ordentlich viel Schuld auf uns –«

»Komm, ich bring dich nach Hause!«

»Nein. Nicht nach Hause. Ich will nicht nach Hause. Ich will noch etwas zu trinken haben. Ich bin nämlich eingeladen, musst du wissen. Und das ist kein bisschen peinlich. Stell dir das mal vor, Justus!«

»Recht so«, kommt es von Hut-Svenne.

»Du bist außer dir. Du revoltierst gegen alles hier. Und das ist nur zu verständlich, so viel ist mir klar. Du darfst dich nur nicht in Sachen verstricken, die alles nur noch schlimmer machen –«

»Das war auf mich gemünzt, natürlich.« Wieder Hut-Svenne.

»Damit spiele ich nicht auf Sie persönlich an. Das begreifen Sie bestimmt. Aber Tatsache ist, dass Frau Stordal alles fallen und liegen lässt und damit immer größere Probleme für sich und ihre Kinder schafft. Da ist Veränderung nötig, große Veränderung. Aber auf diese Weise führt es nirgends hin.«

Das sagt Justus Gjør zu Hut-Svenne. Ganz so, als wäre Hut-Svenne ein alter Freund, mit dem man alles Mögliche bespricht. Ist schon ein komischer Kauz, dieser Gjør. Um nicht zu sagen, ein Spinner.

»Ja, ja, diese Kinder«, bemerkt Hut-Svenne gereizt. »Fordernd und ungezogen, wie die meisten Kinder heutzutage.«

Da klopft Katinka mit dem Streichholzhalter auf den Tisch: »Mehr Wein, wenn ich bitten darf –«

Niemand reagiert darauf. Sogar Hut-Svenne hält den Mund. Er begreift wohl, dass es jetzt keinen Sinn mehr hat. Gjør dagegen sagt: »Bist das wirklich du, Katinka?«

»Das bin ich. Das bin ich selbst, endlich!«

Kurz ist es still. Dann sagt Gjør: »Trotz allem erkenne ich dich jetzt wieder, erkenne das in dir, das sich nicht in alle Ewigkeit unterdrücken ließ, wie auch immer ich es nennen soll. Etwas Unbändiges, das seinen eigenen Weg gesucht hat und kreativ werden wollte. Das hat dich oft ungeduldig gemacht. Ich erinnere mich gut an dein blaues Kleid, wie gelungen das wurde. Es war wirklich ganz ungewöhnlich hübsch. Aber während der Arbeit daran hast du es in eine Ecke geworfen und bist in Tränen ausgebrochen. Es tauge nichts, hast du behauptet.«

»Kreativ? Du bist gut, Justus. Kreativ, mit dem Mund voller Stecknadeln und durch Fadenreste und Stoffe watend? Prost. Was seh ich – mein Glas ist ja leer!«

»Kreative Menschen müssen vieles durchwaten, bevor sie ihr Ziel erreichen. Aber das, was du jetzt machst, ist nur dumm. Jetzt ist es dein Leben, das du in die Ecke wirfst.«

»Da pfeif ich drauf.«

Katinka fällt wieder in den vertrauensseligen Singsang: »Manchmal bildet man sich tatächlich ein, dass man es *kann.* Was denn kann? Einfach *kann.* Einfach ins Blaue hinaus etwas kann. Man fühlt sich wie getragen von einer Welle. Und wenn man dann wieder unten ist – verdammt mies ist das. Nähen, das mache ich gern, wenn es nur nicht so ermüdend wäre. Schöne Stoffe, die man so verarbeiten darf, wie man will, und auch noch für eine schöne Person, da könnte man vor lauter Freude tanzen. Oder singen. Dumm, hast du gesagt. Genau *das* ist dumm, würde ich meinen. Plötzlich kommen dann so viele, und alles muss hopphopp gehen, man verliert den Überblick, sieht nicht mehr klar. Die Augen fühlen sich an, als wären sie aus blindem Glas. Oder da kommen Frauen an – die solltest du mal sehen – total aus dem Leim gegangen – wünschen sich aber Kleider wie für junge Mädchen. Die Stoffe, die sie mitbringen – haarsträubend, unmöglich, so steif, dass sie von allein stehen. Die soll ich nähen, mit Rüschen und Volants, wie für Siebzehnjährige. Dann sage ich, ich kann Ihnen das so und so machen, dann wird es vielleicht einigermaßen. Aber nicht doch. Schließlich sage ich, gehen Sie zu einer anderen, hier haben Sie Ihre Stoffteile. Ich lasse mich nämlich dazu überreden, den Stoff zuzuschneiden, so weit bringen sie mich. Ich tu mein Bestes, muss ja davon leben, und zuschneiden, das ist meine Stärke, wie sie sagen. Ach, liebe Frau Stordal, Sie sind doch so geschickt, das machen Sie im Handumdrehen –«

»Aber all das kann anders werden, Katinka.«

»Man merkt, dass du weg gewesen bist, Justus.«

»Vor allem gehen wir jetzt nach Hause.«

»Ich will nicht nach Hause. Da sieht es fürchterlich aus, hab ich doch schon gesagt.«

»Deine Tochter ist dort und räumt auf. Ich selber bin auch nicht ganz hilflos. Wir –«

»Unglaublich, wie naiv du bist. Ich wusste gar nicht mehr, dass du so naiv bist.«

Katinkas Stimme wird dunkel und drohend. »Diese Zeit ist vorbei. Das müsst ihr alle miteinander einsehen. *Vorbei.*«

Pause.

Schließlich sagt Gjør: »Dann komm eben mit mir ins Hotel. Einfach, damit wir ein wenig reden können.«

»Was haben wir schon zu bereden?«

»Da sollte es schon so einiges geben, meine ich. Oder nicht?«

»Nein.«

Ausgerechnet in diesem spannenden Augenblick werden Frau Krane, Larsen und Sønstegård von etwas anderem abgelenkt. Hier in der Dämmerung, die sich an solchen Tagen früh herabsenkt, haben sie fast mehr gehört, als sie verkraften können. Und jetzt –.

Als Erste bemerkt Sønstegård es, weil sie dem Fenster zugewandt steht. Es dauert eine Weile, bevor sie ihren Augen traut. Als sie das Licht einschaltet, muss sie ihnen trauen.

Hinter den nassen Scheiben sind Gesichter aufgetaucht, ans Glas gepresst, mit platt gedrückten Nasen. Sie verschwinden schnell, andere kommen an ihrer Stelle, vereinzelt oder zu zweit, manchmal mehrere gleichzeitig, zwinkern ins Licht, das überraschend auf sie fällt, grinsen, verschwinden und tauchen wieder auf. Der feuchte Schnee und die platten Nasen lassen sie verzerrt erscheinen, wie in schlechten Spiegeln.

Sønstegård fasst Frau Krane an den Arm: »Ha, da können wir uns auf was gefasst machen, sag ich Ihnen! Lauter Jungs aus Oset da draußen! Fehlt nur noch, dass ihnen einfällt, hereinzukommen –«

»Die sind doch nie hier. Inzwischen nicht mehr –«

Eine unüberlegte Äußerung von Frau Krane. Und Sønstegård fällt es nur allzu leicht, darauf zu antworten, und zwar mit Biss.

»Inzwischen? Meine Liebe, jetzt ist das Café Krane erst recht zu einem Zufluchtsort für solche Leute geworden. So ein Gerücht verbreitet sich schnell. Vielleicht können Sie den Bengeln verbieten, hereinzuschauen, Frau Krane, aber den Zutritt können Sie ihnen nicht verwehren.«

»Huch, ist ja schrecklich!« Larsen schüttelt sich. »Immerhin ein Glück, dass dieser Gjør hier ist. Finde ich wenigstens.«

Aus dem Nebenzimmer dringen immer noch Stimmen. Dort drinnen scheint niemand etwas bemerkt zu haben.

Frau Krane setzt sich hinter die Theke. Hilflos stützt sie beide Hände auf die Knie. Sie greift nicht einmal nach dem Strickzeug.

Die Drehtür dreht sich, dreht sich, dreht sich. Jungs im Alter von sechzehn, siebzehn Jahren strömen herein, Jungs, die als Gruppe zu allen nur erdenklichen Schandtaten imstande sind. Sie schütteln den Schnee von ihren Mützen, pfeffern sie an die Haken, befühlen die Heizkörper, lassen sich an verschiedenen Tischen nieder, in unterschiedlichen Gruppierungen. Aber vom ersten Moment an ist deutlich spürbar, dass sie alle ein und dasselbe vorhaben.

Eine unheilvolle Stimmung erfüllt das Lokal. Das drückt sich in einem gewissen Summen aus, in frechen, zweideutigen Äußerungen, in stampfenden Füßen, die nach und nach ein und denselben Rhythmus stampfen. Einen Rhythmus, den die ganze Stadt kennt. Das Summen folgt dem Stampfen, schwillt an und fällt dann plötzlich wieder.

Frau Krane erhebt sich, stellt sich hin und versucht Respekt einflößend auszusehen. Das gelingt ihr nur mäßig, darüber ist sie sich im Klaren. Nicht zuletzt, weil Sønstegård triumphierend an ihrem Zahn saugt und ihre Miene Was-hab-ich-gesagt ausdrückt, während Larsen einfach nur verdattert dasteht wie ein kleines Mädchen.

Den Jungs die Tür zu weisen, das lässt sich nicht machen, dafür sind es zu viele. Und schon gar nicht, wenn einer wie Hut-Svenne im Nebenzimmer sitzt und jeden Moment erscheinen kann. Und vorläufig kann man ihnen eigentlich auch nichts vorwerfen, höchstens, dass sie etwas zu laut sind und ihr Mienenspiel verrät, dass sie irgendeinen Streich geplant haben.

Aber weil sie nun mal nichts angestellt haben und weil Krane nun mal in Sørfjorden ist –

Bevor sie weiß, wie ihr geschieht, sind die Bestellungen in vollem Gang.

»Ein Solo für mich.«

»Für mich eine Limo. Haben Sie Medina?«

»Ein Glas Milch.«

»Kaffee.«

Larsen und Sønstegård rennen mit ihren Tabletts hin und her. Junge Burschen drängen an die Theke und suchen Kuchen aus.

Frau Krane hat die Kuchenschaufel ständig gezückt und kommt gar nicht erst zu Wort. Aus dem Nebenzimmer hört sie nichts, sie ist zu weit weg und im Lokal geht es zu lebhaft zu.

Viel zu lebhaft.

Gesang und Gestampfe steigen und fallen, verschwinden kurz, schwellen an verschiedenen Stellen plötzlich wieder an, um dann zu einem schwachen Summen abzusinken. Hier und da riskieren Einzelne sogar ein paar Worte. Frau Krane kennt dieses Lied.

Die lästigen Hitzewallungen setzen ihr wieder zu, ihre Hände werden nass und kalt. Als das Summen erneut ansteigt und zu offenem Gesang zu werden droht, reißt sie sich zusammen.

»Jetzt wird es doch ein bisschen zu munter, will mir scheinen.«

Kurzes Schweigen, nur durch Sønstegårds triumphierendes Saugen am Zahn unterbrochen. Diese Unart, die Sønstegård sich da angewöhnt hat. Ob billigend oder missbilligend, immer ist es gleichermaßen irritierend. Vor allem, wenn sie etwas missbilligt, natürlich. Falls sie Zahnprobleme hat, soll sie die gefälligst beheben lassen.

»Wir singen doch nur ein wenig«, sagt einer.

»Das hier ist kein Gesangslokal«, erklärt Frau Krane so freundlich wie möglich.

»Aber ein Tanzlokal ist es schon.«

»Das ist etwas anderes.«

»Ach, wirklich?«

Damit weiß sie, dass das Schlimmste bevorsteht. Es wird bald losgehen. Sie schaut auf die Tische hinaus. Viele Flaschen und Teller sind bereits leer.

»So viele Tische auf die Dauer zu belegen, das geht auf keinen

Fall«, teilt sie in einem erneuten Versuch mit. Dabei wird ihr leicht schwindelig. »Jederzeit können andere Gäste kommen. Dann brauchen wir Platz –«

»Na, wer heute kommen will, ist wohl schon gekommen –«

Sønstegårds Gesicht. Frau Krane spürt, wie sehr sie es hasst.

Plötzlich, wie auf ein Signal hin, singt einer der Burschen laut und deutlich:

»*Hm, hm, hm macht mich an* –«

Dann *summt* er weiter.

Sønstegård kommt nicht umhin, sie muss kichern. Auch das laut und deutlich. Und absolut ermunternd. Larsen kommt nicht besser damit zurecht, hält sich aber wenigstens die Hand vor den Mund. Und macht ein schuldbewusstes Gesicht.

»Wir wünschen keine Unruhe hier im Lokal. Wir wünschen keinen Gesang. Wer fertig ist, muss gehen.«

Diesmal ist Frau Krane richtig barsch. Jedenfalls nach außen. In ihr hämmert das Herz.

»Für mich noch ein Solo!«

»Eine Limo!«

»Noch eine Napoleonschnitte, bitte!«

Sofort flitzen Larsen und Sønstegård hin und her. Sie erinnern an Schulmädchen, die auf einmal Mut für etwas eigentlich Unerlaubtes haben.

Hm, hm, hm macht mich an,
dann fühl ich mich als Mann –

stimmen mehrere Jungs gleichzeitig an. Genau dieses Lied tönt schon seit ein paar Jahren hinter Katinka Stordal her, wenn nur genügend viele beisammen sind und man weiß, dass sie getrunken hat.

»Jetzt ist genug! Wir bedienen Sie nur unter der Bedingung, dass es still wird.«

So energisch hat Frau Krane bestimmt noch nie in ihrem Leben gesprochen. Höchstens gelegentlich zu Krane. Ein heftig aufflammender Zorn kommt ihr unerwartet zu Hilfe.

Daraufhin folgt tatsächlich für einen kurzen Moment Stille. Eine leicht überraschte Stille. Solo, Limo und Kuchen werden weiterhin umhergetragen. Aber Larsen ist dermaßen in Kicherlaune geraten, dass sie nicht mehr aufhören kann. Immer wieder bricht sie in Gelächter aus. Ja, natürlich ist alles schrecklich traurig, aber –

Sønstegård schimpft und sagt »Na, hör mal!« Aber nur pro forma. Das ist deutlich zu erkennen.

Von beiden im Stich gelassen steht Frau Krane da. Wie sie später sagt, wusste sie nicht mehr, ob sie nur traurig und wütend war oder auch gespannt, begierig und erwartungsvoll. Eine Art seltsamer Raserei befällt sie, etwas Gefährliches, das sie von sich wegschieben will, ohne dass es ihr gelingt.

»Manchmal kann man vor sich selbst richtig Angst bekommen«, soll Frau Krane in diesem Zusammenhang gesagt haben.

Der Gesang steigt wieder auf. Mit jedem Mal wird eine Strophe mehr gesungen. Nur der Name am Anfang wird immer noch mit Summen angedeutet.

Hm, hm, hm macht mich an,
dann fühl ich mich als Mann.
Echt eine fesche Frau –

»Wer sich nicht anständig benehmen will, muss gehen«, ruft Frau Krane, wie zur Selbstverteidigung. »Ich werde jemanden verständigen!«, ruft sie und denkt dabei an Gjør.

»Also, an diesem Tisch trinken wir nur Solo –«

»So war das nicht gemeint.«

Kurze Stille. Sønstegård hinten bei der Schiebetür ordnet zum Anschein etwas in den Regalen. Was passiert wohl inzwischen im Nebenzimmer?

Dort passiert Folgendes, nämlich dass Hut-Svenne sagt: »Die können dir doch egal sein. Was gehen die uns an?«

»Aber das ist ja die Melodie! Dieselbe Melodie –«

»Au, verdammt!«

Katinka macht mich an,
dann fühl ich mich als Mann.
Echt eine fesche Frau,
doch leider meistens blau.

Diesmal ist es, als würde ein Damm brechen. Die Jungs sind gekommen, weil sie singen wollen, und jetzt wird gesungen! Erst als die Singerei beendet ist, gelingt es Frau Krane zu rufen: »So einen Radau können wir hier nicht dulden! Das geht nicht, das müsst ihr doch verstehen? Wenn hier keine Ruhe einkehrt, hole ich Polizist Olsen.«

Kühne Worte, die eventuell weiter führen, als sie sich vorzustellen wagt. Mit der Polizei will sie es möglichst nicht zu tun bekommen, das ist ganz und gar nicht ihre Art.

Tatsächlich wird es für kurze Zeit still. Nur Sønstegård hinten bei der Tür hört eigenartige Töne, die wohl von krampfhaftem Schluchzen kommen. Bald danach hört sie Redakteur Gjør: »Nennen sie dich Katinka?«

»Die ganze Stadt nennt mich Katinka –«

»Unerhört, wie sie dich fertiggemacht haben! Und das hast du mit dir geschehen lassen? Und hast dich nicht gewehrt? Du!«

Katinka schluchzt nicht mehr. Im Lokal unterhalten sich die Jungs inzwischen leise, daher ist es nicht ganz einfach zu hören, was sie antwortet. Aber ihre Stimme ist nach dem heftigen Tränenausbruch klar und deutlich geworden, und ihre Äußerungen erreichen Sønstegård nach und nach in einzelnen Bruchstücken: »... Hab mich durchaus gewehrt ... niemand hat davon Notiz genommen ... war allein gegen alle ... Manche Menschen reagieren erst, wenn es zu spät ist – wenn sie bereits zertreten worden sind ...«

Nach Art der Betrunkenen wird sie plötzlich wieder redselig, spricht schnell und sehr laut: »Wäre ich als Kind nur stark genug gewesen! Warum hab ich mich nicht gewehrt, als ich Schläge bekam! Ich hätte meiner Mutter ins Bein beißen sollen, wie ich eigentlich wollte, dann hätten sie mich nie so fertigmachen können, wie du es nennst. Aber dafür wehre ich mich jetzt! Jetzt kann mich keiner irgendwohin zwingen, wo ich nicht hinwill. Hab die Vierzig schon lang hinter mir, werde aber von jetzt an nach meinem eigenen Kopf leben, und zwar gründlich.«

»Ja, du wirst dich wieder erheben, Katinka! Jetzt wirst du all das von dir abschütteln und wieder du selbst werden.«

»Ich selbst werden? Ich bin schon ich selbst.«

»Nein. Du bist nicht du selbst.«

»Mich erheben? Alles von mir abschütteln? Wie hast du dir das denn vorgestellt, Justus? Ich trinke nämlich, muss ich dir sagen.«

»Quatsch, du trinkst nicht. So ist das nicht, wenn man trinkt. Du suchst Schutz, wo du ihn finden kannst, ein wenig Vergessen, ein wenig Abwechslung. Du bist eingekreist und weißt nicht, wo du ein Schlupfloch finden sollst. Wenn ich nur diese Bengel erst mal hier rausbekomme –«

»Ach, du bist in einer Rettungsmission unterwegs, Justus?«

»Nenne es, wie du willst.«

»Du bist ein Freund der Ordnung. Das warst du schon immer.«

»Rede keinen Unsinn.«

»Treue nennt man das wohl. Diese Art von Ordnung meine ich. Du hast ja wieder geheiratet, Justus –«

»Herrgott, ja. Das gehört nicht hierher. Übrigens bin ich Witwer.«

»Witwer? Vielleicht hat sie sich zu Tode gewartet? Manche tun das nämlich. Aber welch ein Glück, dass ich damals nicht Mann und Kind und alles um deinetwillen verlassen habe! Das war doch wirklich ein Glück, oder –«

»Das gehört auch nicht hierher.«

»Natürlich nicht. Wozu soll es gut sein, das alles aufzuwühlen? Das ist ja, als würde man über fremde Personen reden. Diese Personen sind mir egal. Sie interessieren mich nicht –«

»So, ich geh jetzt ins Lokal und werfe die ganze Bande raus. Vielleicht könnten Sie mir dabei helfen? Danach begleiten wir Katinka –«

Unglaublich, was man alles zu hören bekommt, bevor einem die Ohren abfallen! Da sitzt Katinka Stordal doch tatsächlich und sagt, dass –! Spricht es selbst aus! Und Gjør wendet sich an Hut-Svenne wie an einen Gleichgestellten: »Vielleicht könnten *Sie* mir dabei helfen?« Von allem, was Sønstegård seit gestern gehört hat, ist das etwas vom Allerunglaublichsten.

Hut-Svennes Antwort geht an ihr vorbei. Der Lärm im Lokal steigt wieder an, nähert sich bedenklich dem Gesang.

Die Drehtür dreht sich. Ein paar Jungs wenden die Köpfe. Herein kommen Frau Stordals Kinder, Jørgen und Borghild.

Kurz bleiben sie stehen. Durchqueren dann das Lokal zum Nebenzimmer. Als die Sänger sie nach und nach erblicken, sinkt der Gesang zu einem schwachen Summen ab oder verstummt ganz, nur vereinzelte Töne bleiben in der Luft hängen. Irgendjemand ermahnt zur Stille. Eine andere Stimme sagt: »Dieser Angeber –«

Larsen und Frau Krane versuchen, Borghild und Jørgen aufzuhalten. Das gelingt nicht. Katinkas Kinder drängen sich an ihnen vorbei, schieben sie einfach aus dem Weg, gehen ins Nebenzimmer und ziehen die Tür hinter sich zu.

Da wird Frau Krane von Kraft erfüllt. Laut und energisch ruft sie. »So, und jetzt verlasst ihr alle miteinander das Café! Hier muss es jetzt leer sein!«

Sie findet auch ein Argument, das allen Diskussionen sofort einen Riegel vorschiebt: »Niemand braucht zu bezahlen. Ihr könnt einfach gehen.«

Zahllose Kronen für Solo, Limo und Zigaretten lösen sich damit in Rauch auf. Aber Frau Krane spürt, dass sie selten so richtig gehandelt hat. Und so verantwortungsvoll. Sowohl Krane als auch anderen gegenüber kann sie bis ans Ende ihrer Tage dafür geradestehen, eine eigenartig stärkende und befreiende Tatsache.

Und eines der Dinge, die ihr später zugute gehalten wurden.

Unter Gelächter und Gemurmel nehmen die Jungs ihre Mützen, schlagen die Kragen hoch und verschwinden grüppchenweise. Die Drehtür dreht sich und dreht sich.

Dann geht Frau Krane zur Schiebetür und legt ihr Ohr daran, diesmal im vollen Recht.

Sie hört Borghild: »Was hast du jetzt wieder angestellt, Mutter –«

»Ich habe etwas angestellt? Ich? Glaubt ihr, ich hätte mich freiwillig so isoliert, wäre freiwillig so vereinsamt? Hätte freiwillig auf eure Gesellschaft verzichtet? Darauf, ein Mensch zu sein? Ich habe also etwas angestellt?«

»Was du da sagst, klingt ganz zusammenhanglos –«

»Aber jetzt kommt ihr hinter mir hergerannt. Jetzt gilt es, mich wieder zurück in die Tretmühle zu holen. Wann habt ihr überhaupt je nach mir gefragt? Dazu musste ich erst fortgehen. Und wenn ich eine neue Beziehung eingegangen wäre, was dann? Einem anderen Mann gefolgt wäre? Das hätte ich tun können.«

»Das wäre doch nur gut gewesen«, sagt Jørgen.

»Gut?«

»Na klar. Vorausgesetzt dass, ja – so einiges. Einfach irgendwen hätten wir natürlich nicht –«

»Akzeptiert?«

»Nenn es ruhig so, wenn du willst. Aber – lieber das als so weitermachen wie bisher –«

»Akzeptiert?«, wiederholt Katinka bitter. »Akzeptiert!«

Aber Justus Gjør hakt nach: »Ein freundlicher, flotter und großzügiger Herr, mit Motorboot und Auto und so weiter –?«

»Boot und Auto hätten nicht geschadet.«

»Und ein armer Mann? Ohne diese Attribute?«

Jørgen antwortet nicht, soweit Frau Krane hören kann. Katinka sagt: »Herrgott, Justus!«

»So denkt ihr also?«, fragt sie plötzlich klar und hart.

»Warum sollten wir nicht so denken? Ihr Erwachsenen habt ja nur altmodischen Blödsinn im Kopf. Vielleicht hast du dir sogar eingebildet, du würdest uns etwas Gutes tun, wenn du nicht wieder heiratest? Ich weiß ja nicht, ob du überhaupt irgendwelche Chancen gehabt hast, aber –«

»Halt den Mund, Jørgen«, sagt Borghild.

»Da hat man sich abgemüht und sich bespucken lassen –«, versetzt Katinka.

»Du hättest dich doch ein bisschen mehr auf uns verlassen können, Mutter?« Das ist wieder Borghild. »Hättest du uns nicht so weit vertrauen können, dass –?«

»Vertrauen?«

»Ja, vertrauen. Ihr Alten nehmt alles immer so krumm. So schrecklich krumm. Wir sind doch nicht *so* – so völlig – Eigentlich ist es doch ein Glück, dass es uns gibt. Wir können ja –«, damit unterbricht sie sich selbst.

»Ihr könnt was –?«

»Na ja, ich weiß nicht, euch ein wenig helfen vielleicht. Jedenfalls stellen wir uns bestimmt nicht so verrückt an wie ihr. Das, was wir tun, hat doch irgendeinen Sinn –«

»Wenn du es nicht besser hinkriegst, hättest du diese Aufträge gar nicht erst annehmen sollen, Mutter«, sagt Jørgen.

»Sei lieber still, Jørgen«, sagt Borghild. »Du redest ja nur dummes Zeug.«

Aber Katinka erwidert laut und hart: »Raus hier. Geh, Jørgen. Geht alle beide. Mich alte Person schubst ihr vor euch her, ich soll betteln und kämpfen. Kämpft selbst einmal, dann werdet ihr schon sehen!«

»Besser, ihr geht«, sagt Gjør leise und besänftigend. »Es hat keinen Sinn, jetzt darüber zu diskutieren.«

Frau Krane gelingt es gerade noch, sich von der Tür zu entfernen. Sie hüpft förmlich ins Lokal hinaus, wo Larsen und

Sønstegård mit sauren Mienen von Tisch zu Tisch wandern und anstandshalber Teller und Gläser einsammeln. Die Tür gleitet träge, wie zögernd zur Seite. Die Kinder kommen heraus und durchqueren langsam das Lokal. Kurz vor der Drehtür bleibt Jørgen einen Augenblick stehen, schlägt den Kragen hoch, knöpft den Regenmantel zu, holt die eleganten Handschuhe heraus.

»Bei so einem Wetter trägst du diese Handschuhe?«

»Ich ziehe sie ja nicht an, siehst du doch!«

Da kommt Gjør, hastig, als hätte er etwas vergessen, das er jetzt schnell wiedergutmachen will.

»Eine Tasse Tee oder so, Jørgen? Eine Kleinigkeit zu essen? Bei diesem Sauwetter?«

»Danke!«, sagt Jørgen, erstaunt, aber keineswegs abweisend.

»Bringen Sie dem jungen Stordal, was er gern hätte. Bestellen Sie sich auch etwas, Borghild. Vorhin haben Sie so wenig gegessen.«

Damit verschwindet Gjør wieder ins Nebenzimmer.

Jørgen hat sich bereits an den nächsten Tisch gesetzt. Borghild nimmt auch Platz, wenn auch widerstrebend. Larsen, die sich nähert, um die Bestellung aufzunehmen, hört sie sagen: »Torsen wollte etwas für uns kochen, hat sie gesagt, und wenn es auch nur ein wenig Grütze ist. Torsen ist lieb.«

»Grütze? An einem Sonntag? Zwei Brote mit Ei und Anchovis, bitte, und eins mit Rauchfleisch. Und Milch. Willst du nichts?«

»Nein danke.«

»Dann bringen Sie mir auch noch eins mit Mayonnaise.«

»Aber Jørgen!«

»Ich hab Hunger!«, erklärt Jørgen. »Und wenn er uns schon

einlädt. Keine Ahnung, warum der sich plötzlich so aufdrängt. Ein wildfremder Mensch. Aber das hier war scheißanständig von ihm.«

Larsen entfernt sich. An ihrer Stelle macht Sønstegård strategische Runden um die Tische, fuchtelt mit einem Lappen herum, wischt und reibt.

»Du kommst schon zurecht«, hört sie Borghild sagen.

»Das sagt sich so leicht.«

»Ein Junge kann immer irgendwo anheuern.«

»Ich hab nicht vor, Seemann zu werden. Aber ich lasse mich durch diese Geschichte auch nicht hier anbinden. Ich nehme keinen lumpigen kleinen Bürojob und *bleibe dann hier,* falls jemand das glauben sollte. Verflixt aber auch, dass ich nicht vorher noch das Abitur geschafft hab. Nur ein Jahr noch. Vater hat bezahlt und bezahlt. Man kann nicht verlangen, dass er noch mehr hinblättert.«

»Sein Geld lässt oft genug auf sich warten.«

»Aber schließlich kommt es. Man muss es nur vorschießen.«

»Das ist nicht *nur*. Du bist dumm.«

Larsen bringt die Bestellung. Porzellan klirrt, Papierservietten rascheln. Jørgen stürzt sich auf das Essen, kaut schnell und gierig. Borghild sitzt nur da und sieht sich um, abwesend, unruhig und gequält. Eine Zeit lang sagt niemand etwas.

Larsen und Sønstegård falten wieder ihre Servietten. Das ist zu einer Art sicherer Position für sie geworden, zu der sie sich zwischen den Ausfällen zurückziehen können. Dann hören sie Jørgen. Er redet schnell, wischt sich den Mund und nimmt noch ein Brot. »Nein, jetzt heißt es nichts wie weg! Sonst geht die gleiche Geschichte wieder los. Sie ist *krank,* ihr geht es auf die eine oder andere Art schlecht –«

»Das hast *du* bisher nie besonders ernst genommen.«

»Ich kann es doch trotzdem schrecklich finden. Übrigens macht ja alles Mögliche sie krank – dass man im Nachbargarten Abfall verbrennt – dass auf dem Hausgiebel gegenüber *ein bleiches Licht liegt,* wie sie sagt, *nachdem es dunkel geworden ist.* Als ob es hell sein könnte, wenn es schon dunkel ist. Ich hab das alles satt, Vater hab ich auch satt. Und Elise Øyen und das ganze Getue und Geschwätz. Diese alten Leute! Und wie Mutter manchmal aussieht! Immerzu ist sie sauer.«

»Sie ist nicht sauer. Beeil dich jetzt.«

»Was ist sie dann?«

»Verzweifelt.«

»Kein Wunder, bei allem, was sie angerichtet hat.« Jørgen kaut, nimmt zu große Bissen und schlingt sie mit zu viel Milch hinunter.

»Sie schafft das Nähatelier nicht mehr. Wenn du das mal begreifen würdest.«

»Wenn ich etwas begreife, dann das! Aber woran liegt das, verflixt noch mal! Andere Leute haben auch Nähateliers, ohne dass halb so viel Aufhebens gemacht wird. Natürlich hat sie viele gute Seiten, ist großzügig und so, hat es immer gut gemeint und so –«

Er nimmt einen letzten langen Schluck. »Leute, die etwas nicht schaffen, meinen es immer gut.«

»Bist du fertig?«

»Ich bin fertig. Wo sollen wir denn dann hin, wenn –?«

Sie verschwinden in das abscheuliche Wetter hinaus. Schlimm, sie so verschwinden zu sehen. Seit gestern haben sie nicht viel zu sich genommen, das erkennt man gleich. Torsen ist eine liebe, durch und durch gute Person, das auf jeden Fall, aber woher soll sie es nehmen? Und der Vater –? So wie es um den bestellt ist und so wie der wohnt? Zusammen mit Elise Øyen, sozusagen. Es heißt, sie hätten in Frau Solems Pension je ein Zimmer, aber mit einer Verbindungstür dazwischen, das weiß ja jeder. Und freie Zimmer gibt es dort sowieso nicht, seit die neue Lehrerin an die Realschule gekommen ist. Nein, die Kinder sind wirklich zu bedauern.

Und Katinka? Weint sie jetzt wieder? Na ja, als ob sie nicht Grund genug hätte. Lautes Schluchzen dringt zu Larsen und Sønstegård hinaus. So laut, dass sie sich ohne weitere Umstände zu Frau Krane gesellen, die ihren Posten an der Tür wieder bezogen hat. Sie hören Gjørs beruhigende Stimme. Ein freundlicher Mann, da kann man nichts sagen. Meint es gut. Vielleicht ein etwas zu forsches Mundwerk, wenn man bedenkt, was er neulich über das Café sagte. Irgendwie von oben herab.

»Sie werden so wie er«, sagt Katinka. »Das ist der Grund, warum ich mich vor ihrer Härte fürchte.«

»Sie sind jung«, sagt Gjør. »In der Jugend sind wir alle unbarmherzig. So, so, ist ja gut.«

Frau Krane sitzt plötzlich wieder an der Kasse. Sie hat eine erstaunliche Fertigkeit entwickelt, sich schnell vom Fleck zu bewegen. Auch Larsen und Sønstegård verziehen sich.

Die Drehtür dreht sich. Als hätte die ganze Stadt erfahren – und das hat sie wohl –, dass Frau Stordal sich auch heute hier aufhält, erscheint Rechtsanwalt Buck. Er stellt einen tropfenden Regenschirm ab und entledigt sich seiner Galoschen. Zwar grüßt er, aber nur knapp, mit einem kurzen Nicken.

Dann begibt er sich geradewegs ins Nebenzimmer und lässt

die Tür hinter sich offen stehen. Insofern sind das klare Verhältnisse. Frau Krane macht ein paar vorsichtige Schritte in den Raum hinaus. Die anderen ebenfalls.

Katinka, die den Kopf auf dem Tisch in die Arme gelegt hat und schluchzt, sieht Buck nicht und ahnt seine Gegenwart offensichtlich auch nicht. Hut-Svenne sitzt so da wie immer, mit dem Hut auf dem Kopf und ausgestreckten Beinen. Gjør steht neben Katinka und streicht ihr über den Rücken.

Buck nimmt den Hut ebenfalls nicht ab. Er baut sich vor Katinka auf, die Hände unter dem aufgeknöpften Regenmantel in die Hüften gestemmt: »Aha, Tränen? Nun, ausnahmsweise sind die heute angebracht. So mancher von uns würde heute gern weinen. Herr Redakteur Gjør, wären Sie so freundlich, Frau Stordal darauf aufmerksam zu machen, dass ich hier bin. Wer *Sie* sind, weiß ich zufälligerweise. Mein Name ist Buck.«

Katinka hat nämlich nicht einmal den Kopf erhoben.

»Könnten wir das Gespräch nicht auf einen etwas späteren Zeitpunkt verschieben?«, schlägt Gjør vor. »Frau Stordal will gerade nach Hause. Dort wäre sie dann anzutreffen.«

Jetzt sieht Katinka auf. »Ich will nicht nach Hause!«

»Na, dann war meine Idee, hierherzukommen, doch nicht so verkehrt. Übrigens habe ich Sie gestern auch schon gesucht, Frau Stordal. Es liegt nicht an mir, dass unser Gespräch hier stattfinden muss. Denn jetzt muss es stattfinden! Sie haben die Damen der Stadt in eine unerträgliche Lage gebracht, Frau Stordal. Ich werde mich kurz fassen, umso mehr, weil Sonntag ist. Ich bin ein Mann der Arbeit und weiß meinen Ruhetag zu schätzen. Also werde ich mich damit begnügen, ein paar kleine Rechenaufgaben zu präsentieren, dann gehe ich wieder. Etwas, das eine gewisse Ähnlichkeit mit den Aufgaben in der Schule hat: Wenn eine – zwar geschickte, aber pflichtvergessene – Schneiderin soundso lange für soundso viele Kleider braucht, wie lange brauchen dann vier andere – nicht ganz so geschickte, aber dafür *fleißige* – Schneiderinnen für dieselbe Anzahl?«

Von Katinka keine Antwort.

»Herr Rechtsanwalt«, beginnt Gjør. »Zufällig weiß ich nämlich, dass Sie Anwalt sind –«

»Nein, lassen Sie mich jetzt ausreden. Diese Rechenaufgabe stößt auf kein Interesse, will mir scheinen. Dann versuchen wir es mit einer anderen. Wenn eine Vereinbarung, in der es um – sagen wir einmal das Dach über dem Kopf geht, kurz gesagt um die Existenz nicht nur der betreffenden Person selbst, sondern auch um die ihrer Kinder –, wenn eine solche Vereinbarung nicht eingehalten wird, nicht einmal versuchsweise, wie lautet dann das Ergebnis? Wie *muss* das Ergebnis lauten?«

Hier schaut Katinka von dem Taschentuch auf, in das sie bisher hineingeschnieft hat: »Ihre Rechenaufgaben sind mir verdammt egal, Sie können gar nicht rechnen!«

So weit ist es also gekommen, man sollte es nicht für möglich halten! So etwas sagt Frau Stordal dem Herrn Rechtsanwalt Buck, einem der mächtigsten Männer der Stadt. Jedenfalls ist er einer der reichsten. Und man kann sagen, was man will, aber was Geld alles bewirkt, ist schon erstaunlich.

Kurz wird es ganz still. Dann sagt Hut-Svenne: »Das hast du gut gemacht. So muss man mit ihnen reden.«

»Ich erlaube mir immer noch anzunehmen, dass ich derjenige von uns beiden bin, der das am besten kann«, versetzt Buck mit harter Stimme, ohne sich um den Kerl und dessen Bemerkungen zu kümmern. »Ich habe diese Aufgaben mehr als ein Mal durchgerechnet, habe die Probe gemacht und alles, was dazugehört. Das Ergebnis lautet Konkurs, Kündigung der Wohnung, Hinauswurf, keinerlei Existenzmöglichkeit mehr.«

»Ja, setzen Sie mich auf die Straße, setzen Sie mich nur auf die Straße! Dann bin ich den ganzen Krempel los!«

»Sie haben zwei Kinder, Frau Stordal –«

»Oh ja, oh ja.«

»Morgen ist also Montag.«

»Dann kommen Dienstag, Mittwoch und Donnerstag –«

»Gib's ihnen, gib's ihnen!«, jubelt Hut-Svenne und klatscht sich auf die Schenkel.

»Mit Ihnen, guter Mann, werden wir schon noch fertig werden. Wo arbeiten Sie eigentlich? Hier unten am Kai etwa?«

»Das geht Sie nichts an.«

»Nicht? Das wird sich noch herausstellen. Oh ja, das wird sich herausstellen! In diesen Zeiten haben wir nicht unbedingt Mangel an Arbeitskräften. Eher im Gegenteil.«

»Zum Teufel mit Ihnen!«

»Besten Dank.«

Aber ein Herr wie Buck kann ja nicht gut stehen bleiben und mit einem Kerl wie Hut-Svenne Worte wechseln. Buck macht Anstalten zu gehen, und das mit einer alles andere als gnädigen Miene. Mit so jemandem eine Rechnung offen zu haben, oje, oje! Frau Krane schaudert es beim bloßen Gedanken. Larsen und Sønstegård ebenfalls, wie sie später versicherten.

Doch dann zeigt es sich, was für ein anständiger Mensch Buck im Grunde genommen ist. Er tritt an den Tisch, an dem Katinka sitzt, stützt sich mit beiden Händen auf und sagt: »Jetzt hören Sie mir zu, Frau Stordal. Sie kennen mich als einen gutmütigen Mann. Absurd gutmütig. Ich mache mich lächerlich. Und dennoch biete ich Ihnen eine letzte Möglichkeit, um aus dieser Klemme herauszukommen. Denn Sie stecken jetzt in der Klemme! Gehen Sie nach Hause und fangen Sie an zu nähen. Machen Sie die Kleider fertig, die Sie zugesagt haben. Machen Sie einen letzten Versuch, wie eine ehrliche, vernünftige Person zu handeln. Bis zum Fest sind es noch ein paar Tage, und nähen *können* Sie ja, wie es allgemein heißt. Dann sehen wir mal. Mehr verspreche ich nicht, aber wir werden jedenfalls sehen. Mit etwas gutem Willen Ihrerseits können wir vielleicht trotz allem zu einer Vereinbarung kommen. Ich bin ein geduldiger Mensch, wie gesagt –«

Er bleibt stehen, wartet auf Antwort. Die kommt nicht. Katinka führt ihr leeres Glas an den Mund und stellt es hart ab.

»Wollen wir das Gespräch nicht als vorläufig abgeschlossen betrachten?«, schlägt Gjør vor. »Es führt nirgends hin. Frau Stordal ist momentan nicht ganz sie selbst. Frau Stordal ist übermüdet und braucht vor allem Ruhe. Sie –«

»Ruhe? Ja, wer Tag und Nacht durchbummelt, kann natürlich Ruhe nötig haben. Und Frau Stordal ist nicht sie selbst? Wann ist sie dann sie selbst? Mir scheint, es ist eine gute Weile her, dass sie das war. Aber wenn Sie sie zur Vernunft bringen können, Herr Redakteur, wäre mir nichts lieber als das. Sollte es Ihnen möglich sein, sie nach Hause zu bringen, damit sie sich ausruht und sich wieder an ihre Arbeit setzt, dann hätten Sie ihr wirklich einen Dienst erwiesen. Ich persönlich bin wie gesagt bereit, weiterhin Geduld aufzubringen und noch einen Versuch zu machen. Allgemein ist man ja der Meinung, sie kann, wenn sie will. Kann sogar in ungewöhnlich hohem Maße. Seit gestern habe ich –«

»Herrje, diese Kleider«, kommt es von Hut-Svenne.

Darauf antwortet Buck nicht. Er denkt nicht daran, sich mit einem völlig unwichtigen, ungebildeten Menschen herumzustreiten, der sich in alles zwischen Himmel und Erde einmischt, das ist klar. Zwar sieht er verärgert aus, beherrscht sich aber.

»Dann hoffe ich das Beste, Herr Redakteur. Aber ist die Arbeit, wenn ich es mal so sagen darf, nicht bis morgen früh wieder aufgenommen worden – und gerne auch früher, ich habe keinerlei Vorurteile gegen Sonntagsarbeit –, ist mit meiner Nachsicht Schluss, und zwar unwiderruflich.«

Wenn Katinka nur den Mund gehalten hätte. Aber nein, sie bemerkt ganz frech: »Mit meiner ist schon längst Schluss. Der Teufel soll Sie holen!«

Bucks Augen werden hart wie zwei kleine, glänzende Steine. Er bleibt noch kurz stehen. Dann sagt er: »*Sie* wird er auf jeden Fall holen! Und zwar mit Pauken und Trompeten!«

Damit dreht er sich um und verlässt das Café. Und jetzt könnte eigentlich jeden Moment die Polizei kommen.

Frau Krane wandert unruhig hinter der Theke hin und her, schiebt Dinge richtig hin, die schon ganz richtig stehen, ringt die Hände und stöhnt. Larsen kommt her und streichelt sie am Arm: »Nehmen Sie es nicht so schwer, Frau Krane, nehmen Sie es doch nicht so schwer.«

Liebe Person, diese Larsen. Aber Bucks Augen! Oh weh!

Wer kommt, das ist vorerst einmal Stordal.

Mitten in die lähmende Stille, die den Raum erfüllt, tritt er ein, nass und zerzaust. Wie immer sieht er aus, als wäre er ein bisschen daneben.

Ohne zu zögern geht er ins Nebenzimmer. Sie hören ihn sagen:

»Das soll wohl eine Art Rache sein, nehme ich an.«

»Rache? Als ob ich mich auch noch um Rache kümmern würde? Ich habe schon genug sinnlose Sachen gemacht.«

»Du musst ja immer so großartig sein. So überlegen. So viel besser als wir anderen.«

»Ich bin, wie ich bin. Endlich. Und schere mich um keinen von euch. Ich habe mich von euch befreit.«

Plötzlich bricht es aus ihr heraus: »All diese entsetzlichen Abende in der hässlichen Schneiderei. Nirgends ein Geräusch, kein einziger Mensch, kein einziger Ton. Fäden, Stoffreste, überall Stecknadeln. Scheußliche Kleider, die überall herumhingen und fertig gemacht werden *mussten.* Wenn ein hübsches darunter war, eins, an dem ich Spaß hatte, sollten die scheußlichen immer zuerst drankommen. Die Kälte, die angekrochen kam – die erloschenen Öfen – alles, was im Haus noch erledigt werden sollte – der Abwasch, der wartend dastand, die Müdigkeit. Diese Müdigkeit! Die Kinder waren hier unten –«

»Ich glaube, die Person hat den Verstand verloren«, sagt Stordal und sieht sich um, als würde er alle Anwesenden als Zeugen aufrufen. Und dafür hat er allen Grund, das lässt sich nicht leugnen.

»Du sagst es. Ich hab den Verstand verloren. Ich bin böse. Im Innern hässlich und böse. Oh, ich habe zu Gott gebetet, wer auch immer das ist, dass sich das Böse nicht in mich hineinfrisst. Aber Gott nimmt es nicht so genau. Wahrscheinlich hat er keine Zeit. – Ihm wird es wohl auch zu viel«, fügt sie leise hinzu, wie geistesabwesend.

Dann legt sie wieder los: »Aber jetzt werde ich *frei.* Ich sitze hier und befreie mich von euch allen. Je mehr ihr mich tadelt, desto freier werde ich. Liebe – das ist eine Fessel. Jetzt fallen die Fesseln von mir ab. Sie liegen auf dem Boden. Ich sitze hier und kann tun, was ich will. Zuneigung – auch eine Fessel! – stärker als alle anderen. Auch die fällt jetzt ab. Ich habe keine Kinder mehr, nicht einmal das!«

»Aha, nicht einmal das? Du machst es dir einfach, muss ich sagen.«

»Sie haben ja dich«, sagt Katinka.

»Jawohl, sie haben mich. Plötzlich heißt es also, sie haben mich! Und ich laufe nicht vor meinen Verpflichtungen davon, so jemand bin ich nicht. Das habe ich schon bewiesen. Habe bezahlt und bezahlt. Werde es auch weiterhin schaffen, und wenn ich stehlen muss.«

»Oh ja, du schaffst das schon«, sagt Katinka leise und mit einem seltsamen Tonfall.

»Und mit dem warst du verheiratet? Was für ein Idiot.«

Das ist Hut-Svenne, der sich wieder ins Gespräch einmischt. Stordal wirft ihm einen Blick voll stummer Verachtung zu.

»Hör mal, Peder«, sagt Justus Gjør.

»Was hast *du* eigentlich hier verloren?«, versetzt Stordal gereizt, als würde er erst jetzt Gjørs Anwesenheit bemerken. »Warum stehst *du* überhaupt hier herum? Geht das hier *dich* etwas an?«

»Kann ich kurz mit dir reden, Peder? Am besten, wir gehen für einen Moment nach draußen.«

»Nach draußen? Bei diesem Sauwetter?«

»Dann eben rüber ins Lokal. Alles scheint ja sowieso hier stattfinden zu müssen. Wie auf einem Präsentierteller. Warum also nicht?«

Sie treten ins Lokal hinaus. Dort sitzen alle drei Damen ordentlich an ihren Plätzen, mit Serviettenfalten beschäftigt. Die Tür stand offen, man konnte von dort aus gut zuhören.

Stordal ist immer noch gereizt und spricht darum laut: »Du hast gesagt, du würdest gleich wieder abreisen. Du hättest keine Zeit, weder für das eine noch das andere. Und jetzt hängst du hier herum. Und wenn du dich schon in das alles einmischen musst, könntest du wenigstens dabei behiflich sein, Katinka wieder nach Hause zu bringen. Dann werden wir natürlich dafür sorgen müssen, dass sie ins Irrenhaus kommt. Eine so verantwortungslose Person wie sie.«

»Ich versuche ja, sie nach Hause zu bringen. Und ihr fehlt überhaupt nichts, sie ist nur am Ende ihrer Kräfte und braucht eine Veränderung. Und die einzige Veränderung, die ihr einfällt, ist nun mal, ins Café zu gehen. Gönne ihr Ruhe, sei einfach gut zu ihr, dann ist sie gesünder als wir alle zusammen, mit den echtesten Instinkten –«

»Dass du sie verteidigen würdest, war natürlich zu erwarten. Ihr zwei –!«

»Wir zwei –?«, fragt Gjør scharf.

»Ja, ihr zwei. Du hast immer etwas Besonderes in Katinka gesehen. Etwas Besonderes und Missverstandenes. Jetzt tauchst du hier auf und fängst genauso wieder an. Ermunterst sie geradezu. Wenn ich nur begreifen könnte, warum du dich hier herumtreibst?«

»Wenn man dich so hört, könnte man meinen, du hättest ein Monopol auf diese Stadt. Ich kann doch auch gewisse Verbindungen haben, die mich hier festhalten –?«

»So ist das also? Du verlässt ohne Weiteres eine bedauernswerte Frau, die sich an dich gebunden hat. Die an dich glaubt. Du reist ab. Du brauchst Luft unter den Flügeln. Du bleibst einfach weg. In der Zwischenzeit regelt es sich. Sie reagiert vernünftig. Sehr vernünftig. Lässt sich scheiden, kommt wieder auf die Füße. Richtig gut auf die Füße sogar. Sie findet bei einem anderen ihr Glück. Ja, daraus muss man nämlich kein Geheimnis machen. Das ist ihr volles Recht. Dann trittst du eines schönen Tages auf und ›hast gewisse Verbindungen, die dich hier festhalten‹. Aber das eine kann ich dir sagen, Elise und ich –«

»Wer redet hier von Elise? Mich zwischen dich und Elise zu drängen, das habe ich nun gewiss nicht vor. Im Gegenteil, es freut mich, dass du und sie – ja, denn das habe ich natürlich schnell begriffen. Da ihr miteinander glücklich seid, ist doch alles bestens. Nein – wenn ich in dieser Hinsicht an jemanden gedacht habe, dann war das eher –. Nun, ihr seid geschieden, wir sind alt und vernünftig, und alles ist ohnehin zu spät, da kann ich ruhig sagen, wie es sich verhält –«

»Katinka?«, ruft Stordal aus, völlig überrumpelt.

»Nicht so laut, Peder! Ist das denn so überraschend? Hätte Katinka damals nur mit mir kommen wollen –«

»Eure Spaziergänge waren damals oft sehr ausgedehnt, das ist mir durchaus aufgefallen –«, sagt Stordal langsam.

Dann scheint ihm tatsächlich etwas aufzugehen.

»Da lief man also gutgläubig durch die Gegend und war dabei nichts als ein einfältiger Ehemann, ein Narr. Ist ja nicht zu fassen! Dann warst du womöglich derjenige, mit dem sie –? Ja, ein Mal kam sie nämlich an und faselte etwas davon, sie hätte mich betrogen. Ich habe dem natürlich nicht viel Gewicht beigemessen. Aber ich habe die Gelegenheit genutzt, um reinen Tisch zu machen, das schon. Dann war das also wahr? Und ausgerechnet mit dir?«

»Elise hat das sehr wohl begriffen. Elise war eifersüchtig.«

»Begriffen, was heißt das schon. Dass Katinka irgendwelche Flausen im Kopf hatte, das war mir so halbwegs klar. Sie war schon immer romantisch veranlagt, wie es so schön heißt. Und du, wie gesagt, hast ihre fixen Ideen unterstützt. Ich habe das alles nicht ernst genommen. Aber dass *du* –?«

»Ist das denn so erstaunlich?«

»Erstaunlich? Wo du doch Elise hattest? Ja! Aber schließlich fand Katinka die Zukunft mit dir etwas unsicher, oder? Etwas schwebend?«

»Was immer sie gedacht hat, das hat sie auf jeden Fall nicht gedacht. So ist sie nicht.«

»Katinka war nie der edle Unschuldsengel, für den du sie hältst«, sagt Stordal verärgert.

»Und du irrst dich in Katinka. Das hast du immer getan, wenn ich meine Meinung sagen darf. Schon allein deshalb will mir scheinen, dass ich ein gewisses Recht hatte –«

»Recht? Davon kann ja nun wirklich keine Rede sein! Und Elise? Was sagst du über Elise?«

»Elise und ich, das ist ein Kapitel für sich.«

»Leicht gesagt, wirklich leicht gesagt. Wenn es um etwas geht, das man nicht so recht verantworten kann, dann ist es ein Kapitel für sich, etwas, das sich der allgemeinen Beurteilung entzieht. Sehr bequem, sehr bequem.«

»Jetzt hör mal, Peder Stordal –«

Aber Stordal will nicht hören. Er reißt sich von Gjør los, der ihn am Arm gefasst hat und ihn zu beruhigen versucht, er spricht laut und erregt:

»Und dann kommst du plötzlich hier an und verteidigst Katinka, wenn sie gerade die ganze Stadt mit ihren Launen auf den Kopf stellt. – Es muss doch, milde ausgedrückt, ein wenig seltsam für dich sein, deine Angebetete in diesem Zustand wiederzufinden.«

»Das ist es. Mehr als seltsam. Es ist empörend. Ihr habt sie hier fast zu Tode gequält!«

»Gequält? Wer hat sie gequält, wenn ich fragen darf?«

»Oh, da waren viele von euch beteiligt. Soweit ich sehen kann, war so gut wie die ganze Stadt daran beteiligt.«

»Weißt du überhaupt, worüber du da redest? Alle hier haben ihr Bestes getan. Katinka wollte verreisen und sich in ihrem Metier weiterbilden. Das durfte sie, sie erhielt ein größeres Darlehen. Sie wollte die Kinder behalten, wollte selbst für sie sorgen. Auch das durfte sie. Zumindest annähernd, so weit es vertretbar war. Sie wollte schalten und walten, bestimmen und entscheiden. Das durfte sie. Niemand hat sich eingemischt. Dass das nicht klappt – daran hat nun wirklich niemand schuld, das hat sie allein zu verantworten. Manche stehen sich selbst im Weg. Für so jemanden kann man tun, was man will, es hilft alles nichts. Katinka, das muss ich dir sagen, ist eine dieser unglücksseligen Existenzen, die –«

»Ja, ja, ist schon gut«, unterbricht Gjør ihn ungeduldig.

»Aber ich bin bereit, die Konsequenzen auf mich zu nehmen, das kann ich dir sagen«, macht Stordal weiter und lässt sich nicht bremsen. »Was ich übrigens die ganze Zeit getan habe. Vom ersten Tag an hat das Ganze letzten Endes auf meinen Schultern geruht.«

»Hier geht es nicht nur um finanzielle Fragen, Peder –«

»Das weiß ich wohl. Vielleicht besser als jeder andere. Elise und ich –. Wir hätten schon längst ein gemeinsames Zuhause haben können, wenn ich keine –«

»Wenn du keine Kinder hättest, willst du sagen?«, bemerkt Gjør scharf. Auch er denkt inzwischen nicht mehr daran, ob jemand zuhört.

»Würde das, was ich für sie bezahle, vernünftig verwaltet, dann wäre Jørgen schon längst draußen im Leben, und das hätte ihm nicht geschadet. Borghild übrigens auch bald.«

»Verwaltet, was heißt das schon? Katinka hat für ihre Kinder *gelebt* –«

»Sie hat bei Gott auch für sich selbst gelebt. Für ihre sogenannte *Begabung,* ihr sogenanntes *Talent.* Sie wollte mehr sein als das Übliche, oh ja. Du wirst es nicht glauben, aber sie hat tatsächlich Aufträge abgelehnt, weil sie nicht nach ihrem Geschmack waren. Weil sowohl Stoff als auch Modell ihr nicht passten. Mitunter sogar die Kunden selbst. Es konnte durchaus vorkommen, dass es absolut unmöglich war, für eine gewisse Kundin zu nähen. Zu dick. Oder zu dünn. Oder weiß der Himmel was. Deine liebe Katinka hat wahrhaftig keine Scheu davor gehabt, andere zu kränken. Aber allmählich geht mir ein Licht auf. Ha, ein Licht nach dem anderen geht mir jetzt auf!«

»Du übertreibst! Sie hat Aufträge abgelehnt, aus denen unmöglich etwas herauszuholen war, das stimmt. So was passiert jedem von uns. Aber geh jetzt, Peder, geh jetzt. Ich bringe sie nach Hause, versprochen. Und dann sollte man ihr das Leben etwas erleichtern –«

»Was du alles daherredest! Erleichtern! Versuch es mal, dann siehst du's selbst. Hier ist schon viel Geduld gezeigt worden, und dabei denke ich nicht nur an mich selbst. Aber ich gehe jetzt. Ausrichten kann ich ohnehin nichts. Ich weiß, wie das bei ihr läuft.«

Stordal schaut auf die Uhr. »Verdammt, hier steh ich herum, und dabei muss ich doch Elise erwischen. Ganz dringend! Vorhin bin ich nämlich Anwalt Buck begegnet. Und der war alles andere als gnädig!«

»Geh du nur!«

Damit verlässt Stordal den Ort des Geschehens.

Frau Krane löst sich schon längst in Tränen auf. Sie leistet keinen Widerstand mehr, heult hemmungslos. Wenn sie nur begreifen könnte, warum sie eigentlich so weinen muss ...

❧

Im Nebenzimmer sitzen Hut-Svenne und Katinka und schwafeln laut bei offener Tür. Wer will, kann zuhören.

»Zu dumm, dass es bei mir reinregnet«, sagt Hut-Svenne. »Sonst könnten wir jetzt in aller Ruhe dort sitzen und reden. Aber da siehst du, wohin das führt, wenn man irgendwelchen Leuten erlaubt, einem Gutes zu tun, wie sie es nennen. Für nichts kriegt man nichts, wo kämen wir sonst hin! Irgendwo muss sich der Unmut darüber, dass man einfach etwas hergegeben hat, schließlich Luft machen. Irgendein Recht wird man wohl noch haben, wenn man *Gutes* getan hat! Man wird den, dem man etwas Gutes getan hat, doch wenigstens ordentlich plagen dürfen! Du hast ihnen viel zu lange freies Spiel gelassen, das ist es!«

»Hab geglaubt, es tun zu müssen, der Kinder wegen ...«

»Ha, die! Wie *die* dich behandeln!«

»Unsere Mütter werden alle mehr oder weniger schlecht von uns behandelt, denke ich.«

»Ja, so wird's wohl sein.«

»Aber wer arm ist, hinter dem sind sie her wie die Flöhe. Wer schon unten ist, muss noch tiefer runter, muss unweigerlich noch mehr gedemütigt werden. Weißt du, was Armut bedeutet? Unter anderem, dass man einen Maulkorb bekommt. Als Schneiderin hörst du die Damen täglich klagen, sie hätten nichts anzuziehen. Dabei haben sie Unmengen von Kleidern! Aber

Gott sei der Person gnädig, die tatsächlich keine hat! Wehe, wenn man ihr das auch nur andeutungsweise ansieht. Denn das zu vertuschen, hat sie schnell gelernt. Wenn nicht, bekommt sie vielleicht eines Tages ein Paket mit einem alten, getragenen Kleid zugeschickt. Oder sie erhält einen Topf mit aufgewärmtem Kohl. Das hast du selbst gesehen.«

»Hab ich verdammt gut gesehen. Sag mal – dieser Typ, den du früher mal gern gehabt hast – der ist doch eigentlich ein anständiger Kerl?«

»Ja, schon.«

»Hast du ihn noch gern?«

»Ich hab niemanden gern.«

Letzteres scheint Justus Gjør zu hören. Seit Stordal verschwunden ist, hat er nur dagestanden und vor sich hin gestarrt. Aber jetzt tritt er ins Nebenzimmer und stellt sich vor Katinka hin, die Hände auf den Tisch gestützt.

»Du hattest einen Vorteil, Katinka. Nämlich dass du gefühlsmäßig unabhängig warst. Das ist eine deiner Stärken.«

»Unabhängig? Ich? Wie meinst du das?«

»Ich meine – Menschen hast du nicht gebraucht. Insofern bist du ohne uns klargekommen.«

Katinka stößt erneut ihr unheimliches, kurzes Lachen aus: »Ich bin klargekommen?«

»Nun, ich meine – du warst leidenschaftslos. Das hat dir geholfen.«

»Hast du etwa geglaubt, ich wäre *tatsächlich* so? Ha, ha, er hat geglaubt, ich wäre so! Oh, Justus, du bist gut!«

Eindringlich, nach Art der Betrunkenen, äußert Katinka Stordal jetzt die unerhörtesten Dinge: »Nehmt uns die Liebe, und es ist, als ginge die Sonne unter. Nehmt uns die Kinder, und es ist, als würden wir lebenswichtiger Organe beraubt und verstümmelt!«

Noch eindringlicher, in einem merkwürdigen Singsang, fährt sie fort: »Es gibt nur ein einziges Heilmittel gegen Einsamkeit und Lebensüberdruss, nur ein einziges, das Lebenskraft schenkt – nämlich *die offenen Arme eines anderen Menschen.* Hast du gehört, Justus – die offenen Arme eines anderen Menschen! Wer die nicht findet, geht unter. Irgendwie kann man sich mit allerlei Hilfsmitteln eine Zeit lang über Wasser halten, aber im Innersten verdorrt man. Man verdorrt und vergeht. Lieben, lieben, geliebt werden, darauf kommt es an. Wer ohne Liebe ist, ist wie jemand ohne Brot und ohne ein Dach über dem Kopf. Liebe, das ist es, wovon wir leben.«

Sie weint fast, vor Rührung über sich selbst, wie alle Trinker.

»Aber mit der Liebe ist es so wie mit allem, was im Leben schön ist. Sie ist für jene da, die Geld haben«, schluchzt sie.

»Ach herrje, Geld.«

»Geld, ja genau! Du hast keine Ahnung, wovon du redest. Nicht einmal du weißt, wovon du sprichst!«

»Oh doch, das weiß ich.«

»Dann solltest du nicht ach herrje sagen.«

»Da hast du recht. Ich sage Sachen, die ich nicht meine. Aber da bin ich nicht alleine, oder? Seit gestern habe ich das Gefühl, in einem schlechten Stück mitzuspielen, einem absolut idiotischen Stück, das psychologisch hinten und vorne nicht stimmt. Wo die Hauptpersonen sich die ganze Zeit im Widerspruch zu ihrer eigentlichen Natur äußern. Geld? Ja, natürlich. Aber dass ausgerechnet du das jetzt sagst? Diese Äußerung kommt doch nicht von dir, Katinka? Woher hast du die? Wann hat Geld für dich je einen Unterschied gemacht?«

»Im Leben lernt man dazu, Justus. Geld macht immer einen Unterschied. Vor allem einen negativen. Das ist die wichtigste Lehre, würde ich meinen.«

»Verdammt noch mal, ja!«, stimmt Hut-Svenne zu.

»Ich habe im Laufe meines Lebens bestimmt viele verrückte Sachen gesagt«, fährt sie fort.

»Und?«

»Ich hab's nicht besser gewusst. Ich dachte, es wäre richtig. Aber warum machst du an alten Äußerungen herum, Justus? An die eigenen erinnert man sich sowieso nie, und an die der anderen erinnert man sich falsch.«

»Am besten scheint man sich an das zu erinnern, was nicht gesagt worden ist«, bemerkt Justus Gjør bitter.

»Was willst du denn von mir, Justus? Lass mich in Ruhe. Ich weiß nicht mehr, ob ich überhaupt einen von euch geliebt habe. Das Leben hat mich zu euch hingestoßen. Diesen Mann hier habe ich genauso gern. Ihn mag ich sogar noch *lieber.* So ist das Leben, verstehst du. Das muss man jetzt nicht wieder aufreißen.«

»Ich reiße nichts auf. Wir haben ja nie darüber gesprochen. Ich musste ohne ein Wort abreisen, ohne die geringste Erklärung.«

»Bekam *ich* denn ein Wort?«

»Nachdem du mich nicht einmal angesehen hast? Plötzlich wolltest du meinen Augen einfach nicht begegnen. Ich tat mein Bestes, um einen Blick von dir einzufangen. Hoffte auf ein Zeichen. Etwas, woran ich mich hätte halten können. Trotz allem warst du ja mit Peder verheiratet.«

»Hatte Kinder mit Peder.«

»*Daran* dachte ich durchaus!«

»Aber warum hast du nichts *gesagt?«*, ruft Katinka klagend. »Wie konnte ich denn – ich? Eine Frau mit zwei Kindern –? Zwei Kinder, das ist viel.«

»Du hast also gewusst, dass Borghild unterwegs war?«

»Was heißt schon gewusst –«

»Warum hast du mich nicht *angesehen?* Warum war ich plötzlich wie Luft für dich? Warum bist du mir ausgewichen? Ja, selbst *ein* Kind ist viel. Viel, wenn davon die Rede gewesen wäre, es herzugeben. Und wie ich Peder kenne, wäre davon die Rede gewesen. Ich wollte nur eins – dein Glück, alles, was für dich am besten war. Und ich wartete auf ein Zeichen von dir, von dir als *Mutter.«*

Frau Krane hat aufgehört zu weinen. Gespannt, atemlos, wie im Kino, wenn es besonders aufregend ist, verfolgt sie das Gespräch. Das, was sie da zu hören bekommt, kann doch nicht Wirklichkeit sein, aber trotzdem vergisst man alles beim Zuhören.

Dort drüben sitzen Larsen und Sønstegård. Inzwischen tun sie nicht einmal mehr so, als würden sie Servietten falten. Und sind diese beiden denn wirklich? Sind sie keine Romanfiguren? Die Grenze zwischen Traum und Wirklichkeit zerfließt. Man weiß nicht mehr, wo sie verläuft.

Gjør spricht wieder. Seine Worte klingen, als hätte er sie lange verdrängt, bis sie jetzt gegen seinen Willen hervorbrechen. »Es war der letzte Abend. Du hast den Tisch gedeckt, während ich in der Ecke neben der Tür stand. Dort stand ich und stand ich. Du bist mit Tellern, Messern und Gabeln hin und her gewandert, ohne ein Wort zu sagen. Ein Mal hast du zu mir hergeschaut und gelächelt. Das war ein klägliches Lächeln, Katinka, ein Lächeln ohne Mut. Und ich stand da. Schließlich blieb mir nichts anderes übrig, als zu gehen. Denn die Entscheidung lag ja bei dir.«

»Klar, die Entscheidung liegt ja immer bei uns. Und wir sollen auch die Verantwortung übernehmen. Und die Folgen tragen. Und überhaupt alles. Später, als du dich mit Peder unterhalten hast, ging ich in den Garten. Und dort blieb ich dann allein. Niemand kam zu mir heraus. Ich musste wieder zurück ins Haus. Diese Demütigung blieb mir auch nicht erspart.«

»Demütigung? Was soll das denn heißen? Wenn jemand das Recht hat, dieses Wort zu gebrauchen, dann wohl eher ich? Am nächsten Tag – mein Gepäck befand sich bereits im Wagen –. Ich lief die Treppe hinauf, um dir Lebewohl zu sagen, denn du warst nicht einmal nach unten gekommen. Peder wartete draußen. Da habe ich erneut nach deinen Augen gesucht, wollte sie festhalten. Aber sie wichen mir aus –«

»Ich habe oben gewartet, habe mit aller Kraft gehofft, du würdest heraufkommen, um wenigstens diesen Moment mit mir allein zu sein. Du bist auch gekommen. Aber du hast nichts gesagt. Nur ›Leb wohl.‹ Und ›Danke für diese Zeit.‹ *Danke für diese Zeit!* Dann bist du *abgereist!* Hast mich in all der alten Trostlosigkeit zurückgelassen. Ich streckte die Arme nach dir aus, rief Tag und Nacht nach dir. Ich wurde matt und schwach, so sehr rief ich nach dir. Ich habe mich sehr nach dir gesehnt, Justus. Ich dachte, meine Sehnsucht müsste die Kraft haben, dich zu mir zurückzuziehen. Dann brachte man mich zum Arzt. Anämie hieß das.«

»Zum Teufel, warum ist alles nur so gekommen, Katinka?«

»Ich war wohl feige. Ich habe an Jørgen gedacht, an – an Peder auch. Ich wünschte Peder nichts Böses. Immerhin war er Vater, so wie ich Mutter war.«

»Oh ja, Peder! Du warst fast zärtlicher und liebevoller zu Peder als vorher, das auch noch. Ich wusste wirklich nicht mehr, woran ich war.«

»Ach Gott, wir sind wohl nie liebevoller zu Peder, als wenn Peder uns wehtut.« Und wieder lacht Katinka. »Ha, ha, wenn Peder uns wehtut, das ist gut. Peder tut uns weh. Ja, jetzt rühren wir tatsächlich in altem Dreck herum, Justus. Nur weil ich einen sitzen habe. Wie lange das alles her ist. Vorbei und vergangen. Ach ja, du lieber Gott«, seufzt sie und scheint wieder einen Versuch mit ihrem Glas zu machen, sie sagt nämlich: »Oh – ist ja leer. Hallo, ich möcht noch was zu trinken!«

Sie klopft mit dem Glas auf den Tisch.

Niemand reagiert, und Katinka besteht nicht darauf. Sitzt nur da, klopft leicht mit dem Glas und murmelt: »Ja, ja, ja, so ist das. Du – gestern hatten wir es doch richtig nett«, sagt sie dann zu Hut-Svenne.

»Das kann man wohl sagen!«

Larsen, Frau Krane und Sønstegård trauen sich nicht, einander anzusehen, nicht einmal ganz verstohlen. Das hier ist ein wahrer Riesenskandal. Wenn sogar Gjør sich so gehen lässt, wie er es getan hat. Immerhin ist *er* weder betrunken noch verkatert.

Larsen schleicht auf Zehenspitzen näher und späht hinein. Gjør steht da wie vernichtet, so sehr hat ihm dieses Gefecht zugesetzt. Jetzt wischt er sich die Stirn.

Er macht eine halbe Wendung, als wollte er gleich gehen. Doch dann dreht er sich plötzlich um und fährt Katinka brutal an: »Los, raus damit, Katinka! Ich will es wissen!«

»Was wissen?«

»Ist Borghild –?«

»Weiß nicht.«

»Das musst du doch wissen! Und ich habe das *Recht*, es zu erfahren. Ich muss und will es wissen!«

»Ich habe das Recht, zu antworten, was ich will. Dieses Recht habe ich.«

»Hör mal, Katinka. So haltlos warst du doch nie. Ist es etwa möglich, dass du ... dass du ... und dann gleichzeitig –?«

»Dass ich was?«

»Du weißt schon, was ich meine.«

»Dass ich Ehebruch beging, meinst du.«

»Unsinn.«

»Was denn sonst? Dass ich aufblühte wie eine Rose? Dass ich aus deinen Armen kam, mich vor den Spiegel stellte und sagte: Ich sehe aus wie Eva, neu erschaffen. Daran kann ich mich erinnern, aber so was faseln wohl alle in so einer Situation, Justus. Denke ich jedenfalls. Natürlich tun sie das. Das alles ist überhaupt nicht so einmalig, wie wir glauben. Ich weiß nicht mehr, wo ich aufhöre und wo du anfängst, das habe ich auch gesagt. Wenn man jung und dumm ist, bildet man sich eine Menge ein.«

»Diese Äußerungen hast du nicht vergessen. Du erinnerst dich erstaunlich gut daran.«

»Sie können trotzdem verrückt sein. Falsch.«

»Musst du alles für uns in den Schmutz ziehen?«

»Ich ziehe nichts in den Schmutz. Ich gebe den Dingen ihre richtigen – ihre richtigen – heißt es nicht Proportionen, Justus?«

»Doch, ja, es heißt Proportionen.«

»Hab ich mir's doch gedacht. Proportionen. Da hast du's.«

»Oh. Sag lieber nichts mehr. Und tu, was du verantworten kannst. Leb erst mal wohl, Katinka.«

»Leb wohl, mein lieber Justus.«

Gjør geht. Er sieht erschöpft aus.

In der Drehtür stößt er mit Elise Øyen zusammen, die durchnässt und in höchster Erregung angestürzt kommt.

Gjør packt sie am Arm und will sie nach draußen mitziehen. »Geh jetzt nicht da rein, Elise!«

Elise reißt sich von ihm los. »Du denkst an eine andere, wie immer! Ständig hast du nur an eine andere gedacht!«

»Hab ich das?«

»Wer auch immer das war –?« Elise zuckt mit den Schultern. »Ich hab's gespürt. Es lag in der Luft, wie man so schön sagt. Über den Geschmack lässt sich bekanntlich nicht streiten, aber –«

»Komm jetzt, Elise!«

»Ich komme, wann es mir passt.«

Damit eilt sie weiter, direkt ins Nebenzimmer. Gjør entfernt sich. Und obwohl er sich vorhin so gehen ließ, löst die Tatsache, dass er jetzt vom Schauplatz verschwindet, ein Gefühl von Untergang und absoluter Katastrophe aus. Er war hier das einzige einigermaßen beruhigende Element, das wird Frau Krane in diesem Augenblick klar. Voller Reue, weil sie sich sozusagen auch von Hut-Svenne hat verführen lassen, sitzt sie jetzt da und wartet auf die Polizei in der Gestalt von Olsen.

Elise dagegen baut sich vor Katinka Stordal auf und ist kein bisschen hübsch oder elegant mehr, so sehr haben ihr Schneematsch und Wut zugesetzt.

»Was sollte ich mit deinem Mann anfangen? Warum hast du ihn nicht so behandelt, dass er blieb, wo er war?«

Katinka mustert sie mit kaltem Blick, fast so, als hätte sie dies längst erwartet. Sie wirkt nicht überrascht.

»Er lief schon lange frei herum, als du ihn aufgegabelt hast«, bemerkt sie.

»So einer sollte nicht frei herumlaufen dürfen. Und übrigens habe nicht ich ihn aufgegabelt. Er war es, der mich aufgabelte. Typen wie er, die streichen um einen herum, jahrelang umkreisen sie einen. Und eines Tages, wenn man alles satt hat – da, plötzlich, saugen sie sich fest. Wie Blutegel. Das hast du genau gewusst. So muss es auch bei dir gewesen sein, früher einmal –?«

»Weißt du noch, als du angerufen hast?«, fragt Katinka.

»Das war nicht nur ich.«

»Zu jeder Tages- und Nachtzeit. Und hast nach Baumeister Stordal gefragt. Eure fidele Runde tagte im Grand – damals das angesagte Lokal – und versuchte mich zu provozieren. Ich sollte mich möglichst danebenbenehmen und mich unmöglich machen, damit mir alles genommen werden konnte. Gott weiß, welche Beweggründe du *damals* hattest? Fast hätte ich mich erniedrigt. Es hätte nicht viel gefehlt und ich wäre abgestürzt und gemein geworden.«

»Und hier, wo du jetzt sitzt, bist du nicht abgestürzt?«

»Ich sitze da, wo ich sitzen will. Dann ist man nicht abgestürzt. Aber ihr habt versucht, mich zu vergiften, mich niederträchtig und schäbig zu machen!«

»Jetzt, wo du die ganze Stadt an der Nase herumführst, bist du wohl nicht schäbig? Übrigens glaubte ich – ich hatte allen Grund zu glauben –«

»Kannst ruhig weiterglauben. Du hast richtig geglaubt.«

»Aha, hab ich das? Na, wenn *du* nicht gemein und schäbig bist, dann weiß ich auch nicht, wer. Und da sitzt du jetzt und genießt das alles …«

»Ich mache gar nichts mehr, weder das eine noch das andere.«

»Oh, wie ich dich verabscheue! Er kam braun gebrannt und jugendlich daher, mithilfe von Höhensonne und Massage. Du lagst auf der Lauer, hast abgewartet und zugeschaut. Du hättest mich doch warnen können. Du hättest –«

»Hast du den Verstand verloren? Übrigens hatte ich meine eigenen Sorgen.«

»Ja, diese Schneiderei, die du nie in den Griff bekommen hast. Und deine Kinder, natürlich. Was hast du davon gehabt?«

»Nicht viel, da kannst du recht haben«, sagt Katinka erschöpft. »Und jugendlich? Er war doch jung? Alles Alte war längst abgeschlossen, das Neue nahm Gestalt an. Wenn ein Mann noch jung ist –«

»Jetzt genießt du deine Rache, was? Aber ich ertrage ihn nicht mehr«, ruft Elise Øyen und lässt sich ebenfalls total gehen. »Er ist einfältig, er ist affektiert. Er hat kalte Hände und Füße. Wenn er mich berührt hat, möchte ich am liebsten ein Bad nehmen. Ich renne hinaus auf die Straße, laufe und laufe –«

»Frau Stordal!«, sagt Katinka.

»Ich bin keine Frau Stordal, und das werde ich auch nicht. Aber du schweigst nur. Du sitzt da und denkst, ich hätte dir auch die Kinder genommen. Aber nicht einmal das sagst du. Du bist eine unheimliche Person. – Brauchst übrigens nicht zu glauben, dass ich mich nicht anderweitig revanchiere«, fügt Elise trotzig hinzu.

»Du wärst ja dumm.«

»Warum um alles in der Welt hast du *gestanden?*«

»Das ist meine Sache. Du tust mir leid, Elise. Ich weiß, dass du auf deine Art unter Einsamkeit gelitten und einen Nebenweg eingeschlagen hast. Den musst du weitergehen oder noch ein weiteres Mal abbiegen.«

»Hör mit dem Blödsinn auf! Damals habe ich dich befreit.«

»Nun, kommt darauf an, wie man das sieht.«

»Aber mich befreit niemand. Das muss ich selbst erledigen.«

Katinka zuckte mit den Schultern.

»Jedenfalls werde ich deine Kinder nicht zu mir nehmen.«

»Meine Kinder?« Es ist, als würde Katinka plötzlich aufwachen.

»Deine Kinder, ja. Denen geht es nicht gut. Sie haben nichts zu essen. Doch – das, wofür ich bisher aufgekommen bin. Bald haben sie auch kein Dach mehr überm Kopf. Ihr könnt jeden Moment auf die Straße gesetzt werden. Und da kommt Peder an und will, dass wir in eine gemeinsame Wohnung ziehen und die Kinder zu uns nehmen. Besten Dank auch! So was sagt sich leicht, lässt sich leicht zusammenfantasieren. Aber jetzt ist Schluss mit dem Gymnasium. Schluss mit Extraunterricht in Dichtung und Drama. Jetzt müssen sie sich beide ins Zeug legen und zupacken, wie sie es schon längst hätten tun sollen. Borghild kann ja Laufmädchen werden, wenn schon sonst nichts. Bei Berg & Fure wird eins gesucht. Sie kommen hierhergerannt, zu ihrem Vater. Und er kommt zu mir. Als wäre es das Natürlichste auf der Welt.

Du hast wirklich gut für sie gesorgt, hast sie zu Müßiggängern mit Herrschaftsmanieren erzogen. Borghild, die läuft herum und sieht aus, als käme sie direkt aus Oslo, herausgeputzt wie ich weiß nicht was. Diese Rotznase. Den Mannsbildern schön tun, das kann sie bereits. Es heißt ja, die Jugend sei verdorben. Wenn hier jemand verdorben ist, dann Borghild. Ha, was kann aus so einer wohl werden? Also, ich kann dir sagen, was aus ihr wird, und das bald. Ein käufliches Mädchen wird sie. So aufreizend, wie sie auf die Männer wirkt –«

»Hüte dein Mundwerk!« Katinka hat sich aufgerichtet, mühsam zwar, aber jetzt steht sie.

Frau Krane, Larsen und Sønstegård, die sich direkt vor der Türöffnung versammelt haben, fassen einander an. Denn auch Hut-Svenne hat sich erhoben. Er hat lange dagesessen, an seiner Zigarette gekaut und einfach zugehört. Inzwischen steht er ebenfalls.

»Bevor ich Sie rauswerfe, rate ich Ihnen, freiwillig zu gehen. Sie Flittchen!«

»Haben Sie Flittchen gesagt?«

»Ich habe Flittchen gesagt. Und ich kann noch schlimmere Worte sagen. Und zu ihnen stehen. Jeder Mann sieht sofort, was Sie sind. Und worauf Sie wirklich aus sind! Raus mit Ihnen!«

Er bewegt sich auf Elise Øyen zu, die zurückweicht, sich plötzlich umdreht und davonrennt. Bevor sie verschwindet, ruft sie: »Na, hier geht's ja neuerdings vornehm zu! Ein feiner Umgangston, muss ich schon sagen. Ein erlesenes Publikum. Großartige Werbung fürs Geschäft!«

Damit verschwindet *sie* durch die Drehtür, die sich noch lange heftig hinter ihr dreht.

Frau Krane schwimmt wieder in Tränen. Sønstegård saugt an ihrem Zahn. Auch Larsen weint. »Ich weiß gar nicht, warum ich weine, aber etwas so Fürchterliches wie dieser Nachmittag –. Das alles ist so schrecklich, dass –« Larsen schluchzt.

»Hör auf. Oder geh wenigstens in die Küche, wenn du dich schon nicht beherrschen kannst«, sagt Sønstegård. »Wenigstens *wir* sollten keine Szene machen!«

»Das ist wirklich wahr, Fräulein Sønstegård!«, schnieft Frau Krane.

Aber drüben im Nebenzimmer wiederholt Katinka immer wieder, wie von Sinnen: »Was hat sie da gesagt? Was hat sie da gesagt?«

»Ach, die hat doch nur verrücktes Zeug dahergeredet!«

»Borghild –? Als ob Borghild –?«

»Einfach ist sie nicht, deine Borghild. Aber es gibt nichts an ihr auszusetzen. Die Männer sind hinter ihr her. Kein Wunder. So ein hübsches Mädel. Dieser Kerl da in der Apotheke – der hat's mit den Weibern und –«

»Aber sie darf nicht – sie darf nicht –«

»Sie wird sich schon zu helfen wissen. Vorläufig. Scheu wie ein Reh. Und überhaupt, wann hat es je etwas genützt, der Jugend Ratschläge zu geben? Die wissen ja sowieso alles besser. Hat es denn geholfen, dass man dir etwas gesagt hat, als du jung warst?«

»Irgendwelche Sachen sagen – das meine ich nicht. Ich wollte ihr – und auch ihm – ein Leben bieten, das sie stark macht. Ich dachte – wer ein gutes Leben hat, der wird frei und stark. Hat man es schwer, wird man schwach und unfrei. Ich wollte – aber es ist mir nie gelungen. Das ewige Misslingen macht so müde. Das ist es, was mich so müde gemacht hat.«

»Jetzt hör mal zu! Wenn es aufhört zu schütten, gehen wir heim zu mir. Da heizen wir tüchtig ein. Ich weiß, wo es trockenes Holz gibt. Und nach diesem ganzen Theater hier pfeife ich drauf, wem es gehört!«

Frau Krane hebt den Kopf von ihrem Taschentuch, Larsen und Sønstegård nicken ihr zu. Dieser verkommene Kerl klaut doch tatsächlich obendrein das Holz anderer Leute!

Aber Frau Krane horcht nach der *Stimme,* die soeben wieder da war.

Plötzlich sagt Katinka etwas, das niemand erwartet hätte.

»Ich muss nach Hause«, sagt sie so alltäglich und ruhig, als wäre sie eben erst von zu Hause gekommen.

»Damit sie dich noch ein weiteres Mal so quälen? Tu das nicht.«

»Ich muss dafür sorgen, dass all die Kleider fertig werden.«

»Ach was, das schaffst du sowieso nicht. Die verlangen einfach zu viel von dir. Überleg mal, wenn wir zusammen wegfahren, könntest du ja trotzdem nähen. Aber mit Maßen. Und wenn ich dann auch Arbeit finde, nähst du nur so viel, wie du Lust hast und wie es deine Kräfte erlauben. Mehr nicht. Daheim in Gävle kenne ich zum Beispiel eine Schneiderin – das heißt, hab sie gekannt, sie lebt nicht mehr –, die nähte nicht mehr als nötig und kam bestens zurecht. Sie sagte immer –«

Durch die Drehtür kommt Borghild Stordal, immer noch ohne Kopfbedeckung und noch durchnässter als vorher. Schnell, ohne nach rechts oder links zu schauen, hastet sie ins Nebenzimmer und zieht die Tür hinter sich zu. Und zwar gründlich. Man hört Ringe quietschend über eine Stange gleiten und die Portieren an die Tür schlagen. Aber der hinterste Ring klemmt, das weiß Frau Krane. Sie bezieht direkt davor Stellung.

»Inzwischen leben wir von Torsen, Mutter!«, hört sie Borghild sagen.

»Von Torsen?«

»Sie bringt uns Essen. Nimmt von ihrem eigenen. Sowohl gestern als auch heute hat sie uns Essen gebracht.«

»Von Torsen?«, wiederholt Katinka langsam, als müsste sie es sich einprägen.

»Wir helfen dir, Hauptsache, du kommst nach Hause, Mutter!«

»Womit könnt ihr mir helfen?«

»Also – helfen – vielleicht versuchen, dich zu verstehen. Wahrscheinlich haben wir uns auch dumm benommen –. Mutter, du bist verpflichtet, uns zu –. Du bist noch nicht mit uns fertig –; wir können doch versuchen, uns *gegenseitig* zu helfen?«

Und plötzlich bricht es aus Borghild heraus: »Ich ekle mich vor mir selbst. Ich will nicht so eine sein, hinter der sie her sind, kaum dass sie mich sehen. Ich will nicht, dass alles schiefläuft, so wie es bei vielen von euch Erwachsenen gelaufen ist. Auch ich bin eine Schlampe. Ich will aber keine Schlampe sein! Mein Körper will es, hörst du, Mutter, aber *ich* will es nicht! Ich will mich nicht so benehmen, wie ihr euch benommen habt, ich will nicht so werden wie eine von euch –«

»Borghild«, sagt Katinka, sie klingt wie betäubt.

»Ja, wir haben uns wohl schlecht benommen«, fügt sie leise hinzu.

»Schrecklich schlecht! Und für dich ist es schiefgelaufen, und für Elise ist es schiefgelaufen und –«

»Für Elise ist es doch nicht so schlimm?«

»Oh doch, sehr schlimm, das findest du eigentlich auch. Seit sie allein ist, ganz besonders schlimm. Es sieht nur nicht so aus, weil sie die gute Stellung bei der Bank hat. Ihr habt euch mit dem Erstbesten gepaart –«

»Borghild!«

»Mit dem Erstbesten, der gerade da war, als ihr es nicht mehr ausgehalten habt.«

»Borghild! Denkst du das wirklich?«

»So muss man doch denken. Genau so ist es.«

»Nun, du hast ja gesagt, *auch* eine Schlampe. Dann hältst du uns also für Schlampen, so gut wie jede von uns?«

»Ich weiß, keine ist eine solche Schlampe wie ich. Ich bin die Schlimmste von allen. Ihr wart vielleicht nur dumm. Aber eigentlich ist beides gleich gefährlich. Man wird *gebunden.* Das sehe ich überall, wo ich hinschaue. Ich will nicht gebunden werden. Das Leben ist mehr als das hier. Auf diese Art darf es nicht anfangen. Nicht mit einem, der ist wie er. Der unter mir steht. Ich weiß, dass er unter mir steht.«

»Von wem sprichst du, Borghild?«

»Das müsstest du eigentlich wissen! Aber du sitzt nur da in deinem Nähatelier und merkst überhaupt nichts.«

»Wenn ich nicht dort sitze, ist es verkehrt, und genauso verkehrt ist es, wenn ich dort sitze«, sagt Katinka verbittert.

»Ja, ich bin unvernünftig. Ich habe nämlich Angst. Ich bin *jung,* Mutter, jung! Und es ist nicht ganz einfach, jung zu sein und sich in alle Richtungen verteidigen zu müssen. Jedenfalls braucht man einen Ort, wo man sein kann!«

»Borghild! Nein – leicht ist es nicht, das weiß ich noch.«

»Wenn einer wie er Macht über mich gewinnt –! Ich will nicht ewig hierbleiben, will nicht wie ihr einfach irgendeinen nehmen – auf Lebzeiten hier herumsitzen. Mit Kindern, die man nicht einmal lieb hat –«

»Haben die Kinder mich denn lieb?«

»Müssen wir jetzt sentimental werden?«

»Nein, lieber nicht.«

»Ich will in die Welt hinaus. Aber dafür will ich auch gewappnet sein. Noch bist du uns verpflichtet, Mutter. Immerhin hast du uns in die Welt gesetzt, damit warst du ja einverstanden. Und Jørgen –«

»Jørgen, ja. Ich wollte euch beide gut gewappnet ins Leben schicken. So gut es eben ging. Daran bin ich gescheitert. Man wird so müde vom Scheitern. Man wird wie blind vor Müdigkeit. – Mitunter kann es vorkommen, dass alte Pferde, die ständig gefügig waren, plötzlich hinten ausschlagen.«

Da äußert Borghild etwas, das mitten in dem ganzen Elend wirklich komisch ist.

»Hast du jetzt nicht lange genug hinten ausgeschlagen?«, fragt sie.

Das äußert sie allerdings in vollem Ernst.

»Sag, dass du nach Hause kommst, Mutter.«

Keine Antwort. Frau Krane, Larsen und Sønstegård halten vor Spannung die Luft an.

»Lass mich in Ruhe«, kommt es schließlich.

»Wir können dich nicht in Ruhe lassen. Wir kämpfen um unser Leben!«

»Wahrscheinlich tue ich das auch, wie verrückt es auch klingen mag. Ein bisschen spät, das ja.

Wisst ihr, dass man Spottverse hinter mir hersingt?«, fragt Katinka plötzlich, als hätte sie ein schlagendes Argument gefunden.

»Das wissen wir. Jørgen verprügelt jeden von ihnen, wenn er sie einzeln antrifft.«

»Aber – das ist doch schlimm für euch? Ich meine –«

»Lustig ist es nicht, das ist klar.«

Pause.

»Wir verstehen dich, Mutter, inzwischen verstehen wir dich. – Das, was du machst, ist eine Art Aufruhr oder so was. Weil du es auch nicht aushältst, dass alles immer gleich bleibt. Das scheint niemand zu ertragen, ihr Alten auch nicht. Und darum – trinkst du ab und zu – um von allem wegzukommen – weg von der abscheulichen Schneiderwerkstatt –«

»Findest du sie auch abscheulich?«

»Abstoßend, Mutter. Ich könnte das nie aushalten. Es ist nur so, dass –«

»Ja –?«

»Aber es kann doch anders werden? Jetzt, wo wir endlich darüber reden? Als Erstes kannst du aufhören, für mich zu nähen. Ich brauche das nicht. Und dann nimmst du nur noch Aufträge für hübsche Sachen an, Sachen, die dir Spaß machen würden. Wenn das hier erst mal überstanden ist, meine ich. Aber du lässt dich besser dafür bezahlen. Du hast die Frauen feilschen lassen, du hast –. Sag doch, dass du nach Hause kommst, Mutter!«

»Weißt du, Borghild, es ist so, dass –«

Katinka spricht langsam, als müsste sie sich jedes Wort überlegen. »Es ist so, eines Tages kann man weder das eine noch das andere. Das, was einem am Herzen liegt, traut man sich nicht, in Angriff zu nehmen. Und für das, was man soll, fehlt einem die Zeit. Oder auch die Kraft. Trotzdem muss man versuchen, beides zu bewältigen, und mag es noch so hoffnungslos scheinen, denn das ist der einzige Ausweg. Aber davon wird man so müde, so schrecklich müde. Und wenn man dann nicht einmal mehr das Nötigste bezahlen kann –; das ist, als würde man gepeitscht –«

»Du gibst zu viel Geld für uns aus, Mutter. Diese Handschuhe, die Jørgen bekommen hat. Und jetzt braucht er einen Smoking. Er versteht es nicht besser, weil er ein Junge ist. Jungen verstehen vieles nicht. Aber du hast ihn außerdem noch verwöhnt.«

»Ich hatte Angst –«

»Angst?«

»Ich – warte kurz, Borghild.«

»Setz dich doch, Mutter«, sagt Borghild. »Setz dich ein Weilchen hin.«

Katinka hat offenbar die ganze Zeit gestanden, seit Elise Øyen da war.

Mittlerweile beginnt die Drehtür sich zu drehen. Jemand betritt sie, ohne wieder aus ihr herauszufinden. Es ist Torsen, klein, friedfertig und so gar nicht vertraut mit den Mechanismen der neueren Zeit.

Eigentlich Fräulein Torsen, aber es ist lange her, seit sie so genannt wurde. »Torsen«, das ist einfach und bequem und führt nie zu einer Verwechslung mit Maurermeister Torsen, der wird nämlich zusätzlich mit seinem Vornamen genannt, Bersvend. Man sieht sie nur selten unterwegs, im Grunde nur sonntags auf dem Weg in die Kirche. Abends, wenn sie nach Hause hastet, sind die Straßen fast immer leer.

Larsen eilt schnell zur Tür und hilft ihr heraus. Torsen bleibt mitten im Zimmer stehen.

»Kann es sein, dass Frau Stordal hier ist?«

»Sie sitzt im Nebenzimmer«, teilt Sønstegård mit. Jetzt, wenn schon nicht früher, ist Zeit für die Wahrheit in ihrer ganzen Nacktheit.

Torsen geht zur Schiebetür und klopft an, als wäre dahinter eine private Wohnung. Kleine, unbeholfene Torsen. Frau Krane, die immer noch horchend dasteht, würdigt sie keines Blickes.

»Nein«, kommt die Antwort.

»Ich bin's, Marie Torsen.«

»Was wollen Sie, Torsen?« Borghild kommt an die Tür.

»Deine Mutter sprechen. Das muss unbedingt sein.«

Damit schiebt sie Borghild auf die Seite und tritt ein. Vor Katinka bleibt sie stehen, die Hände auf dem Bauch übereinandergelegt.

»Frau Stordal, Sie müssen heimkommen, tut mir sehr leid. Ich kann das nicht länger verantworten. Heut ist Sonntag, aber die Leute rufen an und fragen, rufen an und fragen. Ich renne nur noch ans Telefon, hab für nichts sonst mehr Zeit. Die Frau Buck wollte vorhin ihr Kleid abholen lassen, damit sie es morgen früh woandershin bringen kann. Aber was Schlimmeres könnte ja nicht passieren, also hab ich gesagt, ich sitze gerade an der Garnierung, schließlich stimmte das auch fast.

Bald ist die junge Frau Berg die Einzige, die noch stillhält, aber die kommt ja aus einer ungewöhnlich anständigen Familie, solche wie die Bjerkems gibt's nicht viele.

Gestern sind die vom Amtsgericht gekommen und wollten die Möbel aufschreiben, und die Nähmaschine auch. Der Amtsrichter Stigen hat vor Wut auf den Tisch gehauen. Ich habe meine Vorschriften, hat er gesagt. Wahrscheinlich kommen sie morgen wieder und setzen es mit aller Gewalt durch. Denn ich hab gesagt, solange Frau Stordal nicht da ist, können Sie nichts aufschreiben. Die Sachen werden geholt, sagte er, spätestens in ein paar Tagen. Kommen Sie wieder, wenn Frau Stordal da ist, sagte ich, an mir kommt niemand vorbei, solange ich die Verantwortung habe.«

»Danke, Torsen –«

»Nichts zu danken. Ich tue nur meine mitmenschliche Pflicht. Aber Sie müssen heimkommen, wie gesagt. Das alles können nur Sie selbst in Ordnung bringen.«

Pause. Dann fährt Torsen still und ruhig fort: »Ich hab Edevina Dalsbø und Jonetta Gabrielsen angeheuert. Die *können* nämlich nähen, wenn sie nur ein bisschen Anleitung kriegen. Wenn wir morgen gleich zu viert loslegen, haben wir die Kleider bald vom Tisch.

Übrigens, ich habe das vorerst ausgelegt, von meinen Ersparnissen«, fügt sie beiläufig hinzu, als Katinka offenbar keine Worte findet.

»Das wird schon gut gehen. Sie sind nun mal die Beste hier am Ort, da kann niemand was anderes sagen.«

»Danke, Torsen«, sagt Katinka erneut. Ihre Stimme klingt schwach wie nach einer Ohnmacht.

Vielleicht wäre alles jetzt schon glattgelaufen, wenn nur dieser unglückselige Hut-Svenne nicht gewesen wäre. Er hat lange geschwiegen, hat nur an seiner Zigarette gekaut und war mehr oder weniger vergessen. Doch in Wirklichkeit hat er nur auf einen Anlass gewartet.

»Vorsicht! Du wirst dich doch nicht noch einmal so schäbig behandeln lassen! Gib nicht nach. Lass dich nicht kleinkriegen, verflixt noch mal!«

Katinka murmelt etwas Unverständliches.

»Und das glaubst du? So gutgläubig kann nur eine Frau sein. Eine Mutter. Dann fängt doch alles wieder von vorn an, immer wieder dasselbe, begreifst du das denn nicht? Diese Herrschaften muss man alle kurzhalten, sonst –; aber du kannst das nicht, du Ärmste«, sagt er dann mit dieser Stimme. Der Verführerstimme. Frau Krane weiß schon längst, dass es eine Verführerstimme ist, wo ein Mann wie er die auch herhaben mag.

Damit erreicht ihre Reue den Tiefpunkt. Zum ersten Mal seit der Konfirmation denkt sie an das Wort Sünde und daran, dass der sonntägliche Kirchgang mehr ist als etwas Schönes, Passendes, was man eben so macht. Larsen und Sønstegård, zum

Beispiel, die sind gewiss nicht besonders tugendhaft, aber auf die beiden hat die Stimme keinerlei Wirkung. Nicht einmal auf Borghild, diese Göre, die noch zur Schule geht und sich völlig schamlos als Schlampe bezeichnet hat. Zumindest hat Frau Krane später etwas in der Art erwähnt. Nun, wie gesagt, sie ist ja ein wenig überspannt.

»Ich bin gewiss nicht besser als Frau Stordal«, soll sie geäußert haben.

Aber inzwischen hat Katinka wieder angefangen, wirres Zeug zu reden, diesmal über ihre Kinder. Ganz so, als wäre Borghild nicht anwesend.

»Manchmal sind ihre Gesichter so kindlich«, sagt sie vor sich hin. »So ratlos dem Leben gegenüber. Das darf ich nicht vergessen. Ich muss mich daran erinnern, dass sie plötzlich ganz hilflos aussehen können.«

»Da haben wir's. Du bist wieder geliefert!«

»Sie können verletzende Dinge sagen, das tut man eben in der Jugend. Sie können einen wie einen alten Schuh wegkicken. Aber kaum brauchen sie einen wirklich, sehnt man sich ausschließlich danach, für sie da sein zu können. So ist das wohl, wenn man Mutter ist.«

»Wenn unsereins sich wenigstens um dich kümmern dürfte. Ich sag's ja nur. Du bist wie Wachs, du Arme. Da kommt dieses Mädel angerannt und redet Unsinn an dich hin. Sie hat Angst, na klar. Braucht Schutz, was denn sonst. Vor sich selbst! Hat dich jemand vor dir selbst geschützt, als du jung und dumm warst? Nein, dafür mussten die meisten von uns selbst sorgen. Du glaubst vielleicht, in dem Moment, wenn sie sich tatsächlich wegwerfen will, könntest du sie schützen? Du könntest es verhindern? Oh nein, das kann niemand, und das weißt du. Du wirst wieder getreten werden, getreten, weggestoßen und angeschnauzt, auch das weißt du. Möglicherweise schon morgen. Dass es sich jemals ändern wird, daran glaubst du selbst nicht. Und trotzdem –«

»Das Herz einer Mutter nimmt oft unerklärliche Wege.«

»Ja, scheint so.«

»Sieht es schrecklich aus daheim, Borghild?«

Katinka steht auf, hält sich an der Tischplatte fest.

»Nicht so schlimm, Mutter. Wir haben aufgeräumt.«

»Sei jetzt auf der Hut!« Hut-Svenne ist ebenfalls aufgestanden.

»Kommst du, Mutter?« Borghilds Gesicht ist weiß vor Anspannung.

Und Torsen: »Das werden Sie nicht bereuen, liebe Frau Stordal. Aber das andere, das hätten Sie bis ans Ende Ihrer Tage bereut.«

»Ach, viele wären das eh nicht geworden«, bemerkt Katinka mit einem entschuldigenden Lächeln.

»Arme kleine Katinka«, sagt Hut-Svenne.

Die Drehtür dreht sich wieder, aber nur ein Mal. Schnell und bestens mit der Drehtür vertraut, kommt Justus Gjør zurück. Er hat Jørgen dabei und geht resolut ins Nebenzimmer.

Vielleicht hat er Letzteres gehört. Jedenfalls sagt er, sagt es erstaunlich freundlich, zu Hut-Svenne: »Hören Sie, mein Herr, Sie sollten diese Dame nicht plagen.«

»Ich plage sie nicht. Sie ist einsam, genau wie ich.«

Und plötzlich haut Hut-Svenne mit der Faust auf den Tisch, dass der nur so hüpft. »Wenn es euch alle nur nicht gäbe! Ihr seid ein einziger Haufen, vor dem sie Angst hat, sonst käme sie jetzt zu mir. Und *würde bleiben!* Sie fürchtet eure Gedanken, das ist alles. Sie fürchtet sich vor euch allen. Am allermeisten fürchtet sie sich vor diesen beiden!«

»Vor uns?«, sagen Borghild und Jørgen im Chor.

»Vor euch, ja genau. In eurem Alter kennt man nämlich kein Erbarmen.«

»Was Sie nicht sagen!«, kommt es von Jørgen.

Aber Hut-Svenne doziert weiter. »Frauen darf man nicht ängstigen. Mit Frauen muss man behutsam umgehen.«

Und wieder spricht er Katinka an – mit der *Stimme:* »Nicht wahr, du wärst bei mir geblieben, wenn nur –?«

Katinka senkt den Kopf, antwortet nicht.

»Nicht einmal das traust du dich zu sagen.«

Da schaut sie ihn an, lächelt leicht und fährt mit der Hand durch die Luft, als würde sie Fliegen verscheuchen.

»Mit dem Alter wird man sanft und nachgiebig. Und ich bin sehr alt geworden, unglaublich alt, seit –, ja, ich weiß nicht wann, aber ... Ich war so erschöpft. Ich wusste nicht, wohin mit mir. Und du warst – du warst gut zu mir. Wahrscheinlich hab ich den Wein auch nicht vertragen, wie schon so oft. Bin wohl irgendwie außer mir geraten und dann irgendwann uralt geworden.

Und jetzt gehe ich nach Hause«, sagt sie, ruhig und gefasst, genau wie vorhin.

»Jetzt gehen wir alle nach Hause, liebe Frau Stordal«, sagt Torsen. Es ist Torsen, die Katinkas Sachen vom Heizkörper holt, sich vergewissert, dass sie trocken sind, kopfschüttelnd feststellt, wie zerknittert alles geworden ist, Katinka in den Mantel hilft, ihr den Hut auf den Kopf setzt, sie am Arm nimmt und durch das Café zum Ausgang führt, während alle dastehen und mehr oder weniger verblüfft zuschauen – Stordal eingeschlossen, der erneut eingetroffen ist und dem es jetzt offensichtlich die Sprache verschlagen hat.

Ein Mal bleibt Katinka kurz stehen. Sie dreht sich um und sieht Hut-Svenne an. »Versteh doch ... gestern habe ich nicht genügend Mut aufgebracht, und darum gibt es jetzt keinen anderen Ausweg. Aber ich möchte dir danken.«

»Ich danke dir auch. Nur, was wird jetzt aus dir? Zwei Freunde hast du noch. Der eine verliert seinen Job und muss weiterziehen, der andere reist ebenfalls ab. Dann bist du wieder allein mit diesen Herrschaften. Da wirst du dich ganz schön behaupten müssen, und zwar ordentlich!«

»Ich ... werde mich ... schon behaupten ...«

»Kommen Sie jetzt lieber, Frau Stordal.« Mit fester Hand führt Torsen Katinka weiter. Borghild und Jørgen folgen hinterher. Gjør legt Borghild die Hand auf den Arm: »Ich reise nicht ab, ohne vorher vorbeizukommen ...«

Borghild wendet ihm ein weißes Gesicht zu, fragt atemlos: »Ist das sicher?«

»Ganz sicher! Vor mir haben Sie doch keine Angst?«

»Nein. Vor Ihnen nicht.«

»Das ist gut, Borghild.«

Katinka bleibt wieder stehen. Angestrengt, aber klar und verständlich sagt sie: »Ich war schroff und abweisend, Justus. Ich war unmöglich.«

»Jetzt musst du dich erst mal ausruhen. Hast du etwas zum Einnehmen?«

»Nein, nichts.«

»Dann besorge ich dir das. Zu irgendwas wird so ein Bürschchen hoffentlich zu gebrauchen sein? Statt nur durch die Gegend zu stolzieren und Kleinstadtcasanova zu spielen, oder?«

»Wer?«, kommt es heftig von Borghild.

»Ach, niemand, liebes Kind. Absolut niemand. Ein Typ, ein primitives Symbol. Aber gerade jetzt ganz nützlich. Stellen Sie sich vor, Sie würden eine kleine Götzenfigur nehmen und als Briefbeschwerer benützen. Ja, sehr schön ... bitte, lächeln Sie noch einmal, Borghild. Es tut gut, Sie lächeln zu sehen.«

Aber Borghild ist bereits mit den anderen nach draußen unterwegs. Die Drehtür dreht sich.

❠

Eine Zeit lang äußert niemand ein Wort. Schließlich kommt es mit Nachdruck von Stordal: »Ja, ja – nicht stark genug für die Konflikte des Lebens.«

Da ballt Hut-Svenne die Faust und hält sie ihm vors Gesicht.

»Ein Konflikt des Lebens, ja, das sind Sie! Genau das! Sie sind nämlich ein Lump! Ein richtiger Schuft! Und sonst nichts!«

»Beleidigen Sie mich etwa, Sie Kerl! Das werden Sie bereuen, lassen Sie sich das gesagt sein! Ehrverletzung, in Anwesenheit von Zeugen! Hier herumrennen und sich in fremde Angelegenheiten mischen – damit ist jetzt Schluss. Ich zeige Sie an, dann können Sie was erleben!«

Stordal hätte sich gar nicht um Hut-Svenne kümmern sollen. Aber wahrscheinlich hatte er das ganze Theater so satt, dass ihm der Kragen platzte.

»Was sind Sie überhaupt für einer?«, fragt er gereizt.

»Was für *einer* ich bin? Ich bin vielleicht der, den sie hätte nehmen sollen, wenn der Teufel nicht von Anfang an seine Finger im Spiel gehabt hätte. Wäre ich nur ein feiner Herr geworden, so wie ihr alle, und nicht ein ungebildeter Kerl, dann –. Katinka und ich, wir verstehen uns.«

»So ein Gewäsch.«

Vernünftigerweise beschließt Stordal, den Mann zu ignorieren. »Ach, da haben wir ja Elise«, ruft er erleichtert aus. »Ein Glück, dass du kommst, Liebste. Alles wird wieder gut! Alles wird gut. Aber von diesem ganzen Unsinn und Durcheinander bin ich so erschöpft, dass mir der Kopf brummt.«

Elise Øyen entzieht sich ihm. »Dein Kopf! Ach ja, dein bedauernswerter Kopf! Du machst hier alles zunichte, für jeden von uns, und bildest dir ein, du hättest alles aufs Beste geregelt. Das ist es, was du dir in deinem Kopf ausrechnest!«

»Was zum Teufel soll das heißen? Ich hätte etwas geregelt? Ich hätte etwas zunichte gemacht? Dir habe ich wenigstens nichts zunichte gemacht. Dir habe ich nach besten Kräften den Weg geebnet, seit du damals – mit dem Recht der Leidenschaft – mit dem Recht des Lebens, kann man sagen, zu mir kamst und meine –«

»Unsinn!«, unterbricht Elise ihn scharf, mit wütender Stimme.

»Unsinn? Das nennst du Unsinn? Bist du noch bei Trost? Hast du den Verstand verloren, du auch?«

»So, Peder«, sagt Justus Gjør. »Geh jetzt nach Hause, Peder. Das ist besser, als hier herumzudiskutieren.«

»Da hast du recht. Komm, Elise, wir gehen. Zu mir nach Hause. Wir sind jetzt erschöpft und sagen unüberlegte Dinge.«

»Wieder mit dir nach Hause? Nie im Leben! Ich habe meine Arbeit bei der Bank. Ich kann so leben wie früher. Ich habe es nicht nötig, alles im Stich zu lassen und mit irgendwelchen dahergelaufenen Personen die Tage zu verbummeln. Ich kann ins Grand ziehen, wenn ich Lust habe.«

Gjør nimmt Stordal am Arm. »Ich begleite dich. Komm jetzt.«

Sie gehen. Stordal widerstrebend und unter Protest. Auf dem Weg nach draußen gelingt es ihm, noch einiges von sich zu geben, an Hut-Svenne gerichtet. »Guter Mann, sagen Sie wenigstens, was bei Ihnen drüben in Oset vorgefallen ist. Was ist dort passiert?«

»Und das glaubst du von mir zu hören zu bekommen? Oh nein, mein Lieber. Eine Frau bloßstellen, so was mach ich nicht! Das geht niemanden etwas an. *Was* passiert ist, oder *ob* etwas passiert ist, oder ob *nichts* passierte, das behalten wir für uns, sie und ich. Das ist unsere Privatsache. Übrigens, was meinst du mit *passieren*? Was versteht einer wie du unter *passieren*? Ganz sicher nur eine einzige Sache –. Grobian!«

Hier gelingt es Gjør, Stordal hinauszumanövrieren – zu Frau Kranes unaussprechlicher Erleichterung. Fehlte nur, dass es auch noch zu einer Schlägerei gekommen wäre. Zu allem anderen dazu.

Frau Krane muss schon wieder mit den Tränen kämpfen. Gott allein weiß, wo die herkommen. Es tropft und tropft, wie ein Baum nach dem Regen.

Mit dem Taschentuch wischt sie sich immer wieder die Augen und dazwischen wirft sie einen Blick ins Nebenzimmer.

Elise Øyen, die dort hinein verschwunden ist, steht mitten im Zimmer, beißt sich auf die Lippen, holt den roten Stift hervor, zieht sich die Lippen nach und beißt sich wieder. Es sieht aus, als hätte sie irgendwo Schmerzen.

Von Hut-Svenne, der sich auf einen Stuhl niedergelassen hat und sie von dort aus mustert, nimmt sie keine Notiz.

Unterdessen beginnen die Abendgäste hereinzuströmen, die zum Tanzen gekommen sind. Sonntags kommen sie gern recht früh. Heute, wo niemand sie wegen des schlechten Wetters eigentlich erwartet hätte, kommen sie sogar ungewöhnlich früh.

Sie treffen in kleinen Gruppen ein, die Drehtür dreht sich. Sie hängen ihr Regenzeug und ihre Mäntel auf, frisieren sich mit ihren Taschenkämmen und zupfen sich die Haare zurecht, wie man das so macht, wenn man zum Tanzen ausgeht. Und schon fangen sie an, Tische beiseite zu räumen. In dem ganzen Durcheinander hat bisher niemand einen Gedanken daran verschwendet, und entsprechend ist nichts vorbereitet.

Wie zufällig gehen sie dabei an der Tür zum Nebenzimmer vorbei und spähen schnell hinein. *Nur* zum Tanzen sind sie nicht gekommen.

Das Einzige, was es zu sehen gibt, ist Elise Øyen, die zerzaust im Zimmer steht und sich bemüht, ihr ruiniertes Make-up wiederherzustellen. Übrigens ein ungewohnter Anblick. Wenn jemand in dieser Hinsicht makellos zu sein pflegt, dann sie.

Doch, Hut-Svenne gibt es auch zu sehen. Er sitzt auf einem Stuhl, die Beine weit von sich gestreckt, und ist nach allem, was vorgefallen ist, zweifellos eine Sehenswürdigkeit. Ein Wunder, dass die Leute nicht schon früher angeströmt kamen.

Hinten beim Radiogrammofon werden die Schallplatten in Augenschein genommen. Dann erklingt das ewige »Tea for Two«.

Sofort fangen die Paare an, sich wie aufgezogene Puppen zu drehen. Bestellungen schwirren durch die Luft.: »Kaffee, bitte!«

»Für mich ein Solo.«

»Haben Sie Medina?«

»Dreimal Limo und Gebäck.«

Larsen und Sønstegård rennen schon mit ihren Tabletts hin

und her. Für Frau Krane ist es, als kehre sie aus einem Traum zurück. Die Wirklichkeit ist sich gleich geblieben, ist so, wie sie immer war.

Ermattet streckt sie die Hand hinter sich aus und drückt zweimal auf die Klingel. Bei diesem Signal weiß das Küchenpersonal, jetzt ist höchste Zeit für die Platten mit den Broten.

❞

Lydersen kommt herein.

Er hängt den Regenmantel ordentlich in die Garderobe. Korrekt gekleidet im blauen Anzug, hat er offensichtlich vor, zu bleiben und zu tanzen. Suchend schaut er sich um, sieht Elise, die immer noch mit dem Rücken zur Tür im Nebenzimmer steht, und geht direkt hinein.

Frau Krane macht ein paar Schritte, um ihm mit den Augen folgen zu können, Larsen und Sønstegård bleiben eine Sekunde stehen, die Tabletts in den Händen.

Ohne sich um irgendjemanden zu scheren, packt Lydersen Elise von hinten an beiden Ellenbogen. Wortlos küssen sie sich hastig und heftig, mehrmals, begeben sich dann gemeinsam ins Lokal und beginnen sofort zu tanzen.

Aber Larsen, die mit ihrem Tablett im Kielwasser der beiden auftaucht, hört Elise sagen: »Es war doch kein unnützes Zeug!«

Und Lydersen: »Hab ich mir doch gedacht … dann haben wir also klare Verhältnisse … bin ich wieder am Zug.«

Wie erstarrt bleibt Larsen stehen. Was hat das zu bedeuten?

Sie steht noch da, als die beiden wieder vorbeitanzen. Sie hört ihn erneut: »… die Zukunft? Darauf pfeifen wir erst mal. Ist lange her, Elise. Trotz allem, du und ich. Dabei bleibt es.«

Larsen eilt davon, nimmt an anderen Tischen neue Bestellungen auf, wird hier und da aufgehalten, holt aber Elise und Lydersen in dem Moment ein, als Elise sagt: »… was mich betrifft, ist die Sache klar … aber du hörst damit auf, hinter dieser Göre herzurennen … kannst du dir übrigens sparen … Katinka kehrt nach Hause zurück … Justus ist gekommen … ich kenne Justus …«

»Herrgott, Elise, das war doch nur Spielerei …«

Länger stehen bleiben kann Larsen nicht. Sie muss los, um die Bestellungen abzuholen, ist aber schnell wieder da. Lydersen und Elise tanzen immer noch. Larsen muss eigentlich in eine ganz andere Richtung, gibt aber vor, nur hier durchkommen zu können, folgt ihnen und hört:

»… früher war es Sønstegård … jetzt ist es Larsen …«

»Was tut man nicht alles für den Kredit?«, sagt Lydersen.

»Hör mal, so viel kann ich dir immer noch leihen …«

Und dann drückt Elise ihm doch tatsächlich einen schnellen Kuss auf den Hals, erinnert fast an einen Biss, direkt unters Ohr.

Larsen, die mit ihrem Tablett in den Händen hergeeilt ist, stellt es so heftig ab, dass alles scheppert. Erstaunt sehen die Gäste, die am Tisch sitzen, sie an. Warum ist sie plötzlich so wütend? Die freundliche, umgängliche Larsen?

Sie selbst sagte später, als sie gehört habe, wie Lydersen in Wirklichkeit ist, habe sie plötzlich rot gesehen. Lydersen, von dem sie so viel gehalten habe. Denn das hatte sie. Nicht, dass sie etwa in ihn verliebt gewesen wäre. Nein, das passiert ihr nicht so leicht. Aber sie habe ihn zu ihren Freunden gezählt. Und dann ist alles, was er macht, pure Berechnung.

99

In der Tür zum Nebenzimmer ist Hut-Svenne inzwischen erschienen. Während er da steht, sieht er ebenfalls hinter dem Paar her, folgt ihnen mit dem Blick und kaut dabei an seinem ewigen erloschenen Zigarettenstummel.

Langsam steckt er den Stummel an, zieht ein paarmal daran. Und schlendert davon, bahnt sich mit den Ellbogen einen Weg durch die Tanzenden, verpasst der Drehtür mit der Schulter einen Stoß und verschwindet.

»Ts, ts, ts«, schnalzt Frau Krane, resigniert, erleichtert und unerklärlich enttäuscht, alles gleichzeitig.

Sie hat das Strickzeug hervorgeholt und sitzt, wie es sich gehört, hinter der Theke an der Kasse. Sie ist wiederhergestellt. Wenigstens äußerlich. Mit der Stricknadel gestikuliert sie zu Sønstegård hinüber, eine Art Dirigentengeste, die sie sich seit dem Umbau zugelegt hat. Hinten am einen Fenster werden die Gäste ungeduldig. Einer hat schon wiederholte Male an sein Glas geklopft.

»Limo für den Tisch in der Ecke, Fräulein Larsen. Ein bisschen schneller würde nicht schaden. Und sagen Sie in der Küche Bescheid wegen der Brote. Die brauchen wir jetzt.«

Verstohlen wischt sie sich die eine oder andere Träne aus den Augenwinkeln, die immer noch herauswill. Warum? Inzwischen ist es vorbei, alles scheint gut zu werden und eine Wendung zum Besten zu nehmen, wie man sagt. Vielleicht ist es überhaupt nicht passiert. Das könnte man fast meinen, wenn man die Tanzenden ansieht, die Bestellungen durch die Luft kreuzen hört und Larsen und Sønstegård im Auge behält, um zu kontrollieren, ob sie auch aufmerksam genug sind.

Die Kleider werden fertig, das Fest findet wie geplant statt, nach und nach vergessen die Leute die ganze Geschichte und dass sie hier stattgefunden hat. Sie werden wie früher kommen und gehen. Katinka wird nicht auf die Straße gesetzt und wird wohl kaum die gleichen Dummheiten noch einmal machen. Buck lässt Gnade vor Recht ergehen. Eigentlich ist er ein lieber Mensch, dieser Buck.

Frau Krane zieht es vor zu glauben, dass die Leute im Grunde genommen lieb sind.

Wenn sie heute Abend allein ist, wird sie noch mehr weinen, das weiß sie.

Hut-Svenne?

Zu verrückt, dass Frau Krane nicht aufhören kann, an diesen elenden Kerl zu denken. Möge Gott verhüten, dass Stordal ihn anzeigt. Und Buck auch. Er hat nämlich etwas Derartiges erwähnt. Sprach davon, dafür sorgen zu wollen, dass Hut-Svenne entlassen wird.

Ja, nicht, weil man ihn dann nicht mehr am Kai sehen könnte, beim Fässerrollen oder gebückt unter Kisten, die an Bord geladen werden sollen. Nein, aus reiner Menschlichkeit. Weil er ihr leidtut, alle tun ihr leid. Alle.

Diese Stimme …

So geht das nicht weiter! Frau Krane schüttelt es von sich ab. Morgen kommt Krane. Und wenn er von der ganzen Geschichte hört, wird er sich ordentlich aufregen. Das muss man nicht allzu ernst nehmen. Krane zu manipulieren ist nicht kompliziert.

Auch Larsen wischt sich ein ums andere Mal die Augen, während sie hin und her rennt und die Gäste munter bedient. Dazu hat sie auch wirklich allen Grund. Lydersen und Elise tanzen wie in Trance und hören erst auf, als Elise plötzlich stehen bleibt, blass, den Blick nach innen gerichtet, und Lydersen am Arm packt, als suchte sie Halt. Er reißt seinen Mantel vom Haken, dann gehen sie. Sie haben weder gegessen noch getrunken, haben also nichts zu regeln. Auch eine Art, sich zu benehmen!

Das Letzte, was Larsen von ihnen hört, ist: »Gleich wenn wir bei mir sind, kriegst du einen Schnaps!«

Bei mir! Direkt heim zu ihm wollen sie.

Aber Sønstegård starrt Larsen jedes Mal durchdringend an, wenn sie ihren Weg kreuzt, und saugt dazu laut an ihrem Zahn. Larsen wirkt nämlich ab und zu völlig verwirrt und geistesabwesend. Und Sønstegård weiß, warum.

Einmal versetzt sie Larsen einen kleinen Nadelstich: »Gjør hat Jørgen doch zum Essen eingeladen. Hast du daran gedacht, ihm das zu berechnen?«

»Das hab ich vergessen. Aber er schaut bestimmt noch mal vorbei.«

»Das weiß der Kuckuck. Jemand, der so viel umherreist. Wer weiß schon, wo der morgen ist? Oh nein, in *unserem* Beruf muss man seine Gedanken schon zusammenhalten, anstatt irgendwelchen Träumen nachzuhängen. Du hast es doch hoffentlich wenigstens in die Kasse eingetippt? Sonst hätten Kranes ja einen Verlust!«

Völlig vernichtet geht Larsen zur Kasse, um den Betrag einzugeben. Denn das hatte sie ebenfalls vergessen.

❞

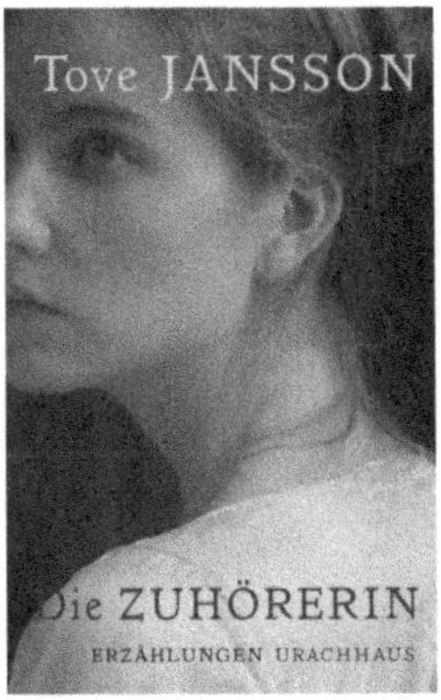

Tove Jansson

Die Zuhörerin

Erzählungen

Aus dem Schwedischen
von Birgitta Kicherer

157 Seiten, geb. mit Schutzumschlag

Lauschen, um auch die kleinste Nuance aufzufangen. So intensiv zuhören, dass der Sprechende sich selbst besser versteht. In sich hineinhorchen – nichts als Ohr sein. Mit ungeheurer Sensibilität fangen Tove Janssons Figuren leiseste Schwingungen in menschlichen Beziehungen oder Stimmungen auf und vermitteln dadurch Wahrnehmungen, für die der Alltag uns vielleicht schon taub gemacht hat.

Diese 18 frühen Erzählungen sind in ihrer Originalität, Klarheit und Tiefe ein Geschenk des Literaturhimmels an alle, die sich nach erfrischend genauer Wahrnehmung und einem meisterhaften Umgang mit Sprache sehnen.

»Dass es bis heute noch unübersetzte Texte Tove Janssons gibt, ist ebenso überraschend wie erfreulich. Es ist, als fände man einen lang vergrabenen Schatz.«

Ali Smith

URACHHAUS